Quedlinburg
Sewekenberge
Bode
Thale
N
Gernrode
Bodetal
3. TAG
Dankerode
Wippra
Wippertal
Rotha
„Die Wagenburg"
Periodischer See
Questenberg
2. TAG
Sangerhausen

Christian Amling

Odins Fluch

Ein neuer Fall für Irenäus Moll

Kriminalroman

dr. ziethen verlag

Oschersleben

Siðan gekk Loki inn í höllina. En er þeir sá, er fyrir vóro, hverr inn var kominn, þögnoðo þeir allir.

Þyrstr ek kom
þessar hallar til,
Loptr, um langan veg,
áso at biðia
at mér einn gefi
mæran drykk miaðar.

Hví þegið ér svá,
þrungin goð,
at þer mæla ne megoð?
sessa ok staði
velið mér sumbli at,
eða heitið mik heðan!

antu þat, Óðinn,
er vit í árdaga
blendom blóði saman?
ölvi bergia
léztu eigi mundo,
nema okr væri báðom borit.

Darauf trat Loki in die Halle ein und sprach:

Durstig komm ich
zu dieser Halle
gar weiten Weg,
die Asen zu bitten,
ob mir einer des Mets
trefflichen Trank gebe.

Was verstummt ihr so,
stolze Götter?
Geruht zu reden doch!
Sitz und Stätte
gönnt im Saale mir
oder weiset mich weg!

Gedenke, Odin,
dass wir in alten Tagen
beide das Blut mischten!
Bier genießen
wolltest du nimmermehr,
wär s nicht uns beiden gebracht.

aus *Lokis Zankreden*

I

Das bedrückende Gefühl war stärker geworden. Eigentlich hielt Jockel Hahne nicht viel von Vorahnungen und Menetekeln, aber heute konnte er sich nicht dagegen wehren, dass sich in seinem Kopf düstere Gedanken breitmachten und in ihm einen Zustand nervöser Unruhe erzeugten. Die Großmutter hatte ihn gerufen, ihren Lieblingsenkel, und er war sofort zu ihr an den Harzrand geeilt. Der Ruf war offenbar sehr dringend, allerdings hatte sie ihm nicht erklären können, worum es eigentlich ging. Irgendein sonderbarer, fast bedrohlicher Unterton hatte in dieser Aufforderung gelegen, doch er war so unterschwellig gewesen, dass Jockel ihn nicht bewusst erfassen konnte. Aber gerade das versetzte seine Seele in einen Zustand angstvollen Aufruhrs.

In seinem kleinen Wochenendhäuschen aus rohem, gut imprägniertem Holz hatte er sich in aller Eile umgezogen und fuhr jetzt mit dem Fahrrad in Richtung Quedlinburg. Das Auto nahm er sehr selten, denn er sah in ihm ein Vehikel, das man nur dann benutzen sollte, wenn es denn unumgänglich war.

Es war früher Nachmittag und jetzt, Anfang Februar, machte sich die zunehmende Tageslänge bereits spürbar bemerkbar. Heute war die Luft allerdings frostig, der Himmel war grau, und leise rieselten einige Schneeflocken hernieder. Jockel Hahne hatte inzwischen die Langenbergstraße erreicht. Das Kopfsteinpflaster malträtierte seine Felgen, und die Erschütterungen übertrugen sich schmerzhaft auf die Unterarme. Die Bergwander-Hose und die gefütterte Gore-Tex-Jacke hielten zwar den eisigen Nordwind ab, jedoch schützte die wollene Mütze seinen frierenden Kopf nur mangelhaft. Ächzend trat er in die Pedale und achtete nicht auf den romantischen Anblick des südwestlichen Giebels der Burg, der sich über den weiß verschneiten Dächern der Häuser erhob.

Wenige Minuten später erreichte er endlich die Seniorenresidenz „Malmö“ am Carl-Ritter-Platz zwischen südlicher Stadtmauer und dem Westendorf, einer Ansammlung von verwinkelten Fachwerkhäuschen rings um den Burgberg. Jockel erinnerte sich für einen vagen Moment an die freie Aussicht zur hoch auf dem Felsen thronenden Anlage von Schloss und Stiftskirche, die man hier bis vor einigen Jahren erleben konnte. Seit dem Ende der 90er Jahre befand sich nun davor das „Malmö“, eine ziemlich große dreiflügelige Altenwohnanlage, erbaut als kommerzielle

Pflegeeinrichtung, architektonisch an dieser Stelle unpassend und aus diesem Grunde von ihren Gegnern mit dem Begriff „Der Klopper" belegt. Einen Vorteil hatte der Klopper allerdings: Seine Bewohner waren, soweit sie noch laufen konnten, mit wenigen Schritten sowohl in Quedlinburgs berühmter mittelalterlicher Innenstadt als auch im Brühl, dem historischen Park der Äbtissinnen.

Auch seine Großmutter war trotz ihres hohen Alters – im nächsten Jahr würde sie hundert werden – noch erstaunlich gut zu Fuß. Oftmals sah man ihre hohe, etwas knochige Gestalt mit rüstigem Schritt durch die Gassen der Stadt eilen, im Sommer in langen geblümten Kleidern und stets mit einem Schatten spendenden Hut ausgerüstet. Ihr Geist war längst abgewandt von den profanen Gefilden der Gegenwart, nur hin und wieder brach sich noch ein bizarrer oder interessanter Gedanke seine Bahn in die Außenwelt.

Jockel lehnte sein HighTech-Fahrrad an die Hauswand und schloss es mit vor Kälte und Aufregung zitternden Händen am Blitzableiter an. Über ihm ragte die große alte Kastanie mit kahlen Ästen in das zunehmende Schneegeriesel.

Auf dem Flur kam ihm bereits die Oberschwester entgegengeeilt und ihn beschlich eine unangenehme Ahnung. Sie war eine Frau in mittleren Jahren, der weiße Kittel umspannte die leichte Fülle ihrer Figur und unter den blonden Dauerwellen schauten aus einem rotwangigen Gesicht mütterlich blaue Äuglein hervor.

„Guten Tag, Herr Hahne!", begrüßte sie ihn und machte eine leicht fahrige Bewegung mit der rechten Hand. „Gut, dass ich Sie noch vor Ihrer Oma erreiche."

Jockel war ein wenig befremdet, sagte aber freundlich: „Guten Tag, Schwester Irmchen! Ist irgendetwas Ernstes vorgefallen? Ich bin, so schnell ich konnte, nach Quedlinburg geeilt. Habe alles stehen und liegen lassen."

„Sehr gut, sehr gut, Herr Hahne", erwiderte Schwester Irmchen und senkte die Stimme. „Ich glaube ..., nun ja, ich glaube, Ihre Großmutter wird bald von uns gehen."

„Ach je!", stammelte Jockel und zog die Stirn kraus, wie er es immer tat, wenn ihm eine Situation unangenehm war. Er nahm die braune Wollmütze ab und strich nervös mit der Hand über seine gebräunte Stirnglatze. „Es ging ihr doch letztens noch so gut."

„Wissen Sie", antwortete die Oberschwester routiniert, „in diesem Alter geht das schnell. Ich wollte Sie nur vorbereiten. Gehen Sie zu ihr und wenn ... was ist, dann klingeln Sie!"

Sie waren jetzt an einer weißen Tür angelangt, die Schwester Irmchen, ohne anzuklopfen, aufmachte. Sie ließ Jockel an sich vorbeigehen und rief mit eifriger Dienststimme: „Oma Hahne! Überraschung! Besuch für Sie!“ Dann schloss sie die Tür hinter ihm und überließ ihn und die alte Dame allein ihrem Schicksal.

Seine Großmutter hatte im Leben soviel Geld angehäuft, dass sie sich mühelos ein Einzelappartement leisten konnte. Das Zimmer war relativ geräumig. Die Einrichtung war gediegen altmodisch, gutes altes Bürgertum aus dem späten 19. Jahrhundert. Sogar das Bett bestand aus hellbraunem Nussbaumholz und sah aus wie in einem alten Film. Die Großmutter lag in weißen Leinenbezügen, der Oberkörper wurde durch einige Keilkissen halb aufgerichtet. Ihr hageres Gesicht war sehr weiß, gerade so durchscheinend blass wie ihre mittellangen dünnen Haare. Sie war einst eine schöne Frau. Hohe Stirn, markante Wangenknochen und ein ausgeprägtes Kinn. Ihre Nase war gerade und ziemlich lang. „Mein Zinken“, pflegte sie zu sagen. Die blaugrünen Augen schauten müde, aber voller Freude auf den Enkel. Sie schwieg. Er ergriff ihre schmalen, langen Hände und sah die gelbliche Blässe der fleckigen Haut.

„Guten Tag, Großmutter!“, sagte Jockel und versuchte, möglichst viel Herzlichkeit in seine Stimme zu legen. „Ich bin hergeeilt, so schnell ich konnte. Wie geht es dir? Ist etwas passiert?“

„Guten Tag, mein Junge!“, erwiderte die alte Frau, und ihre Augen leuchteten ein wenig. „Das ist sehr lieb von dir. Ich habe auf dich gewartet, denn ich habe dir Wichtiges zu sagen. Ich bin jetzt neunundneunzig Jahre alt und meine Tage sind gezählt. Noch heute werde ich heimkehren, dorthin, wo viele meiner Lieben auf mich warten.“

„Großmutter, sag doch nicht sowas!“, unterbrach sie ihr Enkel und lispelte vor Aufregung.

Ein lichter Schein schien sich um das alte Gesicht auf dem Kopfkissen auszubreiten: „Doch, doch, mein Junge, einmal ist es soweit, bei jedem Menschen. Doch nun schweig stille und höre mir zu, viel Zeit bleibt mir nicht mehr.“ Ein krampfhafter trockener Husten unterbrach ihre Rede. Gequält lächelte sie ihn an. „Nachdem dein Vater tot war, hast nur du dich um mich gekümmert und mir Freude bereitet. Warum also soll ich deine Nichten und Geschwister mit meinem Erbe bedenken? Nein, ich vermache dir alles, was ich besitze und das ist – wie du sicher ahnst – nicht wenig. Aber ich habe als Gegenleistung einige Wünsche.“

Jockel sah, dass etwas Farbe in ihr Gesicht trat. Er wollte etwas sagen, aber sie presste seine Hand und fuhr in ihrer Rede fort: „Dort im Sekretär, in der mittleren Schublade liegt ein Duplikat meines Testaments, das Original befindet sich bei Notar Güldenpfennig. Es ist alles geregelt, so, wie ich es gerne hätte. Damit will ich uns jetzt nicht belasten, mein Junge. Nun aber kommt das Wichtigste, mein eigentliches Vermächtnis an dich. Wenn du es denn haben willst ..." Sie wagte ein leises Lächeln, halb verschmitzt und schon halb entrückt in eine andere Welt.

Jockel sträubten sich die Haare, aber er ließ sich nichts anmerken und lächelte liebevoll zurück. Das düstere Gefühl in ihm war jetzt sehr intensiv. Er spürte, dass sich ihm nun gleich die ungute Ursache eröffnen würde.

„Lieber Junge", fuhr sie fort. „Du bist Philosoph, und du bist Nitzscheaner. Darüber haben wir oft gesprochen, und du wirst auch jetzt verstehen, was mir am Herzen liegt. Ich habe mein Lebenswerk dem nordeuropäischen Altertum gewidmet, mehr als 80 Jahre lang. Ich habe in meinen Büchern versucht, das Bild der nordischen Kultur aus dem Schatten des christlichen Weltgebäudes herauszurücken. Die Missionare des am Kreuze Hingerichteten haben in zwei Jahrtausenden aus einer kraftvollen Naturzivilisation eine Horde von heidnischen Barbaren gemacht. Sie haben weise Frauen und Männer als Hexen und Zauberer verbrannt und die Wesen, die diese anbeteten, zu Gehörnten und Bösewichten degradiert. Das Weltbild der christlichen Missionare ist das von Gesetzesreitern und Technokraten. Ihre sogenannte Wissenschaft hat den Weg in eine naturelle Hochkultur verbarrikadiert und ist heute dabei, unsere Weltkugel mit ihrer Geldgier und ihrer Feilscherei endgültig kaputt zu machen.

Jockel, ich möchte, dass du Menschen findest und zusammenführst, die wieder den alten Weg Odins beschreiten, die einziehen in Walhalla. Lange genug faulte der Stamm Yggdrasils, der Weltesche, im Sumpfe einer mechanistischen Denkweise. Aber man kann sie noch retten, mein Junge, die alten Götter sind nicht tot. Sie warten geduldig auf den Tag ..."

Ihre Stimme war während dieser eindringlichen Rede immer leiser und unverständlicher geworden. Erschöpft verstummte sie und strich über die gebräunte Hand ihres Enkels. Jockel wurde ganz schwummrig, und er stammelte: „Was soll ich tun, Großmutter?"

„Such Gleichgesinnte! Die Zeit ist reif! Die alten Gottheiten ...", flüsterte die Alte und hüstelte. „Versprich es mir! Dann sollst du mein Vermögen gerne haben."

Die Großmutter war für ihn der Mensch, den er am meisten verehrte. Sie hatte seine Kindheit am tiefsten und nachhaltigsten geprägt, sie hatte in ihm den Grundstock für lebenslangen Wissensdurst gelegt. Wenn sich seine Eltern nur um sich selber und ihren kleinen Laden gekümmert hatten, war sie unentwegt für ihn dagewesen. Dann las sie ihm aus alten geheimnisvollen Büchern vor, die einen Geruch nach Leder und Bücherschrank verströmten und deren Helden ferne und exotische Welten bevölkerten. Sie trugen Namen wie Robinson Crusoe, Moby Dick, John Silver, Kapitän Nemo oder Gulliver. Später fuhr sie mit ihm nach Dresden und Berlin und zeigte ihm in den Museen wunderbare Bilder mit antiken Helden und christlichen Märtyrern, die Kunst der Heiden, ägyptische Mumien, griechische Statuen und das Gold der Skythen.

Er konnte ihr diesen obskuren Wunsch nicht abschlagen, schon gar nicht auf dem Sterbebett. Außerdem, und das spielte bei seiner Entscheidung durchaus eine Rolle, wollte er nicht leichtfertig das voraussichtlich durchaus respektable Erbe ausschlagen. Deshalb antwortete Jockel, ohne den Sinn ihrer Worte weiter zu hinterfragen: „Ich verspreche es, Großmutter. Wenn Odin, Thor und Freya mir beistehen, werde ich dein Vermächtnis erfüllen."

„Du bist ein guter Junge", sagte die Großmutter ganz leise und schloss ihre Augen. Doch dann riss sie sie noch einmal weit auf und stieß hervor: „Doch, Junge, wenn du sie hintergehst, dann wird dich Odins Fluch ereilen, die Wanen werden dich jagen und der Wolf Fenris wird dich erbarmungslos verfolgen. Leb wohl!"

Die Großmutter sank in ihre Kissen zurück, das Leuchten auf ihrem Gesicht verschwand und ihr Kopf wurde klein und wächsern bleich. Sie war tot. Für einen Moment befiel ihn ein merkwürdiger Schauder, so als würde sich vor ihm ein Fenster in eine unheimliche Zukunft öffnen. Er hob den Kopf und schaute auf das Schneegeriesel hinter der Scheibe. Der letzte Wille der alten Dame war ein irrealer Wunsch. Wo auch immer ihre Seele jetzt weilte, sie würde seine Erfüllung nicht durchsetzen können. Jockel glaubte nicht an Götter und überirdische Mächte, ob Odin oder Christengott, sie waren für ihn Ausgeburten menschlicher Ängste und Wünsche, Opium fürs Volk. Trotzdem ließ ihn der

Gedanke an Großmutters drohende Mahnung leise erschauern. Er versuchte, ihn zu verdrängen, aber tatsächlich verzog sich diese Empfindung nur in tiefere Ebenen seines Geistes und lauerte dort auf eine geeignete Konstellation des Schicksals.

Jockel beugte sich über die Großmutter und gab der Frau, die ihn großgezogen hatte, einen leisen Kuss auf die Stirn. Dann blieb er noch eine ganze Weile bei ihr sitzen, bis Schwester Irmchen sachte die Tür öffnete.

II

Die letzten Tage waren wie im Fluge dahingegangen, angefüllt mit der Abarbeitung von amtlichen Formalitäten und der Auflösung des kleinen Haushalts seiner Großmutter. Die Entrümpelung des Appartements, der Transport der noch brauchbaren, teilweise sogar wertvollen Möbelstücke, Bücher und Utensilien hatte seine Zeit verschlungen, dazu kamen die Gänge zum Amtsgericht und zum Notar. Die Großmutter wollte verbrannt werden, und ihre Urne durfte nicht auf einem christlichen Friedhof bestattet werden. Ihre Asche sollte in einem der vielen Krüge aus ihrer skurrilen Sammlung ruhen und zwar in dem größten Gefäß mit dem naturnahesten und optimistischsten Dekor. So war es sogar im Testament festgelegt: Der große Wiesenkrug von der Quedlinburger Keramikerin Dagmar B. Leinhos, in Fayence bemalt mit Blumen, Kräutern und bunten Katzen.

Es war ein nasskalter Donnerstag gegen Mittag. Vor einigen Minuten hatte ein Mitarbeiter des Krematoriums Jockel Hahne die Urne seiner Großmutter ausgehändigt. Sie war eine ziemlich kleine schwarze Kapsel, die ihm der Mann vorsichtig in sein mitgebrachtes Köfferchen legte. Dass das überhaupt möglich war, verdankte er einer brandneuen Sonderregelung des Gesetzgebers. Jockel machte vor Verlegenheit ein störrisches Gesicht und bedankte sich kurz angebunden.

„Alle weiteren Begräbnisformalitäten können Sie dann bei uns beantragen. Wir arbeiten zügig", sagte der Mann, der einen knittrigen schwarzen Anzug trug und fröstelnd die schwere Eichentür der Leichenhalle verschloss. „Die Rechnung kriegen Sie in den nächsten Tagen von der Stadtverwaltung Quedlinburg zugeschickt. Tschüss!"

„Wiedersehen!", erwiderte Jockel und dachte frustriert 'Auf Nimmerwiedersehen.' Dann ging er die lange, breite Abfahrt des Zentralfriedhofs hinunter zu dem schmiedeeisernen Eingangstor. Endlich wieder allein. Großmutter hatte keine Trauerfeier gewollt und er sowieso nicht, auch keine Zeitungsannonce. Die paar Verwandten hatten sich unter fadenscheinigen Vorwänden entschuldigt, in Wirklichkeit waren sie wegen der entgangenen Erbschaft sauer und hatten keine Lust, auch noch eine lange Anreise bis nach Quedlinburg auf sich zu nehmen. Freunde hatte die alte

Dame hier nicht gehabt. Nur wegen ihres Enkels war sie die letzten paar Jahre in dieser Stadt gewesen – ein Altersheim war so gut wie ein anderes.

Das Köfferchen war leicht, und Jockel schritt mit durchgedrücktem Kreuz die Allee hinab. Es begann zu nieseln, und er beschloss, per Handy ein Taxi herbeizurufen. Immerhin waren es bestimmt fünf Kilometer bis zu seiner Hütte am anderen Ende der Stadt.

Genau in diesem Moment ließ ihn ein lautes Krächzen über seinem Kopf zusammenfahren. Etwas Schwarzes regte sich zur Linken in einem der kahlen Bäume. Instinktiv schwenkte sein Kopf in diese Richtung. Ein großer Kolkrabe erhob sich und schwebte im Gleitflug vor ihm die Allee entlang. Wie aus dem Nichts gesellte sich ein zweiter Vogel hinzu. Sie gewannen an Höhe und flogen eine gemächliche Kehre über der Ausfahrt. Jockel legte den Kopf in den Nacken, als sie rauschend über ihn hinwegglitten. Sie flogen so niedrig, dass er deutlich ihre klugen Augen herabblicken sah. Lautstark kolkten sie einander irgendeine Information zu. Oder meinten sie ihn?

Schlagartig fiel ihm Großmutters Vermächtnis ein, er hatte es tatsächlich verdrängt in den letzten Tagen des Aufräumens. Er hatte es als Zumutung empfunden, es war unerfüllbar, das verrückte Hirngespinnst einer uralten Frau. Doch jetzt fühlte er,

dass die Idee in seinem Kopfe nachgewirkt hatte, so wie eine schier unlösbare mathematische Aufgabe nach einer Nacht oder manchmal nach vielen Nächten urplötzlich beim Zähneputzen oder im Caféhaus ihr Ergebnis freigibt. Das würde ihn nun nicht mehr loslassen. Er blieb stehen und starrte den Vögeln nach. Ein kalter Schauder durchfuhr ihn. Hugin und Munin, die Raben Odins, die Boten der Götter, die unermüdlich rund um die Erdkugel kreisten, um Neuigkeiten zu erfahren.

Der eine Vogel drehte im Fluge den Kopf nach hinten. Dann verschwanden die beiden großen Tiere hinter den Lebensbaum-Hecken über weiten Gräberreihen. Jockel hörte nur noch ihr eindringliches Quark-Quark. Ein kurzer Gedanke an „Finnegans Wake“, dann kramte er schnell sein Handy hervor, um endlich das Taxi zu rufen.

Als die Rückleuchten des Taxis im dunstigen Niesel verschwunden waren, stieg Jockel erleichtert mit seinem Köfferchen den Hang seines winterlichen Weinbergs hinauf. Zuerst entfachte er in dem kleinen Raum der Hütte ein Holzfeuer im schwedischen Kaminofen. Befreit vom Stress der letzten Tage rieb er die kalten Hände aneinander und legte dann eine CD ein. „Exile on Mainstreet". Heute war ihm nach Blues und nach Rolling Stones. Er ließ die Musik unaufdringlich leise laufen und wurde zurückversetzt in seine späte Teenager-Zeit, Flucht aus der östlichsten Provinz der DDR, aus der Einsamkeit des Oderbruchs an die Humboldt-Uni in der Hauptstadt. Er schenkte sich einen Tresterschnaps ein. Er hatte Philosophie studiert, vier herrliche Jahre lang. Studentenleben, viele neue Freunde und Freundinnen. Während damals im Westen die Endsechziger stattfanden, hatten sie Nächte durch diskutiert und getrunken und sich in fremden Betten amüsiert. Ihre Philosophie war handfest und materialistisch gewesen.

Vertieft in Gedanken, trat er vor die Tür in den Regen hinaus und schaute über das Tal. Sein Freund Leon Kausalsky hatte ihm erzählt, dass hier im vergangenen Jahr um ein Haar eine große Micky-Maus-Anlage gebaut worden wäre. Quitilinga History Land. Die Initiatoren mussten Idioten gewesen sein, aber zum Glück hatte bereits der Bauausschuss dieses Unternehmen abgeschmettert. Er nahm einen guten Schluck Trester und schüttelte sich wohlig. Unmittelbar wurde er wieder an das Vermächtnis der Großmutter erinnert. Odins Welt zum Leben erwecken. Odins Welt – an so etwas hatte er seit vielen Jahren nicht mehr gedacht.

Die nordische Götterwelt war ein recht kompliziertes Geflecht von Personen, Fabelwesen, mythologischen Gegenständen und natürlich den Göttern. Odin beziehungsweise Wodan hatte zusammen mit seinen Brüdern Wili und We die Welt erschaffen. Der Göttervater war zwar ein rauer Geselle, der im Kampf nicht gerade zimperlich mit seinen Feinden umging, aber er galt auch als Gott des Handels, der Weisheit, der Dichtkunst, des Sturms und der Zauber- und Heilkunst. Interessanterweise war sein römischer Gegenpart Merkur, der seinerseits zurückgeht auf Hermes Trismegistos, den dreifachen Hermes, sagenhafter Begründer der Hermetik, der mystischen Weltsicht antiker und mittelalterlicher Magier, Kernstück aller Geheimlehren des Abendlandes. Wie unten, so oben – alles hängt mit allem zusammen als raumzeitlich unendliches Netzwerk.

Genau hier, dachte Jockel Hahne versonnen und gab sich noch einen Trester, an dieser Stelle sollte man die Verknüpfung schaffen zwischen nordischer Götterwelt und der modernen Technokratie.

Nachdenklich wischte er sich die Feuchtigkeit von der langen Nase. Er war kein gläubiger Mensch, schon gar kein Christ. Vielmehr hielt er sich selbst für einen Rationalisten, einen Atheisten, der mit überirdischen Phänomenen nie viel zu tun haben wollte. Andererseits war er aber Philosoph, bewandert in Theater- und Kunstfragen, erklärter Liebhaber der deutschen Romantik, weshalb ihm der Ideenschatz der nordischen Mythologie auch nicht unbekannt war.

Jockel fuhr so oft es ging zu seinem abgelegenen Grundstück, um dort der Natur nahe zu sein. Immer mehr Menschen suchten wie er diese Nähe, aus unterschiedlichen Gründen: Naturfreunde, Umweltschützer, Esoteriker. Die meisten von ihnen wollten zwar gleichzeitig Auto fahren, im Internet surfen und um den Globus düsen, aber Jockel glaubte zu wissen, dass Marktwirtschaft, Wettbewerb, scheinheilige Politiker und allgegenwärtiges Sicherheitsreglement auf die Dauer müde machen, sehr müde ... Es war eine fade neue High Tech-Welt, in der er lebte, geprägt vom Weißen Mann in 2000 Jahren christlicher Tradition. Da hatte seine Großmutter durchaus Recht gehabt.

Er ging zurück in die Hütte, wo es inzwischen gemütlich warm war, und legte das Köfferchen auf den Tisch. Den großen Wiesenkrug hatte er schon bereitgestellt. Vorsichtig zog er die Urnenkapsel hervor und ließ sie in den Krug rutschen. Passte exakt. Er stellte den Henkelkrug neben den CD-Player. Das sah gut aus.

Also, er musste Gleichgesinnte finden, Jünger Odins, Odinisten. Und wie fand er die hier in Quedlinburg? Wer konnte ihm bei der Suche helfen? Jockel Hahne hatte eine Idee. Da bis zum Abend noch einige Stunden Zeit waren, suchte er aus Großmutters Nachlass das Standardwerk altgermanischer Mythologie hervor, die Edda, und begann, sich darin zu vertiefen.

Abends um acht hatte es aufgehört zu regnen, und die Sterne funkelten am Himmel, als Jockel sein Fahrrad vor dem Pub Nase in der Quedlinburger Altstadt, unmittelbar dort, wo einst die Stadtmauer verlief, in den Fahrradständer schob. Heute war Donnerstag, und er wusste, dass Leon sich hier an diesem Wochentag manchmal aufhielt.

Bisher war Jockel sehr selten in dem irischen Pub gewesen. Deshalb stand er auch etwas unsicher zwischen Tresen und der kleinen Treppe, die nach oben führte zu den paar Tischen. Mit gerunzelter Stirn schaute er zum Ausschank. Seine Haltung signalisierte eine gewisse Unzufriedenheit.

„Guten Abend!“, sagte Doreen. Das war die Wirtin, jung und zierlich, aber scheinbar eine erfolgreiche Geschäftsfrau. Noch nie hatte er ein Wort mit ihr gewechselt. Sie stand vor ihm und musterte ihn mit einem halb verschmitzten und halb misstrauischen Blick.

„N'abend!“, erwiderte er gedehnt und fügte dann amtsmännisch hinzu: „Wissen Sie, ob der Herr Kausalsky heute hier ist – oder noch kommt?“

Die Wirtin lächelte und strich die lockigen Haare nach hinten, auch ihr Mann am Zapfhahn verzog das Gesicht leicht spöttisch. Doch dann sagte sie: „Leon! Der sitzt schon oben. Heute war Bauausschuss.“

„Aha, danke!“, erwiderte Jockel, und ohne sie weiter zu beachten, stieg er ins obere Abteil empor. Dort saßen tatsächlich am hinteren Tisch sein Bekannter Leon Kausalsky und ein anderer Mann, den Jockel als den Bauausschussvorsitzenden kannte. Da es noch früh am Abend war, befanden sich die beiden ganz allein im Raum, umgeben von Fotos, irischen Landschaften, Guinnessreklamen und allerlei anderen wohldrapierten Pubutensilien. An der Decke hing ein Fernseher, auf dem ohne Ton die Tagesschau lief, und der Dart-Automat flipperte ungenutzt vor sich hin.

„Guten Abend, die Herren Räte!“, sagte Jockel Hahne, der gern in derartigen Situationen in die Sprechweise seiner romantischen
Lieblingsautoren verfiel. „Wäre es genehm, an diesem Tische Platz zu nehmen?“

„Hallo, Herr Philosoph!“, antwortete Leon Kausalsky vergnügt. Seine blauen Augen blickten zwischen den langen blonden Haaren dem Neuankömmling entgegen. Wie fast immer trug er ein rustikales Hemd mit hochgekrempelten Ärmeln und Jeans. Er war als langjähriger Ratsherr stadtbekannt und das war auch der Grund, warum ihn Jockel heute Abend gezielt aufsuchte.

Auch der Bauausschussvorsitzende grinste. Er hatte ein dunkles Jackett an zum hellen Hemd, seine schwarzen Haare waren wohl frisiert, und seine Augen hinter den schwarzgerahmten Brillengläsern richteten sich ebenfalls interessiert auf Jockel. „Aber bitte schön, setz dich zu uns! Was gibt es Neues zu berichten?“

Während Jockel seine Regenjacke auszog, trat Doreen zu ihnen. Er drehte sich um und bemerkte, das sie ihn abschätzend ansah. Die beiden Ratsherren verfolgten diese Szene interessiert mit ihren Blicken und zwinkerten der hübschen kleinen Wirtin komplizenhaft zu. Jockel ignorierte das und verlangte in forschem Tonfall: „Ich nehme ein großes Glas Guinness!"

Dann setzte er sich zu den Freunden und sagte: „Neues ...? Meine Großmutter ist gestorben. Sie war eine begnadete Odinistin."

„Oh!", antwortete Leon. „Mein Beileid. Was ist eine Odinistin?"

„Sie hielt die alte nordische Naturreligion mit Odin an der Spitze einer mythologischen Hierarchie für wertvoller als das Christentum", dozierte Jockel Hahne und setzte hinzu: „Die Anhänger der christlichen Lehre verhalten sich in der Praxis eher technokratisch und kriegerisch, selbst wenn sie mit ihren Worten Liebe predigen."

„Auch Odin war ein Krieger", fiel ihm der Bauausschussvorsitzende ins Wort. „Sogar ein sehr heftiger."

„Das ist etwas anderes", erwiderte Jockel. „Odin stand einem Götterrat vor: seine Frau Frig, die Lebensgöttin Freya, der spitzfindige Loki, der Wettergott Thor und viele andere. Sie waren ein Gegengewicht und spiegelten die wechselhaften Kräfte in unserem Universum wider."

„Außerdem wurde das Bild Odins von den Christen erheblich verformt", meinte Leon bedächtig. „Aus Propagandagründen machten sie aus ihm den Gehörnten, letzten Endes den Teufel. Da hat er schon recht."

„Die christliche Denkweise durchsetzt sämtliche Ideen des Abendlandes", fuhr Jockel fort, „nicht zuletzt unsere moderne Altertumsforschung und Physik. Ihr dürft nicht vergessen, dass alle heidnischen Völker a priori als unterentwickelt angesehen wurden, bis weit ins Zwanzigste Jahrhundert hinein. Deshalb tut man sich noch heute damit schwer, die technologischen Höchstleistungen der Sumerer, Ägypter, Phönizier, ja Indianer richtig einzuordnen. Diese Heiden lebten bereits in riesigen Städten und bereisten alle Weltmeere, als sich Abraham mit seinen Söhnen noch um drei Ziegen stritt."

„Und wie steht es um die Physik?", fragte Leon lächelnd. „Wo verbirgt sich da der Liebe Gott?"

„Das weißt du doch besser als ich", sagte Jockel und senkte die Nase in den cremigen Guinnessschaum. „Die Urknall-Hypothese wird nicht mehr ernsthaft hinterfragt, selbst wenn man dafür voraussetzen muss, dass fast unser gesamtes Universum aus Schwarzer Materie besteht. Das kommt einem Schöpfungsbeweis schon sehr nahe."

„Nur sechsundneunzig Prozent bestehen aus Schwarzer Materie“, spottete Kausalsky und fragte dann: „Mensch, Jockel, du scheinst es ja richtig ernst zu meinen?“

„Na ja!“, lenkte dieser etwas ein. „Ich würde gern das Wissen der alten Religionen wieder ausgraben, speziell der nordischen. Es wäre für mich interessant, erst einmal einige Gleichgesinnte zu finden. Hier am Rande des Harzes könnte es doch mehr Kundige geben, die in vorchristlicher Mythologie bewandert sind, als anderswo. Und da ihr beide in Quedlinburg so viele Leute kennt ...“

„Der Papst hat gerade gesagt“, die leicht japanisch wirkenden Gesichtszüge des Bauausschussvorsitzenden verzogen sich zu einem breiten Grinsen, „dass in unserem Jahrhundert im Durchschnitt pro Tag eine Sekte auf der Erde gegründet wird. Wusstest du das?“

Leon Kausalsky konnte sich ein Lachen nicht verkneifen: „Nicht, dass du uns so endest wie Jim Jones.“

Jockel fühlte sich angegriffen. Seine Toleranzgrenze lag sehr niedrig, besonders wenn er sich in einem Gespräch auf unsicheres Terrain gewagt hatte. Wollten die ihn verspotten? Mit gekrauster Stirn sagte er: „Ich will keine Sekte gründen, und wer ist dieser Jim Jones überhaupt?“

Leon musste noch mehr grinsen: „Das liegt schon eine Weile zurück. Jim Jones war der völlig durchgeknallte Anführer der People's Temple Sekte in den USA. Vielleicht erinnerst du dich:
1978 hat er in einem Dschungelcamp in British-Guyana seine Jünger zum Massenselbstmord mit Zyankali-Limonade aufgefordert. Insgesamt starben damals über 900 Menschen, wenn ich mich recht entsinne.“

„Ja, aber darum geht es mir nicht“, sagte Jockel Hahne und konnte seine Verärgerung kaum noch verbergen. Dass sich die beiden noch so albern benahmen, obwohl sie genau wie er schon Mitte Fünfzig waren, musste von ihrer langjährigen Tätigkeit in der Quedlinburger Stadtpolitik herrühren. „Ich möchte keine Sekte gründen, sondern nur wissen, ob sich Bekannte von euch ebenfalls für das Thema interessieren!“

„Deine Freundin Mine“, sagte der Vorsitzende zu Leon und fügte lax hinzu: „Die ist doch verrückt genug, sich mit sowas zu beschäftigen.“

„Oh ja!“, begeisterte sich Leon. „Zu Mine kannst du gehen. Die hat ein Faible für diese Dinge. Nur darfst du ihr nicht zu amtlich kommen. Die ist nämlich ziemlich ausgeflippt.“

„Das ist doch was", überlegte Jockel jetzt wieder versöhnlich. „Kannst du mir sagen, wo ich diese Mine finde?"

„Sie wohnt in der Nähe vom Heinrichsplatz", begann Leon und erklärte ihm alle erforderlichen Einzelheiten. „Du kannst einen schönen Gruß von mir bestellen, wir sind Zwillingsgeschwister."

Was das zu bedeuten hatte, wusste Jockel zwar nicht, aber egal. Mit einem Zug kippte er seine Guinness-Neige und rief: „Frau Wirtin! Die Zeche!"

Doreen stand schon eine Weile still und unbemerkt hinter ihm und nannte ihm kichernd die Summe. Jockel erhob sich abrupt und zog seine Regenjacke an. Dann ging er mit durchgesteiftem Kreuz aus dem Raum und winkte noch einmal zurück: „Gehabt euch wohl, ihr Herren!"

„Was war denn das?", hörte er noch Doreen fragen, die mit großen Kulleraugen seinen Abgang verfolgte.

„Ein Odinist war das", antwortete Leon in gespieltem Ernst und sein Freund, der Bauausschussvorsitzende, lachte meckernd. Doch im nächsten Moment wurde er abgelenkt, denn polternd und laut durcheinander redend eroberten die UHUs das Lokal. Ekstatisch verklärt von ihrem winterlichen Fußballspiel, ergossen sie sich in die wohlige Wärme des Pubs, während Jockel zielstrebig sein eisekaltes Fahrrad bestieg.

III

Hermine hatte sich auf ihrer braunen Ledercouch in eine weiße Wolldecke gewickelt und nippte an einem Gesundheitstee, der ihr überhaupt nicht schmeckte. Neben ihr lag ihr betagter Dalmatinermischling und verströmte im Schlaf seinen Hundeduft. Sie putzte ein Schwert, ein Geschenk ihres Vaters, und sah dabei mit halber Aufmerksamkeit zum Bildschirm, wo ihr Lieblingsvideo „Braveheart“ flimmerte. Sie langweilte sich etwas, denn ihre beiden Kinder waren in den Winterferien bei den Großeltern in Kiel, und so war kein richtiges Leben in der Bude. Allerdings hatte sie dadurch auch viel mehr Muße, brauchte sich keinen Kopf um unzählige Alltäglichkeiten machen, sondern konnte sich hemmungslos ihren fantastischen Träumereien hingeben.

Ihr Vater diente einst als Waffenmeister bei der Bundeswehr und hatte ihre Geisteshaltung nachhaltig beeinflusst, viel stärker als ihre arbeitsame Mutter. Als sie 1968 geboren wurde, begeisterte sich ihr Vater gerade für die kanadische Rockgruppe „Steppenwolf“, die sich nach einem charismatischen Roman von Hermann Hesse benannt hatte. Ihr Vater kannte das Buch fast auswendig. Die mysteriöse Partnerin des tragischen Helden Harry Haller hieß Hermine. Und eben dieser Type hatte sie ihren Namen zu verdanken. Aber alle nannten sie Mine, selbst ihre Kinder.

Gedankenversunken zündete sie sich eine Cabinet an und konzentrierte sich etwas intensiver auf den Monumentalfilm. Jedesmal, wenn sie kräftig an der Zigarette zog, wurde ihr schmales Gesicht noch schmaler und ihre grünlich-grauen Augen zogen sich zusammen. Die dunkelblonden Haare trug sie wie immer aus der hohen Stirn heraus nach hinten gezurrt zu einem Pferdeschwanz. Sie hüstelte und nahm einen weiteren Schluck von dem ekligen Fruchttee.

In diesem Augenblick summte die Haustürklingel. Der Dalmatiner hob verschlafen den Kopf und spitzte widerwillig die Ohren. Es war kurz nach neun. Wer mochte hier so spät noch auflaufen?

Mine schälte ihre hochgewachsene Gestalt aus der Decke und stieg vom Sofa. Sie streckte den verspannten Rücken und zog dabei den Bademantel über ihren großen Brüsten zusammen. Ihre langen Beine waren vom Sitzen eingeschlafen, und sie stakste barfuß durch den langen hohen Korridor zur Wechselsprechanlage.

„Wer stört?“, fragte sie in ihrem Kieler Westküsten-Akzent.

„Entschuldigung!“, hörte sie eine etwas verlegene Männerstimme. „Ich komme auf Empfehlung von Leon Kausalsky, Ihrem Zwillingsbruder. Wir saßen gerade im Pub, und ich möchte Sie etwas Wichtiges fragen.“

„Meinem Zwillingsbruder“, murmelte Mine vor sich hin. „Na gut, komm rein!“

Sie drückte auf den Öffner und hörte, dass der Mann ein Fahrrad mit in den Hausflur brachte. Das war ihr schon sympathisch. Wenige Augenblicke später stand der Typ dann vor ihr. Er war bereits ziemlich alt, sah aber noch recht sportlich aus. Sein Gesicht war für die winterlichen Verhältnisse sehr braun gebrannt und wurde von einer langen Nase und merkwürdig wasserblauen Augen dominiert. Die Haare, soweit er noch welche besaß, waren sehr kurz geschnitten.

„Darf ich?“, fragte er devot. „Oder störe ich Sie?“

„Wir können du zueinander sagen“, schlug sie ihm mit einem skeptischen Blick vor. „Bei Herrenbesuch um diese Zeit hört sich das Sie so verkrampft an. Ich bin Mine.“

„Ich heiße Jockel“, antwortete er und lächelte. „Jockel Hahne.“

„Angenehm“, grinste sie wenig überzeugend. „Willst du reinkommen oder geht es ganz schnell?“

„Ich würde schon lieber etwas Zeit haben“, meinte Jockel und betrat in auffällig steifer Körperhaltung den Korridor. Mine überlegte, ob sie ihn nur in die Küche lassen sollte, aber dann entschied sie sich doch für das gemütlichere Wohnzimmer.

„Möchtest du Wein?“, fragte sie, beglückt über die Erlösung von diesem widerlichen Gesundheitstee.

„Wenn es Weißwein sein könnte“, sagte der Mann. „Von Rotwein bekomme ich Kopfschmerzen.“

Oh Gott, pimpelig ist er auch noch, dachte sie und holte einen Müller-Thurgau. Der Mann zog seine Regenjacke aus. Darunter trug er ein blaues Sweatshirt, Trekkinghosen und leichte Wanderschuhe.

Mine zeigte ihm seinen Sitzplatz in einem braunen Ledersessel, genau ihrer Couch gegenüber, und stellte zwei Gläser auf den niedrigen Glastisch dazwischen. Wie nebenbei reichte sie ihm Flasche und Öffner und schaltete das Video ab. Schnell und geschickt bekam er die Flasche auf, was auf häufige Übung schließen ließ.

Artig goss er Wein in die Gläser und prostete ihr mit einem Lächeln zu. Sie war ein wenig amüsiert. Dann fragte er: „Wieso bezeichnet sich Leon als Ihr ..., äh, dein Zwillingsbruder?“

Mine lachte verhalten: „Wir wurden beide im Sternbild Zwilling geboren und obendrein noch am gleichen Tage, allerdings nicht im gleichen Jahr. Das ist alles."

„Aha, interessant", murmelte der Mann. „Also, du wurdest mir von Leon empfohlen als – sozusagen – weise Frau in Sachen nordische Götterwelt und allem, was damit zusammenhängt."

„Ich habe in meiner Kindheit jeden Sommer in Norwegen verbracht", antwortete sie und bot ihm eine Cabinet an. Er schüttelte energisch den Kopf. Sie gab sich Feuer und sagte dabei durch den Qualm: „Ich bin bis heute fasziniert von der Landschaft und ihren Göttern. Das Christentum ist eine Wüstenreligion, es passt nicht zwischen Fjorde und Gletscher. Ich glaube, dass ich in einem früheren Leben eine nordländische Monarchin war. Kausalsky meint, er wäre ein Magier, was übrigens mit seiner Tarot-Zahl korrespondiert. Und du?"

„Ich weiß nicht", sagte Jockel verdutzt. „Vielleicht ein Philosoph – oder ein Priester. Meinst du, die Seele wandert wirklich?"

„Ich halte das für ganz sicher", erwiderte Mine und blies cool den Qualm in seine Richtung. „Aber nun erzähl mal, was dich zu mir treibt!"

„Meine Großmutter war Mythenforscherin und Historikerin", begann Jockel und zog die wasserblauen Augen zu schmalen Schlitzen zusammen. „Sie ist gerade gestorben und hat mich zuvor damit beauftragt, den Glauben an Odin wieder aufleben zu lassen. Ich habe es ihr auf dem Sterbebett versprochen und nun suche ich einige Gleichgesinnte. Sie hat mich jedoch gewarnt. Für den Fall, dass ich die Götter hintergehe ..., ja, für diesen Fall wird mich Odins Fluch treffen. Die Wanen werden mich verfolgen, und der Fenris-Wolf wird mich anfallen."

Er grinste etwas verschämt und nahm einen großen Zug Wein. Mine lachte laut auf: „Odins Fluch? Ja, davor solltest du dich in acht nehmen! Und der Fenris-Wolf ist sehr gefährlich. Aber vor den Wanen brauchst du dich nicht zu fürchten. Das sind die friedlichen Fruchtbarkeitsgötter der Megalithgräberleute. Schlimmer sind die Asen. Das ist ein kriegerisches Geschlecht, es sind die Götter der Streitaxtleute."

„Ach so!", Jockel beugte sich mit begeistert leuchtenden Augen über die gläserne Tischplatte und schenkte Wein nach. „Ich sehe, du weißt da viel besser Bescheid als ich. Kennst du noch mehr Menschen, die in einer kleinen Gemeinschaft mitmachen würden?"

„Willst du einen nordischen Kult erschaffen?“, begeisterte sich Mine und trank ihr Glas völlig leer wie eine echte Walküre, eine Schlachtjungfrau, die die toten Krieger nach Walhalla brachte, wo sie in Odins Armee aufgenommen wurden. „Du siehst, wenn du meine ehrliche Meinung hören willst, gar nicht wie ein gläubiger Mensch aus, zwar ein bischen fanatisch, aber die Götter sind dir doch schnuppe. Habe ich Recht?“

Jockel zog die Stirn kraus und musterte sie eindringlich: „Und du? Glaubst du an die Existenz der alten Gottheiten?“

Mine drehte das Weinglas und überlegte sich eine passende Antwort: „Ich bin schon davon überzeugt, dass es etwas über uns gibt, eine andere Welt, die wir nur ganz selten spüren oder sehen. Von dort werden unsere Schicksale beeinflusst, unsere Seelen kommen von dort und gehen da wieder hin zurück. Die alten Gottheiten sind schöne Bilder, ich finde die Figuren prächtig, aber für mich verkörpern sie letztendlich die Naturgewalten, die Jahreszeiten, Flüsse und Meere, Regen und Sturm, Krankheit, Tod, Liebe, Treue, ...“

„Da kommen wir uns schon sehr nahe!“, sagte der Mann gegenüber am Tisch. „Ich würde mich selbst als Atheist bezeichnen. Deshalb möchte ich auch keine neue Religion begründen oder eine alte aus der Versenkung heben, und ich möchte schon gar nicht den Gott der Christen durch Odin ersetzen oder seine Liturgie durch eine festgelegte odinistische Zeremonie. Mir geht es um ein tieferes Naturverständnis. Für mich sind wir Menschen in ein Substrat eingebettet, wir sind Gäste auf dieser Welt, wir sind ..., na ja, man könnte sagen, wir sind die Kinder der Naturgewalten, eben der Götter. Im Christentum kann ich diesen Gedanken nur schwer finden. Die christliche Kultur ist zu stark und zu ausschließlich auf den Menschen und seine Werke ausgerichtet.“

Mine machte eine temperamentvolle Kopfbewegung und fiel ihm ins Wort: „Und diese Werke, wie du sie nennst, vereinnahmen die Menschen. Sie verschlingen sie sogar manchmal mit Haut und Haaren. Wer nicht mitmacht ... Weisst du, Jockel, es gab Zeiten, da habe ich mich völlig ausgeklinkt, war nur noch high und auf Drogentrip. Und es blieb nicht bei einigen Joints ... Die Geburt meiner Kinder hat mich gerettet, mit knapper Not.“

Mine verstummte und sah in den Augen des Mannes Mitgefühl. Leise fragte er: „Und jetzt suchst du Gleichgesinnte? Vielleicht wird das der tiefere Sinn des Odinismus, das Finden von Seelenverwandten.“

Mine wurde wieder lustiger: „Ich kenne da ein paar Menschen, die vielleicht gern mitmachen würden. Jeder von ihnen hat jedoch sein Verhältnis zu den Göttern auf andere Weise geklärt. Wie stellst du dir das Ganze denn vor?"

„Nun, zuerst sollten wir uns treffen und gegenseitig kennenlernen", sinnierte Jockel. „An magischen Orten, die Bezug zu den Göttern haben, zum Beispiel im Bodetal oder auf der Roßtrappe. Die unterschiedlichen philosophischen Einstellungen der Leute finde ich gerade spannend, keine Berührungsängste! Es soll ernsthaft zugehen und gleichzeitig Spaß machen, so wie im Theater." Jockel grinste und fügte hinzu: „Ich kenne mich da etwas aus. Nach dem Studium habe ich einige Jahre als Dramaturg gearbeitet."

„Geil!", begeisterte sich Mine. „Da können wir uns die alten Namen geben. Ich bin Freya, die Göttin der Fruchtbarkeit."

Mine konnte es nicht lassen, die Ansätze ihrer üppigen Brüste aus dem Bademantel hervorquellen zu lassen. Sie gab sich gern ein wenig ordinär und ergötzte sich daran, wie seine lange Nase für einen Moment ein interessantes Eigenleben zu entfalten schien. Dann lachte sie: „Du bist Loki, der Philosoph unter den Göttern. Später hat er sie zwar verraten, aber das musst du ja nicht nachmachen. Hast du schon den Brunnen der Weisheit gesehen, das Odin-Denkmal von Jochen Müller in Thale? Wer von dem Brunnen trinkt, kann in die Zukunft schauen. Er steht vor dem Rathaus."

Jockel schüttelte den Kopf und zog eine erstaunte Grimasse.

„Er hat den Odin wunderbar getroffen", rief Mine euphorisch. „Und seinen Mantel mit dem Himmelszelt, den Zauberring Draupnir, den Speer Gungnir. Und dann die vier Windzwerge Nordi, Sudri, Austri und Westri. Das solltest du dir unbedingt ansehen! Nicht zu vergessen Munin und Hugin, die weisen Raben. Die sind sowieso am tollsten!"

Mine, die jetzt Freya war, fühlte, wie sich ihr Gesicht vor Eifer rötete: „Wenn du willst, helfe ich dir, Loki."

Jockel lächelte ihr freundschaftlich zu und rollte theatralisch mit den blauen Augen: „Das wäre ein guter Anfang. Weißt du was, Mine? Noch vor wenigen Wochen hätte ich nicht im Traum daran gedacht, einen heidnischen Zirkel zu gründen. Ich weiß selber nicht, was eigentlich in mich gefahren ist. Seit dem heutigen Abend beginnt mir diese Idee immer mehr Spaß zu machen. Also, wann sollten wir unser erstes Kulttreffen abhalten?"

„Na“, erwiderte sie mit ernstem Gesicht, „erstmal müssen wir die Leute fragen und dann müssen wir sie zueinander führen. Und dann erst kann unser erstes mythisches Gelage stattfinden.“

„A propos Gelage“, sagte Loki, der langsam auftaute, „hast du vielleicht noch ein Fläschlein Wein übrig?“

„Ich glaube schon“, erwiderte Freya und schälte sich erneut aus der Wolldecke, wobei sie die glatte Haut ihrer Schenkel einen Moment hervorblitzen ließ. Sie warf einen Blick zur Uhr, es war schon ziemlich spät. Zum Glück musste sie morgen nicht arbeiten und würde ausschlafen können. Trotzdem sollte sie diesen Loki in spätestens einer Stunde hinausexpedieren, auch wenn er ihr jetzt viel netter als bei seinem Kommen erschien. Noch vorhin hätte sie nicht geglaubt, dass sie an diesem Abend eine so interessante Begegnung haben würde. Wenn ihr dieser Typ anfangs noch ziemlich spröde, ja schulmeisterhaft erschienen war, so fand sie ihn inzwischen aufgeschlossen und geistreich. Sie hatte fast nie die Möglichkeit, mit anderen Menschen über ihre Traumwelten zu reden. Sie fühlte sich froh und aufgekratzt. Diese Gelegenheit, aus ihrer ziemlich tristen Wirklichkeit auszubrechen, durfte sie nicht verstreichen lassen. Sie wollte Abenteuer erleben, in Grenzbereiche vorstoßen, so wie ihre fiktiven Helden. Und sie ahnte nicht, wie reichhaltig die Götter ihr diesen Wunsch erfüllen würden. Lächelnd reichte sie ihm die zweite Weinflasche.

Nachdem die Gläser neu gefüllt waren, fragte sie ihn: „Weißt du schon eine geeignete Örtlichkeit für das Treffen?“

Versonnen grübelte er über seinem Weinglas, wobei in seine Augen ein abgewandtes und zugleich unheimliches Glitzern trat, das ihr für einen Augenblick ein wenig Angst einflößte. Dann sagte er nachdenklich: „Wir sollten es zum Fest der Ostara stattfinden lassen, der Frühlingsgöttin und Erdenmutter. Dann hat Donar die Frostriesen besiegt, und seine Schwester macht die Erde wieder grün. Und ich kenne auch einen ganz besonderen Ort für dieses Treffen ...“

IV

Am Karfreitag, morgens um acht Uhr, saß Irenäus Moll auf der kleinen Holzbank hinter seinem Grundstück am Südrand des Eselstalls. Bis Quedlinburg wäre es eine gute Stunde Fußweg, aber dorthin zog es ihn heute nicht. Er wartete und entzündete sich die erste Zigarette des Tages, eine Winfield Red, die noch aus seinem letzten Urlaub stammte. Die Sonne schien von links durch die hohen Kiefern, und der Harz lag bereits in leuchtendem Grün einige Kilometer vor ihm. Es würde ein schöner Tag werden. Im Wetterbericht hatte man Bilderbuch-Ostern prophezeit.

Irenäus' Seele hatte sich noch nicht richtig von den Nachwirkungen seines ersten Kriminalfalls erholt, den er im vergangenen Jahr löste, nachdem er durch Iris Katzengold in eine höchst merkwürdige Story geraten war. Damals glaubte er, ein echter Privatdetektiv zu sein und löste den Fall auch ohne die Mitwirkung der Polizei. Aber das war's dann eben gewesen, und er war eigentlich froh darüber, dass er mit hoher Wahrscheinlichkeit für den Rest des Lebens nicht wieder mit derartigen Dingen konfrontiert werden würde, denn in seinem Lebensraum standen die Chancen gering, das große Abenteuer zu erleben. Er lebte weder in Chicago, noch in Moskau, sondern am Rande des deutschen Harzes.

Ihn bedrückte etwas ganz anderes in diesem Zusammenhang. Es war Dunja, eine der Hauptpersonen der vergangenen Episode, auf deren Grundstück und in deren Haus er jetzt lebte, zugegebenermaßen sehr angenehm und romantisch. Aber ...

„Träumst du?", wurde er von einer fröhlichen Stimme aus seinen Grübeleien gerissen. Titus, sein schwarzer Altdeutscher Schäferhund, der neben ihm im frischen Grün gelegen hatte, schien ebenfalls geträumt zu haben. Wahrscheinlich auch von Dunja. Erschrocken bellend sprang er in die Höhe.

Karl Wabenmond hatte sich ihnen in Jägermanier lautlos genähert und kam nun mit Rauhhaar-Teckelin Luci an der Leine auf sie zu. Titus sprang den beiden begeistert entgegen und begrüßte wedelnd seine niedrige Freundin. Karl trug einen ziemlich großen Rucksack, den er jetzt schnaufend absetzte. Besonders leicht schien er nicht zu sein.

„Bist du bereit?", fragte er und gab seinem Freund Irenäus die Hand.

„Immer bereit!“, grinste der und schlug ein. „Schleppst du auch soviel Zeug mit?“

„Alles nur zum Essen und Trinken“, antwortete der Förster. „Bei jeder Rast wird es leichter werden.“

„Dann sollten wir vielleicht schon ein Begrüßungsbier trinken“, sagte Irenäus und griff, ohne eine Antwort abzuwarten, in den Rucksack. Karl tat es ihm nach und murmelte in seinen kurzen blonden Bart: „Des morgens in der Früh schmeckt das Bier wie Hühnerbrüh!“

Beide Männer standen nebeneinander und schauten versonnen hinüber zu den Bergen.

Irenäus war über einsachtzig groß. Sein nicht eben schlanker Körper steckte heute in einem buntkarierten Wollhemd und schwarzen Jeans, an den nackten Füßen trug er Teva-Sandalen. Die langen schwarzen Haare hingen schulterlang herab und waren von etlichen grauen Strähnen durchzogen. Unter etwas schweren Lidern kniff er die blauen Augen zusammen und führte die Flasche an den sanguinischen Mund. Sein Dreitagebart wurde von einem Schwall Tropfen benetzt, die er anschließend mit einer Handbewegung wegwischte.

Karl Wabenmond hatte leicht lockige blonde Haare und die wachen blauen Augen eines echten Mecklenburgers. Er trug ein grünliches Hemd mit Brusttaschen und dunkle graue Hosen. An

den Füßen saßen derbe Wanderschuhe.

„Es wird Zeit!“, sagte er und schulterte seinen Rucksack.

Irenäus tat es ihm mit einem leisen Ächzen nach und sagte mit gespieltem Selbstmitleid: „Sonst schaffen wir unser Pensum nicht.“

Karl hakte Luci von ihrer Hundeleine und dann marschierten die beiden Osterwanderer am Südrand des Eselstalls entlang bis zu den Warnstedter Eichen. Hier endete die Gemarkung Quedlinburg, weit entfernt von der Stadt. Angeblich hatten einst die Westerhäuser diesen Wald im Kartenspiel an die Quedlinburger verloren, ein heutzutage schier unvorstellbarer Verstoß gegen das allgegenwärtige Kommunalrecht. Von dort aus dauerte es wenigstens eine Stunde quer durch die Felder bis nach Timmenrode. Rechts sahen sie das Helsunger Bruch und die Teufelsmauer mit dem Hamburger Wappen, einer prägnanten Felsformation.

Sie durchquerten den Ort und zogen über einen kalkigen Höhenzug hinunter ins Wienröder Tal zwischen dem Forsthaus Eggerode und den Wienröder Teichen, deren Wasser noch zu kalt zum Schwimmen war. Wohl aber brachen die Knospen der vielen Kirsch- und Pflaumenbäume entlang des Weges auf und verströmten süße Düfte. Hinter Wienrode ragte der steile Rand der Harzer Pultscholle aus dem hügeligen Harzvorland. Irenäus und Karl ächzten unter der Last ihrer Rucksäcke. Beglückt sahen sie endlich in der Ferne die Gebäudegruppe Totenrode auftauchen.

„Oh Mann!", stieß Irenäus hervor, „hoffentlich haben die heute offen."

Sie hatten Glück. Genau an diesem Tag begann die Sommersaison in dem kleinen Biergarten mitten im Walde. Es war fast wie Fliegen, wenn man den Rucksack absetzte. Die beiden Männer aßen zum Mittag Halberstädter Würstchen und genehmigten sich dazu Hasseröder Bier und zum Nachtisch einen Schierker Feuerstein. Diese kulinarischen Freuden trieben das Blut in die Magenregion, und reichlich müde stiegen sie ins Bodetal hinab nach Altenbrak. Nach einem schnellen Eis machten sie sich an den langen Aufstieg gen Süden. Später liefen sie vorbei an Ebereschenplantagen und kamen gegen Abend in Stiege an.

„Wir sollten noch vor Einbruch der Dunkelheit die Behrklippe erreichen", drängte Irenäus. „Das sind noch knapp fünf Kilometer. Dann haben wir unser heutiges Pensum abgearbeitet."

Karl verzog leicht gequält das Gesicht, und sie setzten mutig zum Endspurt an. Die Behrklippen lagen genau neben den Gleisen der Schmalspurbahn zwischen Stiege und Nordhausen. Es würde bald dunkel werden, und die beiden beeilten sich, den Steilhang hinaufzukraxeln.

„Na siehst du!", sagte Irenäus befriedigt, als sie oben zwischen den Felsen einen wunderbaren kleinen Rastplatz fanden. Der letzte Zug der Kleinbahn ratterte gerade mit leuchtenden Waggons unter ihnen vorbei und hüllte sie mit schwarzem Steinkohlenqualm ein. „Für heute müssten wir hier unsere Ruhe haben."

Zuerst entzündeten sie ein kleines Biwak-Feuer. Der Himmel war völlig klar und die Temperatur fiel spürbar. Sie rollten ihre Schlafsäcke neben der Feuerstelle aus und reckten die müden Glieder; das waren wohl dreißig Kilometer gewesen.

Auch an den Hunden war der Marsch nicht spurlos vorübergegangen, und dankbar fraßen sie die mitgetragenen Rippchen. Ihre Herren öffneten erschöpft eine Flasche Rotwein und füllten ihre Becher. Neben sich breiteten sie auf einem Leinentuch Heidschnuckenwurst, eine Spezialität des Försters, Zwiebeln und selbstgebackenes Brot aus. Dann stießen sie schweigend an und aßen genüsslich. Im Hintergrund ertönte das Krachen der zerbissenen Knochen und zeigte an, dass auch das Hundepärchen bei guter Laune war.

Die Nacht hatte sich inzwischen herabgesenkt. Die Sterne begannen, am Frühlingshimmel zu funkeln. Sie öffneten noch eine Flasche Rotwein, auf dass ihre Rucksäcke am nächsten Tage leichter würden.

Karl Wabenmond rollte sich wohlig grunzend in seinen Schlafsack und legte sich Luci vor die Brust. Dann sagte er urplötzlich: „So, lieber Irenäus, nun würde ich gern von dir einen Reisebericht hören, denn ich glaube zu wissen, wohin dich deine Fahrt geführt hat."

Irenäus Moll hatte einen langen Winterurlaub hinter sich und war erst seit wenigen Wochen wieder in seinem Waldhaus. Er hatte Neuseeland bereist, wo zu dieser Zeit Hochsommer gewesen war. Das wusste Karl bereits, aber über den Rest hatte er sich, abgesehen von einigen Landschaftsbeschreibungen, bisher ausgeschwiegen.

Irenäus nahm einen hastigen Schluck Wein und fragte scheinheilig: „Was meinst du mit dieser Andeutung?"

„Du warst bei unserer gemeinsamen Freundin", umschrieb Karl das Problem und streichelte Luci am Bauch.

„Bei welcher?", fragte Irenäus und grinste.

„Ach nun!", rief Karl: „Du weißt, wo Dunja ist! Gib es zu!"

In die hübsche Künstlerin Dunja hatten sie sich beide verliebt, allerdings hatte diese einige Tage lang ihre ganze Zuneigung ihm, Irenäus, geschenkt. Anschließend war sie verschwunden, auf Nimmerwiedersehen, „in die Anderswelt, wo wir uns vielleicht eines Tages wiedersehen werden". Sie war die Hauptperson seines ersten Falles gewesen und hatte 100.000 Euro erbeutet. Das Geld gehörte zwar nicht ihr, aber es war schmutziges Geld gewesen, Bestechungsgeld, das Unglück gebracht hatte. Die wahren Besitzer waren dermaßen reich, dass sie den Verlust nur theoretisch bemerkten. Sollte also Dunja mit dem Geld glücklich werden. Aber wo war sie geblieben?

„Hättest du Dunja verraten, wenn du ihren Aufenthaltsort gekannt hättest?", fragte Irenäus seinen Freund.

„Natürlich nicht", erwiderte Karl und starrte ins Feuer. „Ich finde es sowieso merkwürdig, dass in unserer Gesellschaft Kapitalverbrechen viel härter geahndet werden als Personendelikte.

Aus meiner Sicht war es ein genialer Zufall, dass gerade sie das Geld gefunden hat. Ich halte sie für so etwas wie eine gute Seele, die eine Prämie vom Schicksal verdient."

Irenäus schmunzelte wehmütig: „Sie hat mir zu Weihnachten eine Karte geschickt. Aus Neuseeland. Mit einer Telefonnummer. Da bin ich im Februar hingefahren."

„Und weiter?" drängte Karl, jetzt hellwach.

„Ja, weiter ...", sinnierte Irenäus und stützte sich auf den rechten Ellenbogen. Er schaute in die lodernden Flammen. „Im Nachhinein beurteile ich meine Vorgehensweise als, gelinde gesagt, naiv. Ich investierte Hals über Kopf 1.000 Euro und machte mich auf einen Trip von über 28 Stunden zu Dunjas Insel. Als ich endlich in Auckland ankam, betrug die Temperatur satte 36 Grad im Schatten, und ich stand mit meiner weißen deutschen Winterhaut im grellen Sonnenlicht einer sommerlichen Anderswelt. Zum Glück ist Neuseeland ein ausgesprochen gemütliches Plätzchen. Ich suchte mir einen Fernsprecher und rief einfach die angegebene Nummer an."

„Das hättest du von Quedlinburg aus aber leichter haben können", meinte Karl ernst und steckte Luci in seinen Schlafsack.

„Weiß ich!", erwiderte Irenäus ungehalten. „Aber ich hatte eine Hemmung, wollte sie überraschen, und überhaupt war mein Verstand umnebelt. Immerhin meldete sie sich und war erfreut und überrascht, aber als sie erfuhr, dass ich bereits in Auckland war, hatte ich das Gefühl, dass sie unsicher war. Doch sie bot mir sofort an, mich abzuholen, etwa 160 Kilometer. Entsprechend ihren Anweisungen begab ich mich mit einem Shuttlebus in die City von Auckland und genoss dieses einzigartige Flair einer völlig andersartigen Metropole, mitten im Pazifischen Ozean, mit liebenswürdigen Menschen, einem ganz anderen Lebensstil ...

Jedenfalls kam sie dann irgendwann mit einem großen Pick Up, war fröhlicher Stimmung und zeigte mir die Hafenanlagen. Dann machten wir uns auf den Weg nach Dargaville, einer Stadt, in deren Nähe sie jetzt wohnte. Es war eine einmalig schöne Fahrt: Tasman Sea und Pazifik, Mangrovensümpfe und Riesenfarne, eine interessante Mischung aus britischer Kultur, Maori-Welt und globalisierter Moderne. Wir hielten öfter an, und sie erzählte begeistert von ihrer neuen Welt, aber das Band unserer kurzen Zweisamkeit wurde nicht wieder angeknüpft.

Irgendwann kamen wir endlich nach Bayly's Beach, an diesen unendlich langen, fast menschenleeren Strand, und erreichten ihr einsames Grundstück. Es war dort wunderschön. Exotische Bäume, hohe Aloe-Stauden, bunte Blumen, Seevögel, Meeresrauschen. Sie führte mich in das kleine luftige Holzhaus, in dem sie jetzt lebte, und brachte mir eine Büchse Steinlager-Bier aus dem Kühlschrank. Die Sessel am Tisch waren mit bunten Tüchern ausgelegt, auf denen lauter Kettensägenspäne lagen. Und das war's dann ..."

„Was war's dann?", fragte Karl empört, als Irenäus resigniert ins Feuer starrte. „Bei mir liegen auch lauter Kettensägenspäne auf dem Sofa."

Der raffte sich mit einem Seufzer wieder auf und fuhr fort: „Eben, eben. Sie hatte mir die Karte zu Weihnachten geschickt, und Silvester hat sie Bob am Strand kennengelernt, beim BBQ, beim Würstchengrillen."

„Wer zum Teufel ist Bob?", stöhnte Karl.

„Bob kam dann bald aus dem Forrest", erzählte Irenäus. „Ein sehr netter, muskelstrotzender, hochintelligenter Maori, der die letzten Kauri-Bäume rettet und die Wale und die Farne und dem ständig, wenn er sich erschöpft in Dunjas Hütte niederlässt, die Kettensägenspäne aus der Hose fallen. Und deshalb die bunten Sesselbezüge."

„Na super!" Karl nahm einen großen Zug Rotwein. „Da hattest du keinen Stich ..."

„Gar keinen", erwiderte Irenäus lakonisch. „Im wahrsten Sinne des Wortes. Ich bin trotzdem noch drei Tage bei ihr geblieben. Dann habe ich Neuseeland auf eigene Faust erkundet. Das war teilweise auch recht abenteuerlich, aber über meine Enttäuschung konnte es mich kaum hinwegtrösten."

Karl schaute den Freund schmunzelnd an, sein Mitleid schien sich in Grenzen zu halten. „Du musst dir eben langsam eine neue Braut suchen, ehe du in deinem Waldhaus endgültig versauerst."

„Das ist wieder eine deiner herrlichen Ideen", grollte Irenäus leicht eingeschnappt. Er stellte die leere Weinflasche beiseite und gähnte: „Und jetzt sollten wir schlafen, ehe wir noch sentimental werden. Vielleicht laufen uns ja morgen unsere Traumfrauen über den Weg."

V

Die Nacht war so kalt geworden, dass sich am Morgen Raureif in ihren Bärten abgesetzt hatte und sich die Hunde verzweifelt in ihre Schlafsäcke zwängten. Irenäus entzündete schnell ein neues Feuer, und Karl holte aus dem nahe gelegenen Bach einen Topf mit Wasser. Fröstelnd tranken sie einen starken Nescafé und mümmelten eine Scheibe Wurstbrot. Die Harzquerbahn keuchte an ihnen vorbei und hüllte sie wiederum in warmen Qualm. Die Sonne stand noch hinter den Bäumen, als sich die beiden Männer und ihr Hundepärchen in Marsch setzten.

Nach drei Stunden erreichten sie die Burg Hohenstein, eine der schönsten Burgruinen des Harzes. Hoch über der Landschaft des Südharzrandes speisten sie ein Bauernfrühstück. Der Himmel war strahlend blau, und hinter ihnen erhoben sich die malerischen Mauerreste der Romantiker.

Es war zwar noch Vormittag, aber wenn die beiden ihr Wanderziel erreichen wollten, durften sie nicht bummeln. In der Sägemühle tranken sie ein schnelles Bier unter der 1.000-jährigen Linde. In der neuerstandenen Kalkhütte aßen sie ein spätes Mittagsbrot und folgtem dem Karstwanderweg bis zum Tyrafuchs. Dort taten ihnen schon die Füße weh, und die Riemen der Rucksäcke rieben auf ihren Schultern. Trotzdem beschlossen sie, nicht
aufzugeben und ihren Wanderplan zu erfüllen.

Kurz vor Sonnenuntergang saßen Irenäus und Karl oberhalb des Periodischen Sees am Rande der hohen Gipssteilwand und verzehrten einen kleinen Imbiss. Mit den Hunden teilten sie sich ein Glas Halberstädter Würstchen, was Irenäus' Rucksack wesentlich erleichterte.

„Meinst du, dass wir diese Queste heute noch erreichen?", fragte Karl skeptisch und reichte Luci ein Stück Halberstädter.

„Das müssen wir", brabbelte Irenäus mit vollem Munde. „Es ist ein wahrhaft mystischer Ort. Du wirst begeistert sein."

„Ich habe auch schon solch ein mystisches Gefühl", sagte Karl und sah mit merkwürdigem Gesicht in den Buchenwald, in dem sich die abendlichen Schatten sammelten. „Glaubst du an Vorahnungen oder daran, dass bestimmte Menschen bevorzugt von finsteren Mächten heimgesucht werden?"

„Prinzipiell glaube ich an Telepathie und an Vorahnungen", erwiderte Irenäus. „Wir beide führen ein für heutige Verhältnisse ziemlich außergewöhnliches Leben. Deshalb erleben wir auch mehr Abenteuer als die anderen braven Bürger, die nicht allein in einsamen Waldhäusern wohnen. Aber gerade heute spüre ich nicht die Anwesenheit finsterer Mächte. Es wird nur finster sein, wenn wir die Queste erreicht haben. Ich denke, wir sollten uns beeilen."

„Dann los!" Karl raffte sich in die Höhe und setzte den Rucksack auf. Er schaute von der Felswand hinab auf das dunkel gurgelnde Wasser des Bauerngrabens. Der kleine See füllte sich gerade wieder, nachdem er viele Monate lang trocken gelegen hatte. „Das seltsame Gefühl hat mich erst hier erreicht. Und es wird stärker ..."

„Halt!", flüsterte Karl und machte das Licht der kleinen Taschenlampe aus. „Mach dunkel! Ich sehe etwas leuchten. Ein Feuer."

Inzwischen war es zehn Uhr durch und stockdunkel in dem ausgedehnten Buchenwald, durch den sich die beiden Freunde erschöpft im Lichtschein ihrer Taschenlampen fortbewegten. Der Waldrand lag kurz vor ihnen. Die Queste stand auf der Kuppe einer Felsflanke, die mit Trockenrasen, Heidekraut und einigen niedrigen Birken bewachsen war. Die Wülste einer uralten bronzezeitlichen oder gar neolithischen Wallanlage bildeten am Fuße des urwüchsigen Questenstamms eine ausladende Senke, aus der in dieser Nacht die hellen Flammen eines Feuers loderten.

„Scheiße!", fluchte Irenäus. „Die machen dort ein Osterfeuer, wo wir übernachten wollen."

„Warte!", sagte Karl leise und nahm die erschöpfte Luci auf den Arm. „Nimm Titus an die Leine. Mein Gefühl hat sich verstärkt. Wir sollten uns anpirschen. Sie dürfen uns noch nicht bemerken."

„Dein Gefühl!", moserte Irenäus, fügte sich jedoch den Anweisungen des Freundes. Geduckt schlichen sie im Schatten der niedrigen Erhebung auf den Lichtschein zu. Leises Gemurmel drang durch die Finsternis. Irenäus hielt Titus kurz an der Leine und wandte sich zu Karl, doch dieser legte, schemenhaft zu erkennen, beschwörend einen Finger auf den Mund. Auch er hatte die Teckelin jetzt an der Leine. Sie legten sich auf den Bauch, nachdem sie die Rucksäcke im Schatten abgelegt hatten, und schoben sich zwischen zwei Birken näher an die Lichtquelle heran.

Dann endlich konnten sie etwas erkennen. In der Senke unterhalb der Queste brannte ein nicht sehr großes Feuer. Es war kaum imstande, den Questenbaum mit dem Sonnenkreuz, das fast zehn Meter darüber schwebte, zu beleuchten. Karl stöhnte leise auf. Er hatte die Queste noch nie gesehen, und in dieser Beleuchtung sah das urzeitliche Sonnensymbol wahrhaft bedrohlich aus. Der nackte Stamm einer alten, abgeschälten Eiche ragte in den Nachthimmel, daran hing an einem Querholz die sogenannte Queste, ein etwa drei Meter großer Kranz aus Zweigen, die auf einen Eisenring geflochten waren. Rechts und links davon waren die Quasten angebracht, zwei Reisigbündel, die wie Schwingen aussahen, mit denen sich das Gestirn durch das Weltall bewegt. Ganz oben an der Spitze des über zehn Meter hohen Stammes war in der Dunkelheit der „Lebensbuschen" zu erahnen. Alljährlich zu Pfingsten, dem christianisierten Tag der Sommersonnenwende, wurde dieses heidnische Bildwerk in einem kultischen Volksfest erneuert.

Derartige Questen sind im Stammesgebiet der alten Germanen vielfach nachgewiesen, doch nur dieser Lebensbaum, dieses Sonnensymbol oder was immer es sein mochte, durchlebte alle Wirren und Ideologien, alle Moden und Religionen auf diesem Karstfelsen am Rande des Südharzes.

Lange konnten sich die beiden jedoch nicht diesen Eindrücken hingeben, denn in der Senke, die sich zwischen dem Questenhügel und ihrem Versteck ausbreitete, geschahen sehr merkwürdige Dinge. Rund um das flackernde Feuer saßen und standen einige Personen, die meisten davon hatten ihnen den Rücken zugekehrt. Unterhalb der Queste stand ein Mann mit einem dunklen Umhang, das vom Feuer umflackerte Gesicht ihnen zugewandt. Er schien gerade zu sprechen, doch Irenäus konnte sich vor Überraschung und Aufregung noch nicht auf seine Worte konzentrieren. Er sah die Augen des Mannes im Feuerschein funkeln und die lange Nase beim Reden zucken. In den Händen hielt er ein dunkles krugähnliches Gefäß. Neben ihm stand eine Frau in einem wallenden weißen Kleid, das um die schmale Taille gegürtet war, so dass ihre großen Brüste darüber besonders prägnant hervortraten. Ihr schlankes Gesicht und die zum Pferdeschwanz gebundenen Haare waren im Profil zu sehen. Etwas im Hintergrund bewegte sich langsam schwingend eine völlig schwarz gekleidete Frauengestalt, die ihr Gesicht dick weiß geschminkt hatte, was ihr einen sehr gespenstischen Ausdruck verlieh. Die anderen Anwesenden dieser surrealen Runde saßen am

Feuer und starrten auf diese drei Hauptpersonen, so dass sie den beiden Lauschenden die Rücken zuwandten.

„... ist Odin erfreut darüber, dass diese unsere Schar sich in dieser Nacht der Ostara an diesem Ort versammelt hat", sagte der Mann mit dem dunklen Umhang gerade euphorisch. „In dieser Stunde können wir uns versammeln zu einer ersten Einheit im Glauben an die odinistische Lehre, im Geiste der alten Naturgottheiten, im Gegensatz zu den entseelten Sklaven einer mechanistischen Technokratie. Wollen wir etwas unternehmen gegen die monotone Antinatur dieser Zeit, so lasst es mich wissen."

„Ja, ja, das wollen wir!", murmelten die Sitzenden laut und hoben eben solch merkwürdige plumpe Gefäße in die Höhe. „Sag uns, verehrter Loki, was wir tun sollen!"

Die dunkel gekleidete Frau im Hintergrund trat näher in den Lichtkreis des Feuers: „Wir bauen eine neue Welt auf. Ich bin Hel, ich vertrete die Mächte der Unterwelt. Lasst uns ein neues Band weben zwischen Empfängnis, Geburt, Leben und Tod! Lasst uns wieder mit den Geistern der Ahnen kommunizieren und die Barrieren von Zeit und Raum durchbrechen! Dafür will ich mich geben."

Irenäus sah, dass die Frau in schwarzes Leder gekleidet war, unter dem sich reizvoll üppige Formen hervorhoben. Ihr weiß geschminktes Gesicht besaß große, sehr dunkle Augen und wurde von einer Mähne langer, lockiger, schwarzer Haare umwallt. Für einen Moment glaubte er, er hätte diese Frau schon einmal gesehen, aber die Maske verbarg jegliche Individualität in ihren Gesichtszügen.

Er schaute hinüber zu Karl, der vielleicht anderthalb Meter neben ihm lag. Der Jäger starrte mit angespanntem Gesicht konzentriert auf diese seltsamen Leute und presste wie unbewusst seine Teckelin neben sich auf das Gras. Inzwischen mischte sich die Frau im weißen Kleid in das Gespräch. Ihrem Akzent nach konnte sie nicht aus Ostdeutschland stammen. „Ich bin Freya„ und ich glaube nicht an den Fortschritt des Menschen gegen die Natur, ich glaube nicht an das Gefasel der christlichen Politiker, der Linken und der Rechten und der Grünen. Wir suchen unsere Wurzeln ...!"

„Unsere Wurzeln!", riefen die Sitzenden. „Sag uns, was wir tun sollen!"

Die Frau sah gut aus, irgendwie lässig, fand Irenäus. Sie hob eins dieser unförmigen Trinkgefäße vom Boden und setzte es an die Lippen. Die anderen taten es ihr nach.

„Verflucht seien sie, die Bonzen und ihre willfährigen Diener!", rief einer von ihnen

„Verflucht seien die Abtrünnigen!", rief Hel, die Frau in Leder. „Ich werde sie empfangen in Nifleheim, im feuchten und nebligen Reich der Toten, und die Törichten dem Leichen fressenden Drachen Nidhögg vorwerfen."

Die Sitzenden klatschten in die Hände. Irenäus fand diese Szene absurd, und ihm war unwohl. Wohin waren sie hier geraten? Wer waren diese Leute? War das ein extravagantes Freizeitvergnügen oder die überspannte Osternachtsfeier einer unbekannten Religionsgemeinschaft?

„Bei Skuld, der Norne der Zukunft!", sprach jetzt wieder Loki, der offensichtlich der dominante Geist dieses Zirkels war. „Wir werden Odin wieder zu Macht verhelfen, denn er ist der wahre Herr der Natur. Sein Fluch wird die treffen, die sein Reich zerstören. Ich habe lange darüber nachgedacht, wie wir seine Aufmerksamkeit auf uns lenken können. Wir brauchen dazu ein Opfer, ein gebührendes Opfer, ein großes Opfer – eine christliche Reliquie ..."

Die Anhänger Odins schwiegen. Für einige Sekunden war nur das Knistern des Feuers zu hören. Offensichtlich brauchte der Sinn dieser Aussage einige Zeit, um sich bis in die dafür zuständigen Bereiche ihrer Gehirne vorzuarbeiten. Auf derartige Verrücktheiten waren sie allesamt nicht geprägt, dachte Irenäus.

„Wir brauchen ein Symbol der Christen als Opfer für Odin!", rief der Mann in die Dunkelheit. Irenäus hatte den Eindruck, dass seine Stimme immer getragener und theatralischer wurde. „Wir bieten den wahren Herrschern über die Natur unsere Gabe dar. Wir beißen ein Stück Seele aus dem Leib der Technokraten!"

Die weiß gekleidete Frau machte einen Schritt nach vorn. Ihre Augen funkelten, und ihr Busen wogte. Sie goss aus ihrem Gefäß Flüssigkeit ins Feuer, und eine große Wolke weißen Dampfes fuhr zischend in die Höhe.

„Eine weibliche Reliquie wird es sein!", schrie sie jauchzend. „Eine weibliche Reliquie ...!"

Irenäus fühlte neben sich eine Bewegung

„Geile Frau", flüsterte Karl ihm zu und grinste. Der Förster schien das Ganze für einen harmlosen Budenzauber zu halten. Doch das sah Irenäus nicht ganz so. Er wollte etwas Passendes erwidern. Aber in diesem Moment versank die Szenerie urplötzlich in tiefer Dunkelheit.

VI

Sein Körper zitterte so heftig, dass es schmerzte. Er schlug gequält die Augen auf und stellte fest, dass er auf einer Fläche aus Schnee lag, umgeben von zackigen Erhebungen aus blass schimmerndem Eis. Er war nackt, völlig nackt, und er wusste nicht, wie er hierher geraten war. Sein gemartertes Gehirn registrierte in der Nähe eine langsame Bewegung, die in seine Richtung floss. Er wollte aufstehen aus diesem verdammten Schnee, um besser sehen zu können. Doch dann sah er es auch so: Es war ein Eisbär, der sich langsam schaukelnd auf ihn zu bewegte. Er konnte nicht aufstehen, denn seine nackten Fußsohlen waren auf dem blanken Eis festgefroren. Er wollte schreien, aber das ging ebenfalls nicht. Der Eisbär erreichte ihn und roch an seiner Gänsehaut. Der riesige Kopf näherte sich seinem Gesicht, er sah die großen, gelben Reißzähne, so lang wie menschliche Finger. Dann fuhr dazwischen eine fette rote Zunge hervor und strich ihm warm und hastig übers Gesicht. Eine Pranke lag schwer auf seinem Brustkorb, so dass er kaum noch Luft bekam.

Entsetzt riss er die Augen auf. Schummriges Morgenlicht umgab ihn. Auf seiner Brust saß Luci und leckte ihm hingebungsvoll das Gesicht ab. Er fror jämmerlich und war fast glücklich vor Erleichterung, der weißen Bestie entronnen zu sein. Wo war er? Er wollte seine Lage verändern, doch das war kaum möglich. Seine Füße waren fixiert und fühlten sich kalt und taub an.

Karl lag auf dem Rücken im kargen Trockenrasen auf hell steinigem Grund. Vor sich sah er den Buchenwald und eine armstarke Birke. An dieses Bäumchen waren seine Füße gefesselt, die Arme waren frei. Der Himmel war klar und die Dämmerung fortgeschritten. Also musste es schon nach fünf sein. Luci sprang von seiner Brust und eilte winselnd hinüber zu Titus, der vielleicht zwei Meter entfernt neben seinem Herrchen Irenäus lag. Karl sah, dass das schwarze Fell am Brustkorb blutig war. Luci beleckte eifrig diese Stelle. Irenäus lag leblos am Boden.

Scheiße, dachte Karl und machte ein Taschenmesser, um in den Sitz zu kommen. Seine Füße waren mit einem wäscheleinenähnlichen Strick an die Birke gebunden, ebenso die von Irenäus, der in einem schrägen Winkel neben ihm lag. Karls Kopf dröhnte ziemlich heftig. Er ertastete am Hinterkopf eine Beule, die die Ausmaße einer gut ausgereiften Walnuss besaß. Diese Schweine, dachte er und fingerte in der Hosentasche nach seinem Klappmesser. Dann säbelte er die Stricke durch, die ihn und Irenäus gefangen hielten. Titus winselte leise und ließ sich Lucis Leckerei willig gefallen.

Nach diesem Akt der Befreiung musste sich Karl erst einmal auf den Boden setzen und abwarten, ob das Blut in seine tauben Füße zurückfluten würde. Er gab den Zehen das Kommando, sich zu bewegen, erhielt aber keine Rückantwort. In seinem Kopf herrschte eine seltsame Leere. So recht wusste er nicht, warum er hier an diesem kalten Morgen im Grase saß, und irgendwie war es ihm auch völlig egal. Dann fühlte er seine Füße wieder, allerdings unangenehm kribbelnd.

Taumelnd erhob er sich und blickte sich um. Er erschrak und starrte auf dieses archaische Totem, das vor dem purpurroten Morgenhimmel aufragte. Langsam kam die Erinnerung: Die Queste, eine Sonnenrune an einem hochragenden Eichenstamm auf dem höchsten Punkt einer Erhebung aus Gips. In der Senke davor glosten die Reste eines Feuers. Erinnerung an irgendwelche dunklen Gestalten. Karl humpelte zu dem Aschehaufen und legte instinktiv und zugleich fachmännisch einige der herumliegenden Knüppel darauf. Der Haufen begann zu rauchen und entzündete sich wenig später zu einem lodernden Feuer.

Erst jetzt richtete sich der Focus seines mürben Hirns auf seinen Freund Irenäus. Der lag immer noch am Boden. Wie konnte er ihn vergessen? Benommen schüttelte er den Kopf und bewegte sich zu dem wie ein abgestürzter Fallschirmspringer im Grase Liegenden. Still lag er auf dem Rücken, neben ihm hockten die beiden Hunde und schienen auch ziemlich ratlos zu sein. Karl kniete sich zu ihnen und rüttelte den Freund an der Schulter. Irenäus stieß einen undefinierbaren Grunzlaut aus und zuckte spastisch mit den Beinen. Die Hunde waren außer sich und fielen mit ihren roten Zungen über Irenäus' Gesicht her. Karl musste lachen, als der Freund prustend die Augen öffnete und absolut desorientiert und panisch um sich blickte.

„Gut, dass du noch am Leben bist", sagte er gelassen und musterte den Freund.

In Irenäus' rot umränderte blaue Augen trat langsam ein Schimmer des Erkennens. Mit schwerer Zunge stammelte er: „Karl? Was tust du hier?"

„Das möchte ich auch gerne wissen", grinste Karl zurück. „Ich glaube, wir wandern durch den Harz alle vier ..."

Er versuchte, den Freund aufzurichten, was ihm auch nach einiger Zeit halbwegs gelang. Dann bugsierte er ihn an das hell lodernde Feuer und setzte ihn daneben. Ihm kam eine grandiose Idee. In seinem Rucksack befand sich noch eine Batterie Underberg. Er wusste zwar nicht, ob diese Rosskur am frühen Morgen hilfreich sein würde, aber eine andere aufmöbelnde Medizin führte er nicht mit. Er entschärfte zwei der dunklen Fläschlein und reichte eins davon Irenäus. „Du musst das trinken!", befahl er.

Gehorsam griff sein Wanderfreund danach und setzte das Gebräu an die Lippen. Karl tat es ebenso und dann blickten sie einander mit verzerrten Gesichtern an.

„Sehr gesund!", krächzte Irenäus, ein Zeichen für die Rückkehr seiner Lebensgeister. „Und du meinst, davon werden wir wieder ausreichend fit? Was war eigentlich los?"

„Keine Ahnung", erwiderte Karl bedrückend realistisch. Er fasste sich an den Hinterkopf und schaute dann auf seine Hand. „Jedenfalls blutet es nicht. Lass uns etwas essen. Ich habe noch Kaffeewasser in der Flasche. Ich glaube, wir sind amnesiert ..."

„Amnesiert!", kicherte Irenäus blöde.

Schweigend brauten sie zwei Tassen rabenschwarzen Nescafès und breiteten ihre Essereien aus. Irenäus untersuchte die Hunde, insbesondere seinen Titus, der eine verkrustete Schnitt- oder Schlagwunde am Brustkorb hatte, die aber nicht bedrohlich zu

sein schien und von Lucis heilender Zunge mütterlich (oder ehelich?) versorgt wurde, was den Lebensmut des Schwarzen offensichtlich sehr beflügelte.

Karl blickte hinauf zu der Queste, die inzwischen von der für ihn unsichtbaren Morgensonne in ein rotes Licht getaucht wurde, und fühlte seine Kräfte langsam zurückkehren. „Was war das für ein Verein heute Nacht?", unterbrach er das Schweigen. Irenäus verteilte mit noch etwas zittrigen Händen ihre Wurst an die Hunde und antwortete langsam: „Ich kann mich nur schlecht erinnern. Sie haben irgendeine Gottheit angebetet."

„Odin!", warf Karl ein.

„Richtig", sinnierte sein Freund. „Odin, Wotan, Sibiko, der Göttervater ... Kannst du dich noch an jemanden erinnern?"

„Dunkel", antwortete Karl. „Da war so ein merkwürdiger Kerl und dann diese beiden Weiber. Freya mit den großen Titten und die andere in schwarzem Leder. Wie hieß die gleich?"

„Hel", murmelte Irenäus. „Die Göttin der Unterwelt, des Todes und der Vergängnis. Und dann waren da noch mehr Leute. Irgendwer muss uns bemerkt und sich von hinten angeschlichen haben."

„Sehr professionell." Karl konnte seine Anerkennung nicht verbergen. „Trotzdem tut es noch ziemlich weh. Wir müssen nachher zur Polizei gehen."

Irenäus strich sich durch die ungekämmten langen Haare und verzog schmerzhaft das Gesicht. „Außerdem haben sie uns vermutlich irgendeine Droge verpasst, sonst hätten wir nicht solange geschlafen und unsere Erinnerung wäre nicht so lückenhaft. Trotzdem habe ich keine Lust, mir unsere schöne Osterwanderung mit den Bullen zu versauen."

„Was sagst du da?" Karl war echt empört. „Du willst das hier nicht anzeigen? Sag mal, spinnst du? Ich lass mir doch nicht so einfach von irgendwelchen Odinisten den Schädel einschlagen und den Hund aufschlitzen und mich unter Drogen setzen!"

„Odinisten!", fiel Irenäus ihm ins Wort. „Die Erinnerung kehrt zurück! Außerdem übertreibst du. Wir haben eine Beule, der Hund wird's überleben, und ich habe an diesem Ostersonntag keinen Bock auf ein muffiges Polizeiverhör."

„Ist das dein letztes Wort?", fragte Karl, immer noch ein wenig frustriert. Er sah, dass der Himmel auch heute strahlend blau war und dass sein Freund entschieden mit dem Kopf nickte. „Dann lass uns aufbrechen!"

Kurze Zeit später standen die beiden mit geschultertem Gepäck auf dem Gipfel unter dem Questenbaum, der mit vielen Holzkeilen im Boden verankert war. Karl blickte nun zum ersten Mal in die unter ihnen liegende Tiefe. Es war inzwischen nach sechs Uhr und die Schatten der Nacht begannen, sich zögerlich aus dem gewundenen Tal zu verabschieden. Eine Straße und ein Bach schlängelten sich durch den Grund, gesäumt von alten und neuen Häusern, deren rote Ziegeldächer ihnen entgegen leuchteten. Die gegenüberliegende Felsgalerie war durch ein senkrecht einmündendes Tal gespalten, in dem eine schmale Straße am Friedhof entlang nach Osten führte. Auf dem linken Berg befand sich die Ruine einer mittelalterlichen Burg, und auf dem rechten konnte man die Terrassen einer möglichen noch viel älteren Befestigungsanlage erkennen.

„Wow!", stieß Karl hervor. „Das ist Questenberg?"

Irenäus blinzelte in die rote Morgensonne, die mitten über dem Taleinschnitt stand. „Ungefähr 200 Seelen. Ein irgendwie mystischer Ort. Die ganze Ansiedlung liegt in mehreren Dolinen, das sind Einbrüche im Karst. Diese Kalk- und Gipsberge hier sind durchdrungen von Höhlen und Gängen, in denen pausenlos Wasser gurgelt. Manche sind künstlich angelegt und viele sind natürlichen Ursprungs. Ab und zu brechen diese Hohlräume in sich zusammen."

„Sehr beruhigend", frotzelte Karl. „Soviel Gips habe ich noch nie gesehen."

„Der Berg mit der Queste wäre in den Zwanziger Jahren um ein Haar abgebaut worden", erzählte Irenäus weiter. „Eine frühe Bürgerinitiative hat das damals in letzter Minute verhindert. Wir stehen am Rande eines Steinbruchs."

„Mann!", staunte Karl. „Woher weißt du das alles? Was ist das dort drüben für eine Ruine?"

Irenäus fühlte sich geschmeichelt. „Ich war schon mehrmals hier. Es gibt eine Menge Literatur über Questenberg, ein Verein erforscht seit Jahrzehnten die Historie und dann gibt es noch etwas ganz Kurioses: Die Questenmannschaft. Jeder Mann im Ort hat einen Dienstgrad. Hauptmann, Feldwebel, Schatzmeister, Mannschaft usw.

Auf dieser Burg da drüben soll im Mittelalter der Ritter Knaut gewohnt haben. Sein Töchterlein Jutta verlief sich einst drei Tage lang im Wald, wurde aber wiedergefunden. Seitdem soll es angeblich das Questenfest zu Pfingsten geben."

„Was ist das für ein Fest?", wollte Karl wissen.

Irenäus drehte sich zum Abstieg und antwortete. „Das ist ein sehr komplexer Brauch, den man selbst in der DDR nicht abgeschafft hat. Eigentlich handelt es sich um eine heidnische Sonnenwendfeier. Jedes Jahr zu Pfingsten hängen die Questenberger eine neue Queste nebst Lebensbuschen und Seitenflügeln auf, wobei sie uralte Rituale befolgen und jede Menge essen und saufen. Dann kommen die Männer von Rotha und bringen den Käse mit dem Brote. Heutzutage zieht diese Veranstaltung immer mehr Schaulustige an. Komm! Wir gehen wieder in Richtung Heimat."

Der steile Abstieg in den Ort dauerte nur wenige Minuten. Kein Mensch war auf der Straße, als sie sich den kuriosen hölzernen Roland anschauten. Wenig später lag der Ort hinter ihnen, und sie stiegen das Tal hinauf, das hinter dem Hofe des Schmieds am Ortsausgang in Richtung Agnesdorf abbog. Der Schotterweg führte nach Rotha, vielleicht liefen auf ihm seit undenklichen Zeiten die Tributpflichtigen mit dem Käse und dem Brote.

Dort, wo der Wald an die Felder der Hochebene grenzte, standen mehrere Fahrzeuge. Kein Mensch war zu sehen. Karl war plötzlich unwohl, ein merkwürdiges Gefühl des Überwachtwerdens beschlich ihn. Schweigend beschleunigte er seine Schritte und vermied es, in Richtung dieser verdächtigen Wagenburg zu schauen.

Rotha passierten sie ohne Zwischenstopp und erreichten am späten Mittag das Wippertal. Hier atmeten sie endlich auf, so, als habe seit dem Passieren der stummen Wagenburg ein unseliger Bann auf ihnen gelastet. Ihre Kopfschmerzen klangen ab. Die Sonne schien warm herab und das frische Grün schickte erste Düfte. Schmetterlinge und Bienen flogen umher. Die Freunde warfen sich ins Gras und legten eine lange Rast ein, die ihre Rucksäcke merklich leichter werden ließ. Später stiegen sie aus dem Tal empor und zogen an Dankerode vorbei durch die Felder. Als sie gegen Abend Harzgerode erreicht hatten, stand ihre Entscheidung fest.

Die Sonne warf die letzten Strahlen über die Wipfel des Selketals. Karl, Irenäus und die Hunde fläzten sich in ein Abteil der letzten Selketalbahn, die nach Quedlinburg fuhr. Hinter und vor ihnen saßen schwatzende Familien, Wanderer und Radfahrer mit Sonnenbrand und Frühlingsgefühlen.

„Die Idee war gut, dieses letzte Stück zu fahren", knurrte Karl und hob das letzte Underbergfläschchen. „Wir zelebrieren morgen bei dir ein Halberstädter Würstchen-Essen."

„Sehr gute Idee, wirklich!", ächzte Irenäus und hatte Mühe, die Augen offen zu halten.

„Wir könnten dazu die fröhliche Witwe Iris Katzengold einladen", frohlockte Karl, „und ihre Freundin Patricia Pascal."

„Noch viel bessere Idee", schnorchelte Irenäus und tätschelte Titus. „Nur müssen wir dann bis morgen noch eine Ladung Mozzarella-Sticks besorgen."

VII

Die „Wagenburg“ bestand aus drei Pkws und zwei VW-Bussen, die am Rande des Buchenwaldes zu einem losen Karree zusammengestellt waren. Es war schon sieben durch, und die strahlende Sonne versprach einen herrlichen Ostersonntag. Jockel Hahne schaute aus dem Fenster von Freyas VW-Bus, in dem er übernachtet hatte – ohne ihr zu nahe getreten zu sein. Sie lag noch in der oberen Etage der Doppelstockliege. In den paar Wochen nach seinem ersten Besuch bei ihr hatten sie sich noch einige Male getroffen. Freya war von der odinistischen Idee, wie sie es nannte, wesentlich begeisterter als er selber. Eifrig machte sie ihn mit Personen bekannt, die Jockel nie zuvor in Quedlinburg bewusst wahrgenommen hatte. So bildete sich die kleine Schar der Odinisten, die sich aus ganz unterschiedlichen Gründen zu ihm und Freya hingezogen fühlten. Es war der Anfang einer gruppeninternen Dynamik, die die folgenden Geschehnisse zu einem Selbstläufer werden ließ.

Gerade gingen auf dem nahen Weg zwei Gestalten mit Rucksäcken durchs Bild, umgeben von zwei wuselnden Hunden. Shit, dachte Jockel und duckte sich instinktiv ab, obwohl man ihn garantiert nicht sehen konnte. Das waren die beiden von gestern Abend, die ihnen diesen dummen Zwischenfall eingebrockt hatten. „Super!“, hörte er hinter sich Freyas kehlig krächzende Stimme. „Sie haben nicht die Bullen geholt.“

Jockel erschrak bei dieser abrupten Unterbrechung seiner Denkkreise und schnarrte: „Woher willst du das wissen?“

„Denk selber nach, weiser Loki!“, spottete die Frau und versuchte, sich auf der engen Liegestatt zu räkeln. „Hätten sie die Bullen geholt, würden sie nicht um diese Zeit hier so seelenruhig vorbeiwandern. Wahrscheinlich hat das Mittel tatsächlich gewirkt, das Hel ihnen verabreicht hat.“

„Was war das?“, forschte Loki beunruhigt. Doch Freya hatte sich schon aus den Decken geschält und stand dicht neben ihm, so dass er sich in einer Wolke ihres nächtlichen Duftes befand. Mit einem fordernden Blick sagte sie: „So, nun lass mich mal in Ruhe, ich will mich ankleiden. Wecke inzwischen die anderen Mannen.“ Dann fügte sie noch hinzu, wobei sie bereits an ihrer Nachtbekleidung herumnestelte: „Ich war jedenfalls begeistert von unserer ersten Theaterprobe!“

Jockel warf einen Blick auf Freyas Körper und verspürte ein Gefühl von Lüsternheit. Obwohl, sie war überhaupt nicht sein Typ. Er verließ den Kleinbus durch die seitliche Schiebetür.

Die Mannen brauchte er nicht mehr zu wecken, sie schienen allesamt Frühaufsteher zu sein. Austri, der kleinste der Windzwerge, anderthalb Köpfe kleiner als Jockel, entzündete gerade das Lagerfeuer. Ob das am Ostermorgen sinnvoll war, bezweifelte Jockel, aber er sagte nichts. Austri war ein intelligenter Proletarier mit einer kräftigen gedrungenen Gestalt und Pranken, von denen Jockel keine gelangt kriegen mochte. Er richtete sich auf und entblößte grinsend die blanken weißen Zähne in seinem rundlichen Gesicht. Die kleinen blauen Augen blinzelten lustig und sehr wachsam. Mit einer seiner rußigen, blondbehaarten Pranken strich er sich durch die einen Zentimeter langen semmelfarbenen Haare. Dann ulkte er: „Guten Morgen, Loki! Wie war die Nacht in Freyas Wohnstatt?"

„Guten Morgen, Austri!", nuschelte Loki und ersparte sich einen weiterführenden Kommentar. Gerade kamen Nordi und Sudri, die beiden anderen Windzwerge, mit einer Last Buchenholz aus dem Wald. Für sie war der Begriff „Zwerge" eigentlich fehl am Platz. Beide waren gebräunt und ziemlich durchtrainiert. Nordi schien ein gerissener Typ zu sein, der sich gern mit den Behörden anlegte. Im richtigen Leben hatte er lange Zeit mit Autos gehandelt und war schließlich selbständiger Gutachter geworden. Sudri war der einzige dunkelhaarige Windzwerg. Er verfügte über eine Ingenieurausbildung, und Jockel hatte während ihrer kurzen Bekanntschaft erfahren, dass dieser Mann ein Spezialist für Sicherheitstechnik war. Die beiden begrüßten Loki ebenfalls mit einigen lockeren Sprüchen. Dieser fühlte sich nicht recht wohl. Als extrem introvertierter Mensch fiel es Jockel besonders schwer, ständig mit fremden Menschen umgehen zu müssen. Und nur sein altes Faible fürs Theater ließ ihn diesen Part durchstehen. In den letzten Wochen war in ihm der Vorsatz gereift, das Vermächtnis seiner Großmutter tatsächlich zu erfüllen. Noch mehrmals war er mit Freya zusammen gekommen. Sie hatte ihm diese Leute zugeführt und sie hatte sich über jeden neuen odinistischen Gedanken, der gefasst wurde, prächtig amüsiert. Er hielt sich da etwas bedeckter, denn er war der Dramaturg. Es war ein Spiel, aus dem allerdings eines Tages Ernst werden konnte. Und so gelassen wie Freya sah er ihr Treiben nicht. Die einzelnen Mitglieder der Gruppe besaßen ganz unterschiedliche Motivationen, und ihm war bewusst, dass sie sich noch am Beginn eines fragilen Findungsprozesses befanden.

Am Rande der „Wagenburg“ stand ein ziemlich unansehnlicher alter Audi, aus dem sich demonstrativ gähnend eine weitere männliche Gestalt wand. Das war Ragnar. Ragnar hieß wirklich Ragnar. Ragnar Wellenbrunn, der sozusagen den Odinismus in die Wiege gelegt bekommen hatte. Im Gegensatz zu den Windzwergen besaß er die Konstitution eines Intellektuellen. Im wahren Leben war er Lehrer für Mathematik und Astronomie. Seine dunkelblonden Haare standen nachtwirr vom Kopfe ab, und seine blauen Äuglein blinzelten aus einem spitzen Gesicht. Er war ihr Spezialist für vormoderne Techniken. Seit vielen Jahren beschäftigte er sich mit den astronomischen Leistungen der alten Völker, insbesondere mit der nordischen Megalith-Technologie, auf deren Grundlage schon vor mehreren Jahrtausenden spektakuläre Observatorien wie Stonehenge entstanden. Im Laufe seines Lebens hatte er sich immer intensiver mit den Glaubens- und Denksystemen der Erbauer beschäftigt und war deshalb auch voller Begeisterung ihrer Aufforderung zum Mitmachen im Kreise der Odinisten gefolgt. Für ihn war ihr Tun kein Theaterstück, sondern der Versuch, die Vergangenheit wieder aufleben zu lassen.

Das war also die Kernmannschaft der Odinisten, eine sehr illustre Schar, dachte Jockel beklommen.

Halt, eine wesentliche Person hatte er natürlich vergessen. Sie saß schon die ganze Zeit über in der Schiebetür des zweiten VW-Busses und begutachtete mit spöttisch funkelnden schwarzen Augen schweigend das morgendliche Treiben. Hel. Sie hieß eigentlich Irina und bekleidete in der technokratischen Wirklichkeit irgendeinen mittleren Leitungsposten. Hel war das Gegenstück zu Freya. Ihre schwarzen Locken fielen lang auf ihren schwarzen Pullover herab. Das Gesicht wirkte dunkel, und neben den prüfenden Augen fielen die leicht hervortretenden Wangenknochen auf. Hels Figur war aufreizend und neigte ein wenig zur Üppigkeit. Die schwarze Lederhose saß sehr eng und betonte alle Details ihres Körpers.

Sie frühstückten ausgiebig, tranken Kaffee, die Windzwerge und Ragnar genehmigten sich ein Morgenbier. Dabei werteten sie den nächtlichen Vorfall aus. Fast alle hatten sie vorhin die beiden Delinquenten vorüberziehen sehen.

„Wir hatten Glück“, sagte Loki, „aber nochmal dürfen wir nicht auf diese Weise Aufmerksamkeit erregen.“

„Sie wissen von nichts", fiel Freya ein.

„Hoffen wir's!", erwiderte Hel mit ihrer erotischen Altstimme. „Die Dosis war nicht hoch. Ich wollte kein Risiko eingehen."

„Was war das eigentlich?", erkundigte sich Sudri interessiert.

„Ein Pilzgift", sagte Hel lakonisch. „Es wirkt halluzinogen, sowas ähnliches wie Meskalin, aber heimisch."

„Heimisch?", lachte Austri und mampfte dabei ein großes Stück Rotwurst. „Was ist das denn für ein Pilz?"

Hel richtete ihre schwarzen Augen auf den Windzwerg, als wolle sie ihn vernaschen. „Es ist ein kleiner, unscheinbarer Pilz, der ausschließlich unter Kuhfladen wächst. Er war getrocknet und zerrieben in Rotwein. Die Gabe war gering, aber sie lähmt das Kurzzeitgedächtnis."

„Geil!", lachte Austri und nahm einen heftigen Schluck aus der Bierflasche. „Und was war mit dieser Reliquie gemeint, die wir Odin opfern wollen. Die beiden Spanner haben uns an der spannendsten Stelle unterbrochen."

„Deshalb Spanner!", witzelte Ragnar verhalten.

„Um es kurz zu machen", kam es gepresst aus Loki heraus. „Ich dachte daran, unsere noch kleine Gemeinschaft durch eine außergewöhnliche Tat eng aneinander zu binden, ansonsten bleiben wir nur ein netter Freizeitverein. Aber so ist unser Auftrag nicht gemeint. Mir erscheint die Opferung einer wahren und wesentlichen christlichen Reliquie an Odin und die anderen Götter für angemessen. Ich denke an ein Stück aus dem Quedlinburger Domschatz. Könntet ihr euch mit diesem Gedanken anfreunden?"

Nordi pfiff durch die Zähne: „Mann, Mann! Das ist heftig! Und eine weibliche Reliquie soll es auch noch sein. Gibt's dort sowas überhaupt?"

Sein Blick war jetzt auf Freya gerichtet. Die Frau lächelte überlegen: „Natürlich gibt es das im Domschatz. Sie schwebt schon die ganze Zeit vor meinem inneren Auge: Die Bergkristallflasche mit einem Tropfen Milch der Jungfrau Maria. Das halte ich für Odin angemessen."

Die anderen starrten sie an, selbst Hel machte ein ungläubiges Gesicht. „Ein was, bitte?"

„Ein Flacon, 1.000 Jahre alt", erklärte Freya lässig. „Geschnitzt aus Bergkristall, stammt aus dem ägyptisch-fatimidischen Kulturkreis. Das Gefäß bildet zwei Vögel aus, die von Palmetten und Volutenschnitzerei eingefasst sind. Im Kristall sind einige Bohrungen, und in einer davon befindet sich der Tropfen Milch. Von der Jungfrau Maria. Alles klar?"

Sie grinste die Anderen schelmisch an.

„Und die klauen wir!", schrie Austri und klatschte sich mit Wucht auf die Schenkel.

„Nun ja", stotterte Loki. „Das hört sich ziemlich hart an. Nach technokratischem Denkschema gehört sie uns nicht, aber wenn Odin sie haben muss, ..."

„Dann muss er sie haben!", warf Sudri in ernstem Tonfall ein. „Lasst uns nicht lange drumherum reden. Ich bin dabei. Die anderen sollten sich jetzt entscheiden. Sofort. Und dann machen wir einen Plan. Okay?"

Jockel war beeindruckt. Dieser Sudri war konsequenter als er und er erweckte zumindest in diesem Moment den Anschein, er könne das Risiko sehr genau abschätzen. Die restlichen Mitglieder der Mannschaft gaben schnell zu verstehen, dass sie geschlossen dabei sein würden. Niemand brachte Zweifel vor oder haderte mit dem Entschluss, stellte er erleichtert fest.

„Dann sei es so", sprach Loki. „Es wird nicht so einfach sein, die Reliquie zu bekommen. Wir müssen herausfinden, wie sie gesichert ist und vor allem, wie wir zu ihr gelangen, ohne sofort gefasst zu werden."

„Mit der Alarmanlage befassen sich die Windzwerge", sagte Sudri. „Man erzählt zwar, der Domschatz wäre gesichert wie Fort Knox, aber ich halte das für einen Mythos. Wenn wir Glück haben, existiert sogar eine ganz triviale Schwachstelle."

„Wichtig ist, wie wir überhaupt in die Stiftskirche kommen", mischte sich jetzt erstmals Nordi ein und schaute die anderen mit seinem durchdringenden Blick an. „Den Hauptaufgang der Burg halte ich für keine gute Idee. Aber es gibt mehrere Nebenzugänge. Ideal wäre, wenn wir einen Ortskundigen oder einen Schlossberg-Spezialisten auftreiben könnten."

„Den gibt es!", fiel ihm Ragnar ins Wort. „Und Leute, ihr werdet es nicht glauben, er sitzt ganz in unserer Nähe. Um nicht zu sagen: Unmittelbar neben uns!"

„Wie, was?" Austri beugte sich vor und rieb die Hände über der Buchenglut.

„Ich habe einen Bekannten", begann Ragnar ein wenig oberlehrerhaft. „Der ist Geologe und hat sich viele Jahre lang mit dem Quedlinburger Schlossberg beschäftigt, Gutachten geschrieben, Messungen gemacht, schon damals in der DDR. Das wäre der richtige Mann für uns. Er heißt Dr. Roy und wohnt – haltet euch fest – in Questenberg."

„Na, so ein Zufall!", prustete Hel mit tiefem Lachen und schüttelte ihre Locken.

„Odin, steh uns bei!", deklamierte Loki und blickte theatralisch zum blauen Himmel empor. Erstaunt sah er dort zwei Raben zielstrebig gen Süden ziehen, als trügen sie diese frohe Kunde augenblicklich ihrem Herren und Gebieter zu.

Einige Stunden später näherten sie sich dem österlichen Questenberg. Sie hatten beschlossen, sich zu teilen, um nicht unnötiges Aufsehen in dem kleinen Örtchen zu erregen. Die Windzwerge und Hel waren nach Quedlinburg zurückgefahren. Zuvor jedoch hatte die Verwalterin der Unterwelt noch einige Essenzen aus ihrer Schatztruhe geholt.

„Dieses Kügelchen hier", hatte sie ernst und konzentriert zu Freya gesagt, „bewirkt eine euphorische Gemütsbewegung. In einem Getränk löst es sich sehr schnell, und derjenige, der es aufnimmt, bekommt einen Plapperismus."

„Einen was?", fiel ihr Freya in die Rede.

„Einen Plapperismus", grinste Hel dunkel. „Er steht unter dem Zwang, unentwegt zu erzählen und alles auszuplaudern, was er weiß. Und diese kleine Kapsel hier enthält einen Abtörner, man wird unkonzentriert und möchte sich zur Ruhe begeben."

„Wahnsinn", sagte Freya. „Woher weißt du das alles?"

„Sowas kann man im Internet nachschlagen", antwortete Hel. „Zu irgendetwas muss es doch nütze sein ... Also, liebe Freya, ich halte dich für diejenige, die es am besten drauf hat, diese Drogen bei Bedarf zu verabreichen."

Loki, Freya und Ragnar schlenderten durch Questenberg, zwischen den Häusern am Grunde der Gipsschlucht. Gleich zu Beginn der Ortschaft zeigte Ragnar nach rechts unten, wo in einer Senke das Bächlein mit dem charakteristischen Namen Nasse zwischen den Häusern plätscherte, und sagte: „Dort wohnt Dr. Roy. Ich halte es allerdings für aufdringlich, bei ihm einfach hereinzuschneien am heiligen Ostersonntag. Lasst uns in die Kneipe gehen. Wenn wir sehr viel Glück haben, nimmt dort die Questenmannschaft einen Schoppen. Vielleicht ist Franz Roy vor dem Mittagessen dabei."

Die drei Odinisten spazierten an der Dorflinde mit dem bunt bemalten Holzroland vorbei und erreichten das Gasthaus „Zur

Queste". Loki grinste schief, er gab ihrem Versuch keine große Chance. Doch er beging damit den allgemeinen Fehler fast aller Philosophen, er glaubte selber nicht an seine eigenen Sprüche. Immerhin hatte er, Loki, den anderen mehrfach erklärt, dass Odin ihnen jederzeit helfen würde. Deshalb musste er jetzt sein Erstaunen verbergen, als Odin ihnen im nächsten Augenblick voller Wohlwollen zur Seite stand. Sie betraten genau im richtigen Augenblick den nach kaltem Rauch, deftigen Speisen und alkoholischen Getränken duftenden Gastraum, an dessen Wand natürlich unweigerlich das Wahrzeichen des Ortes, die Queste, malerisch verewigt war. An dem runden eichenen Stammtisch neben der Theke erhoben sich soeben mehrere Herren zum Aufbruch. Die bäuerischen Gesichter waren vom Alkohol bereits leicht gerötet, sie beachteten die Ankömmlinge kaum. Nur einer der Männer hob sich in Habitus und Physiognomie von ihnen ab und ließ unschwer den Geistesarbeiter erkennen. Er kam mit leuchtenden Augen auf sie zu und breitete die Arme aus: „Ragnar! Wo kommst du denn her?"

„Hallo, Franz, sei mir gegrüßt!", rief Wellenbrunn zwiefach erfreut und schloss seinen Bekannten andeutungsweise in die Arme. „Wir wandern hier ein Stück im Südharz herum, und ich hatte gehofft, dich in Questenberg anzutreffen. Hast du noch einen Augenblick Zeit für uns?"

Dr. Roy nickte und winkte zur nahen Theke. Dort stand die

Wirtin und blickte abwartend in ihre Richtung. Dann kam sie zu ihnen. Es war eine junge Frau mit blonden, lockigen Haaren, die die Ankömmlinge freundlich und neugierig begrüßte. An den Geologen gewandt, fragte sie: „Möchtet ihr noch bleiben? Es kommt nämlich gleich eine Ostergesellschaft."

Freya übernahm die Initiative. Ihr gefiel das handfeste Auftreten dieser Frau auf Anhieb. Sie schien genau hierher zu gehören. Locker sagte sie: „Wir sind so lange gelaufen. Auf ein Bierchen würden wir schon gern bleiben."

Die Wirtin lachte und Dr. Roy sagte: „Das ist Lilly, also Frau Liliane Gast. Man merke auf: Nomen est Omen. Vielleicht können wir für einen Moment ins Jägerzimmer gehen?"

„Na, kommt!", sagte Lilly und führte sie über einen kurzen Durchgang in ein kleines Zimmer mit einem großen Fenster, das zum Gipsfelsen mit der Queste zeigte, die aus dieser Perspektive allerdings nicht zu sehen war.

„Kommen viele Leute, um sich die Queste anzuschauen?", fragte Ragnar.

Die Wirtin lehnte sich kurz an den kalten Kamin, in dem noch die Asche eines Holzfeuers lag und sagte: „Im Sommer. Da kommen an manchen Tagen viele Leute, auch Anhänger der alten Gottheiten, ziemlich spektakuläre Gestalten sind dabei. Wir freuen uns natürlich über jeden Gast, aber manche von denen sind auch Fanatiker oder gehören zur rechten Szene. Da gab es schon allerhand Probleme."

„Und die Männer eben?", fragte Freya. „Wozu gehören die?"

„Das waren Mitglieder der Questenmannschaft", antwortete die junge Wirtin, ehe Dr. Roy etwas sagen konnte. „Die sind alle hier aus dem Ort. Der Hauptmann ist Norbert Volknandt."

„Nomen est omen", murmelte Loki und setzte sich unter einige ausgestopfte Tiere, die an der Wand hingen.

Lilly achtete nicht auf diese Bemerkung und sagte: „Ich bringe gleich ein Bier. Wenn ihr noch etwas braucht, drückt die Elf!"

Sie zeigte dabei auf ein Handy, das auf einem Wandsims lag. Freya lachte laut über diese originelle Idee und winkte der liebenswürdigen Questenwirtin zu. Als sie allein waren, stellte Ragnar seinem Freund Franz zuerst Mine und dann Jockel Hahne vor. Sehr schnell verwickelte er, der Lehrer, den Questenberger Geologen in ein Gespräch über die alten Erz- und Entwässerungsstollen im Südharz. Am Rande des Gebirges bauten die Menschen seit Jahrtausenden Erze und Mineralien ab, insbesondere Kupfer im Mansfelder Land, aber auch Silber, Feldspat, Gips, Kohle und vieles andere mehr. In den Bergen rings um Questenberg, ja selbst direkt unter der Ortschaft verliefen Schächte und ausgedehnte Höhlensysteme. Kein Wunder, dass sich der Geologe Roy in dieser Gegend niedergelassen hatte. Er gehörte zu den besten Kennern der Geologie des Ostharzes und betrieb eine eigene Erkundungs- und Beratungsfirma. Begeistert erzählte er von den Innereien der Berge und Ragnar lenkte das Gespräch gekonnt auf den Quedlinburger Burgberg.

„Mensch, schade!", rief der Geologe. „Ich kann meine Frau nicht ewig warten lassen. Es ist Ostern. Nach diesem Bier muss ich leider nach Hause."

Freya wurde unruhig. Höchste Zeit, den Doktor zu dopen. Geschickt ließ sie die dunkle Perle in sein halbvolles Glas „Mammutbräu" gleiten. Dann hob sie ihre Tulpe und sagte in betontem Küstenakzent: „Na, denn man Prost!"

Franz Roy lachte ihr arglos zu und nahm einen tiefen Zug. Obwohl er schon über sechzig war, machte er einen sehr aufgeschlossenen und rüstigen Eindruck. Auch Jockel Hahne war angenehm angetan von dem umfangreichen Wissen und dem nicht zu überhörenden Sarkasmus des Mannes.

„Was gibt es Neues über den Burgberg?", fragte er. „Hat euer Bürgermeister immer noch Angst, der Felsen würde auseinanderbrechen?"

„Aber selbstverständlich!", lachte Ragnar. „Es wurden zwar schon Millionen verbaut, und die gesamte Südflanke besteht Meter tief aus Stahlbeton, aber unsere Stadtväter meinen, jeden Moment könnte der Dom auf die Straße fallen."

„Schwachsinn!", ereiferte sich Roy. „Es gibt Gutachten, die das Gegenteil beweisen. Der Fels hält noch ewig. Nur das Mauerwerk unterliegt einem natürlichen Alterungsprozess. Nässe, Frost und Säure nagen an den Sandsteinen der Stiftskirche. Aber wenn man ein Problem mit dem anderen verquickt und die Ängste schürt, dann kann man so richtig viel Kohle machen. So richtig viel, versteht ihr? Was die Stadt als Riesenausgabe verbucht, das kassieren andere als Einnahme ..."

Er wollte so richtig in Fahrt kommen, besann sich dann aber und sagte: „Wisst ihr was, Leute? Ich nehme euch mit nach Hause. Wir hatten sowieso nichts Besonderes vor, meine Frau Hella und ich. Wir essen irgendwas und erzählen weiter."

Sie verabschiedeten sich von Liliane Gast, die durch ihre Schenke wirbelte.

Roys Grundstück lag direkt unterhalb des Aufwegs zur Queste. Hella machte gute Miene zum trunkenen Spiel und braute einen Kaffee für sie alle. Als sie den Obstkuchen holte, das Mittagessen ließ man gleich ausfallen, platzierte Freya die Gelatine-Kapsel in Hella Roys Kaffeetasse.

Artig schwatzten sie mit dem liebenswürdigen Ehepaar über Allgemeinheiten und aßen Kuchen. Dr. Roy wollte jedoch wieder zum Schlossberg-Thema zurückführen. Seine Frau bat, nachdem sie mehrfach verstohlen gegähnt hatte, sich für ein Stündchen zurückziehen zu dürfen. Odins Geist schien das Geschehen prächtig zu dirigieren.

„Wenn Sie ein so profunder Kenner der Stiftskirche sind", begann sich Loki dem entscheidenden Punkt zu nähern, „können Sie mir vielleicht eine Frage beantworten, die ich unlängst mit einigen Freunden beim Wein erörtert habe ..."

„Stellen Sie mir die Frage!", unterbrach ihn Dr. Roy.

Loki warf Freya einen verstohlenen Blick zu. Er lehnte sich zurück und lächelte: „Nur zum Scherz, nehmen wir an, wir wollen den Domschatz knacken, ohne unnötige Gewalt. Wie müssten wir vorgehen? Gibt es unterirdische Gänge? Kann man in die Kirche gelangen, ohne sofort die Alarmanlage in Gang zu setzen? Wie würden Sie das tun?"

Dr. Roy öffnete eine Flasche Kirschwein aus eigenem Anbau, denn jeder Questenberger besaß in den nahen Südhängen ein Stück Sauerkirschplantage. Er hob gebieterisch den Korkenzieher gen Himmel und sprach: „Also, mein lieber Herr Hahne, wenn Sie mich so fragen, ich würde durch die Kontergewölbe eindringen."

„Was sind Kontergewölbe?", stachelte Freya seinen Redefluss an.

„Die Kontergewölbe sind auf der Südseite gegen die Fundamente des Doms gesetzt", Franz Roy schenkte reinen Kirschwein in die Gläser, „und zwar im rechten Winkel zum Berg, um ein Abrutschen des Gebäudes zu verhindern. In den Außenmauern sind Fensteröffnungen, durch die ständig Luft zirkulieren kann. Da hindurch würde ich klettern. Von den Kontergewölben gelangt man über eine Treppe in die Krypta, von dort ins Kirchenschiff und – schwupps – die Treppe hinauf in den hohen Chor. Dann ist man praktisch schon vor der Tür der Domschatzkammern auf der Nord- und Südseite und hat nur noch diese eine Tür vor sich. Inzwischen könnte es auch schon Alarm gegeben haben, wahrscheinlich jedoch erst, wenn man die Türschlösser manipuliert."

„Das hört sich ja richtig einfach an", erwiderte Loki. „Warum hat es eigentlich noch niemand gemacht?"

„Ach, wissen Sie", erklärte Roy jovial, „erstens ist noch keiner auf die Idee gekommen, und zweitens werden Sie das Zeug wahrscheinlich nirgends auf der Welt los. Obwohl, ... ein paar Irre gibt's immer."

Ragnar hielt es für angebracht, das Gespräch nun auf andere Dinge, zum Beispiel das Questenfest zu bringen. Nach über einer Stunde gesellte sich auch Hella wieder zu ihnen, die mannhaft der Wirkung der Abtörn-Kapsel widerstand, oder aber instinktiv ein Gegenmittel genommen hatte, denn sie war von Beruf Apothekerin. Sie sprachen über das Hauen der Buchenstebbeln zu Himmelfahrt. Das waren die langen schweren Gabeln, mit denen die unverheirateten Burschen zu Pfingsten die neue Queste auf den Baum hängen würden, unter den Klängen einer

Musikkapelle, wie es schon ewig Tradition war. Umgeben war dieses Ritual von viel Feierei mit Weib, Wein und Gesang. Der Höhepunkt war jedoch immer der Aufgang der Sonne über dem Tal gegenüber der Queste. Für diejenigen, die früh aufgestanden waren und dieses Ereignis miterlebten, blieb es eine nachhaltige Erinnerung. Die Einwohner waren einerseits erfreut über das zunehmende Interesse an ihrem urtümlichen Brauchtum, andererseits drohte ihnen die Veranstaltung auch zunehmend über den Kopf zu wachsen. Oberflächliches Tourismus-Marketing könnte das Ritual zu einem trivialen Volksfest degradieren, während am anderen Ende des Spektrums faschistoide Splittergruppen aus der Verehrung der Lichtrune eine Blut- und Boden-Orgie stilisieren wollten.

Spätestens an dieser Stelle wurde Loki klar, wie vernünftig es war, diesem Dr. Roy nichts über die wahren Beweggründe ihres Besuches angedeutet zu haben.

Als sie endlich Freyas VW-Bus und Ragnars alten Audi wieder erreicht hatten, neigte sich die Sonne bereits über dem Rande des Südharzes dem Horizont zu. Das Ehepaar Roy hatte sie nachhaltig beeindruckt und um vieles klüger gemacht, insbesondere aber hatten sie nun einen Weg zur Reliquie im Visier.

VIII

Die Tage nach Ostern waren für die Odinisten angefüllt mit Recherchen zu ihrem geplanten Raub der Reliquie. Um so wenig wie möglich gemeinsam gesehen zu werden, trafen sich die Mitglieder des inneren Zirkels nur einzeln und unauffällig. Zuerst galt es, die Reliquie in ihren Besitz zu bringen, eine Tat, die inzwischen in der Gruppe hochstilisiert worden war zu einer heiligen Pflicht gegenüber dem großen Vater Odin. Ohne dass sie sich anfangs darüber im Klaren waren, begann der Raub der Reliquie und nicht ihr Opfer zum eigentlichen Schlüsselerlebnis ihres jungen Zusammenschlusses zu werden.

In der Nacht zu Beltane traf man sich dann endlich wieder gemeinsam. Diese Nacht wurde von den Christen nach der Äbtissin Walpurga, die wegen ihres Kampfes gegen den alten Glauben heilig gesprochen worden war, auch Walpurgisnacht genannt. Es war der 30. April, und weit entfernt vom Zentrum der Stadt konnte man auf dem Grundstück von Jockel Hahne eine Walpurgis-Fete vortäuschen und in Wahrheit Beltane feiern, das heidnische Fest der endgültigen Vertreibung der todbringenden Mächte der Kälte und der winterlichen Finsternis. Sie saßen am Südhang von Lokis Grundstück auf einer kleinen Plattform hinter dem Holzhäuschen. Die Sonne war vor einigen Minuten rotglühend über Westerhau-
sen und dem dahinter im Abenddunst verschwimmenden Brockenmassiv untergegangen. Überall im Harz fanden große Tourismus-Events mit verkleideten Hexen und Teufelchen statt. Die wahren Diener der Gottheit saßen jedoch abseits des Trubels um Lokis kleines Feuerchen und schmiedeten ihren Plan.

„Freya und ich haben uns einer Domführung angeschlossen“, unterbrach Sudri die Unterhaltung der Anwesenden und legte neue Bratwürste auf den Grill. Dann setzte er sich zu den anderen an die große Eichenholztischplatte. „Und ein zweites Mal war ich allein dort. Ich glaube, es ist einfacher, als ich dachte.“

„Berichte!“, sagte Loki neugierig und verteilte seinen hausgemachten roten Traubenwein. „Wie ist die Reliquie gesichert?“

„Ein geiles Teil!“, kam ihm Freya zuvor. „Und wunderschön. Sie ist nur ungefähr so groß wie eine Männerhand. Es ist genau das richtige Geschenk für Odin.“

Sudri grinste und warf ihr einen lüsternen Blick zu. Dann fuhr er in seinem Bericht fort. „Der Flakon befindet sich im Zitter, einer eigenen Schatzkammer der Äbtissinnen im nördlichen Querschiff. Die Gewölbedecke wird von vier Säulen getragen. Der Eingang besitzt eine einfache Holztür mit einem mittelalterlichen Kastenschloss, in das ein handelsüblicher Zylinder eingebaut ist. Für mich überhaupt kein Problem. Wesentlich aufwendiger ist der Stahlbolzen, der die Tür zusätzlich aus der Türfüllung heraus sichert. Er ist mit der Alarmanlage verbunden. Aber auch das ist Technik des späten Zwanzigsten Jahrhunderts. Wenn der Alarm abgestellt ist, kann ich die Tür ohne Beschädigung öffnen."

„Und wie wird der Alarm abgestellt?", erkundigte sich Ragnar.

„Dazu komme ich noch", fuhr Sudri fort, „zuerst die Vitrine ..."

„Lass mich!", rief Freya, stolz auf ihr Wissen. „Die Vitrine mit dem Flakon steht hinten ganz links im Gewölbe und der Flakon wiederum ganz links in der Vitrine. Der Bergkristall besitzt eine Silberfassung und einen Verschluss mit einem Ring. Dieser Ring hängt über einem kleinen Galgen aus Plexiglas. Man braucht die Flasche nur abzustreifen. Hauptsache, man bekommt die Vitrine auf. Sudri!"

Befehlend zeigte sie mit dem Zipfel ihrer Bratwurst in die Richtung des Windzwergs. Der meinte gelassen: „Hier gibt es ein Problem. Ich würde die Vitrine gern ein Stück von der Wand rücken. Das konnten wir natürlich nicht ausprobieren. Dann könnten wir nämlich ein kleines Viereck aus der Rückwand schneiden. Die ist nicht aus Glas. Die Öffnung muss nur so groß sein, dass eine Hand hindurchpasst – und natürlich die Reliquie."

„Und wie produzierst du diese Öffnung?", erkundigte sich Ragnar aufgeregt.

„Mit einer kleinen Hochleistungs-Trennscheibe. 20.000 Umdrehungen, Diamantblatt", antwortete Sudri. „Das Teil ist so groß wie eine Taschenlampe und arbeitet mit Akku."

Ragnar pfiff anerkennend durch die Zähne.

„Habt ihr den Alarm auch in den Griff gekriegt?", wollte Loki wissen. „Soviel ich weiß, geht der direkt zum Polizeirevier Quedlinburg. In wenigen Minuten sind die Bullen oben."

Jetzt entblößte Austri grinsend seine kräftigen Zähne, und Nordi begann mit ihrem Part: „Die Alarmanlage läuft nicht, wenn der Schlossberg ohne Strom ist, übrigens im Gegensatz zur Feininger-Galerie. Wir haben die zuständige Trafostation bereits ausführlich unter die Lupe genommen. Wir kriegen sie ohne Probleme auf. Am wichtigsten wird also nur das genaue Timing sein."

„Und einen Marder haben wir auch schon!", wieherte Austri dazwischen.

„Was für einen Marder?“, mischte sich jetzt erstmalig Hel ein.

Sudri und Nordi warfen Austri einen strafenden Blick zu, und einer antwortete: „Ach, nur ein kleiner Scherz.“

„Okay!“, schnarrte Loki und sah die drei Windzwerge einen Augenblick lang prüfend an. Dann rief er anerkennend aus: „Wunderbar! Ich schlage folgenden Ablauf vor. Wir nehmen als Uhrzeit 02.30. Das ist das chronopsychophysiologische Minimum des Menschen, das heißt, der Zeitpunkt geringster Wachsamkeit. Außerdem ist es noch mindestens anderthalb Stunden lang dunkel. Zweite Bedingung: Es muss eine Regennacht sein, auf keinen Fall Freitag oder Sonnabend. Es dürfen so wenig zufällige Beobachter wie möglich unterwegs sein. Sudri, Freya und ich klettern in die Kontergewölbe. Ich habe mich für den seitlichen Weg über die neuerbaute Plattform mit dem Weinberg entschieden. Die erreichen wir sehr einfach von den Klippen aus. Sudri klettert vor und bringt für Freya und mich die Leiter an. Im Kontergewölbe geben wir das Signal für die Trafostation – Nordi und Austri abschalten und nach Hause gehen. Wir gehen in den Zitter, holen den Flakon, zurück ins Kontergewölbe. Übergabe an Ragnar und Hel, die auf der Plattform unterhalb des Südturms Wache halten. Sie verschwinden mit der Reliquie, während wir drei schnellstens wieder aus dem Gewölbe klettern. Anschließend teilen auch wir uns und verschwinden auf getrennten Wegen.“

„Einwurf!“, erklang die tiefe Stimme Hels. „Die Polizei könnte schneller als wir denken, auf die Idee kommen, dass ein Raubzug stattgefunden hat. Deshalb ist es ein Risiko, mit dem Teil durch die Stadt zu laufen oder gar zu fahren. Ich habe mir etwas anderes überlegt.“

Loki zog halb fragend, halb unmutig die Brauen in die Höhe: „Sag es uns, liebe Hel!“

„Ich habe in den letzten Tagen die Wassertorstraße inspiziert“, antwortete die Todesgöttin ruhig. „Direkt gegenüber der Kontergewölbe gibt es ein leeres Haus. Doch das ist leider ungeeignet, denn es befindet sich im vorletzten Stadium des Verfalls. Aber ein Stück weiter gibt es noch ein unbewohntes Haus, das frisch verlassen aussieht. Es ist sehr schmal und hoch. Erreichen lässt es sich von hinten, über den Mühlgraben und durch den Garten. Ich werde es auf diesem Wege auskundschaften. Mein Plan sieht so aus: Ich warte in diesem Haus auf Ragnar. Der läuft die lange Südtreppe hinab und bringt mir den Flakon über die Wassertorstraße. Er gibt ihn mir durchs Fenster und verschwindet durch den Wordgarten. Ich verstecke die Beute im Haus an einem Ort , den ich vorher genauestens aussuche, und verschwinde dann durch den Mühlgraben in Richtung Kaiser-Otto-Straße."

„Da habe ich nun wieder Bedenken", murrte Ragnar. „Was ist, wenn du in dem alten Haus in der Dunkelheit mit irgendetwas nicht klarkommst? Du bist dann völlig auf dich allein gestellt, weil wir alle bereits das Weite gesucht haben."

„Diese Gefahr besteht immer", konterte Hel und blitzte ihn verärgert an. „Sie ist jedoch erheblich größer, wenn wir zu zweit mit dem Flakon durch die Stadt laufen und anderen Menschen oder gar der Polizei begegnen. Lasst mich in den nächsten Tagen recherchieren, dann kann ich euch Genaueres sagen."

„Lass mich mitkommen!", bot sich Nordi an. „Zu zweit können wir die Lage besser abchecken."

„Pass mal auf!", fuhr ihn Hel an, die jetzt zunehmend genervt reagierte. „Je mehr Leute dabei sind, umso auffälliger wird es. Ich ziehe das entweder allein durch oder gar nicht."

„Die Idee ist sehr gut", sagte Sudri schnell und unterband damit jegliche weitere Diskussion. „Während Hel die Reliquie versteckt, können wir uns alle strahlenförmig vom Schlossberg entfernen. Selbst wenn die Bullen einen von uns sehen, ist das noch völlig unspektakulär."

„Einer muss allerdings unsere Technik tragen", überlegte Loki, der sich jeglichen Kommentars zu Hels Vorschlag enthielt. „Derjenige trägt das größte Risiko. Aber das werde ich tun."

Alle blickten ihn abschätzend an. Loki drehte sich abrupt um und stolzierte in seine Holzhütte. Schweigend verteilte Sudri die nächste Runde Bratwürste. Aber da kam ihr göttlicher Führer bereits wieder in den Lichtschein des Beltane-Feuers zurück. Mit durchgedrücktem Rücken balancierte er in der rechten Hand ein rundes Tablett mit vielen gefüllten Trester-Gläsern von Ikea und in der anderen Hand hielt er einen großen bemalten Keramikkrug.

„Hier, meine Freunde!", sagte er lustig und reichte den Schnaps herum. „Ich möchte, dass wir uns Treue schwören und keiner Menschenseele von unserem Vorhaben erzählen. Bei der Asche meiner Großmutter und Odins unendlicher Kraft und Weisheit!"

Austri hob spontan sein Glas und rief lebhaft: „Wir schwören zu schweigen! Mögen Odin und alle Dämonen Nifleheims uns vertilgen, wenn wir unser Wort brechen."

Im Kreise der Odinisten wurde beifällig gemurmelt und niemand wagte einen Rückzieher. Befriedigt hob Loki den Krug mit der interessanten Fayencemalerei.

„Und bei der Asche meiner Großmutter“, intonierte er feierlich, „unserer großen Prophetin und weisen Vordenkerin!“

„Für eine neue Weltordnung!“, kam es von Nordi. „Möge der Fluch Odins auf der alten Ordnung lasten!“

Alle sahen ihn mit begeisterten Augen an. Freya streckte euphorisch ihr Ikea-Glas in die Höhe: „Bravo! So sei es!“

Sudri stand die ganze Zeit über an dem inzwischen leeren Grill und blickte leicht skeptisch in die Runde. Als dieser Gefühlsausbruch abgeebbt war, sagte er: „Es gibt noch ein Problem, dass ich vorher gern geklärt hätte.“

„Was für ein Problem denn noch?“, fragte Loki spöttisch.

Sudri ignorierte den Spott und erklärte ernst: „Ich finde es sehr wichtig, dass wir bei allen unseren Aktionen, was auch immer kommen mag, unbewaffnet auftreten.“

„Wie kommst du darauf?“, fragte Loki mit gerunzelter Stirn. „Ich habe zwar noch gar nicht erwogen ...“

„Der Raub der Reliquie wird kein Freizeitspaß“, erwiderte Sudri, „aber wir gehen dieses Risiko ein. Weiter jedoch werde ich nicht gehen, weder aktiv, noch passiv! Waffen bringen stets Komplikationen und Unglück. Das liegt in ihrer Natur. Deshalb möchte ich unser Gelöbnis erweitern auf den prinzipiellen Waffenverzicht der Odinisten.“

Die restlichen Mitglieder der Gruppe blickten schweigend zwischen Sudri und Loki hin und her. Für eine Minute herrschte betretene Stille. Doch dann reckte Loki plötzlich den Kopf ganz hoch und sagte: „Das hatte ich stillschweigend vorausgesetzt. Es sei so wie Sudri vorschlägt! Er hat Recht.“

Erleichtert schauten sich die anderen in die Augen, und die gelöste Beltane-Stimmung kehrte zurück.

IX

Drei Tage später setzte Hel ihren Vorsatz in die Tat um. Am Nachmittag spazierte sie von der Kaiser-Otto-Straße in die kurze Fischerstraße bis zum Eisengeländer des Mühlgrabens, der unter ihr in seinem gemauerten Bett dahinplätscherte. Ein Stück weit rechts grenzte das Gärtchen des verlassenen schmalen Hauses an das Rinnsal, das im Moment Niedrigwasser führte. Sie bahnte sich mit den Augen einen Weg durch das mit Stauden bewachsene Gärtchen zur schmutzigblauen Rückfassade. Dabei prägte sie sich alle Einzelheiten ein. In ihrer Jackentasche klimperten bereits die speziellen Türöffner, die Sudri ihr gegeben hatte und in deren Gebrauch er sie unterwiesen hatte. Heute Nacht würde sie probeweise in das Haus eindringen. Angst fühlte sie zu diesem Zeitpunkt noch nicht.

Stunden später, es war kurz nach Mitternacht, wand Hel sich katzengleich durch das Eisengeländer und überquerte fast trockenen Fußes den Mühlgraben. Sie ließ die kleine Taschenlampe aufblitzen, um den Aufstieg in den Garten zu finden. Als sie dann durch die Stauden und Büsche schlich, kamen ihr wieder diese Gedanken. Warum tue ich das hier eigentlich? Sudri hatte sie mit den Odinisten bekannt gemacht. Er war schon immer scharf auf sie gewesen, doch sie hielt ihn auf Distanz. Aber sie fand die Idee originell, sich von den Zwängen der gegenwärtigen Gesellschaft zu befreien. Das Leben war in den letzten Jahren zunehmend trister geworden für sie und für andere Menschen in ihrem Bekanntenkreis. Es konnte doch nicht alles sein, nur noch für Geld für irgendeinen Unternehmer oder den Staat zu schuften, diese ewige Litanei vom Primat der Marktwirtschaft nachzubeten und zwischendurch mal schnell in irgendeinem Clubhotel zu regenerieren. Was hatten sie früher für verrückte Dinge getrieben – und jetzt, bundesdeutsche Wohlstandstristesse. Dafür fand sie sich noch nicht alt genug.

Sie war eine lebenslustige Frau, aber unter der schlagfertigen Oberfläche glomm der Hader mit sich selbst. Sie schaffte es nicht, aus dem Alltagstrott dieser Gesellschaft auszusteigen, und das wurmte sie. Vor einigen Jahren war sie fest entschlossen mit ihrem damaligen Freund nach Island gefahren – ohne Rück-Ticket. In der grandiosen Landschaft der Vulkaninsel waren sie einige

Monate glücklich gewesen und wollten Isländer werden, den Wikingern nahe sein, inmitten von Geysiren und Gletschern. Damals lernte sie die lebendige Tradition der nordischen Götterwelt kennen, die ursprüngliche Heimat Odins und seiner Kumpane. Und die Chancen hatten gut gestanden, denn sie besaß profunde Kenntnisse im Gartenbau, und die waren gefragt bei der aufwendigen Wiederaufforstung der von Menschenhand kahl gefegten Insel am Polarkreis. Doch dann war ihre Beziehung an den ungewohnten Bedingungen des neuen Umfeldes in die Brüche gegangen, und sie war allein und gedemütigt zurückgekehrt. Aber die Hand der Götter des Nordens hatte sie berührt.

Hel schob diese Gedanken in eine tiefe Kammer ihres Gehirns und wandte sich wieder der Gegenwart zu. Bis jetzt war das, was sie anstellten, noch nicht strafbar. Hel hantierte mit dem Superdietrich am hinteren Türschloss des Hauses und leuchtete dabei punktgenau mit der Taschenlampe. Das war für sie eine leichte Übung, denn als technische Leiterin hatte sie inzwischen umfangreiche praktische Erfahrungen gesammelt. Die Tür ging auf. Was war schon dabei, sich ein leer stehendes Haus anzugucken. Davon gab es in Quedlinburg doch Hunderte.

Langsam stieg sie die alten Holztreppen empor, die gegenläufig von Stockwerk zu Stockwerk führten. Das Haus war noch gut in Schuss, einige Möbelstücke standen sogar in den Zimmern. Hier musste bis vor kurzem jemand gewohnt haben. Hel kletterte bis in die Dachräume, und dort fand sie auch das, was sie gesucht hatte, ein quasi perfektes Versteck für den Reliquien-Flakon.

Ja, das war natürlich so ein Ding, der Einbruch in den Domschatz. Hier übertraten sie eindeutig das Gesetz. Aber wessen Gesetz war das? Sie fühlte sich diesem Staat nicht eigentlich zugehörig. Der Plan war gut, und sie war von der Idee begeistert, den Hütern der Reliquien ein Schnippchen zu schlagen! Kirche und Staat, in ihren Augen ein Paar gieriger Monstren, die ihre Legitimation mit Waffengewalt erzwangen. Sie war bereit, das Abenteuer zusammen mit den anderen zu bestehen.

Wieder im Erdgeschoss angelangt, beschloss Hel ein kleines Wagnis, denn sie hatte keine rechte Lust, noch einmal den Garten und den Mühlgraben zu durchqueren. Fast lautlos versuchte sie, die vordere Haustür zu öffnen. Es gelang. Sie knipste die Lampe aus und schlich auf die Straße. Alle Fenster waren um diese Zeit dunkel. Schnell schloss sie die Tür wieder und huschte davon. Ihre schwarze Kleidung tauchte in die Schatten der Fachwerkhäuser ein.

X

Einige Tage später war es dann endlich soweit. Alle Voraussetzungen für die Durchführung des Raubzuges waren an diesem Abend gegeben. Loki stand am Fenster seiner Holzhütte und sah hinaus in die feuchte Finsternis. Er genoss die ihn umgebende Stille der einsetzenden Nacht. Ruhe vor dem Sturm. Die Odinisten waren bereits seit Stunden informiert. Ihm war klar, dass das heutige Vorhaben den Rahmen eines spannenden Theaterstücks bei weitem überstieg, aber er war trotzdem gut gelaunt und voller Zuversicht. Inzwischen hatte er sich intensiv in die Rolle eines odinistischen Gefolgsmannes und Anführers einer kleinen Gemeinde hineingesteigert. Ihre Gruppe stand am Anfang eines neuen Zeitalters im Geiste uralter Götter. Noch zu Beginn des Jahres war er eines der vielen Rädchen im Getriebe bundesdeutscher Wirklichkeit gewesen, aber innerhalb weniger Monate hatte sich seine Denkweise radikal verändert, und ihn erfüllte dieser Vorgang mit Freude. Regentropfen klatschten an die Scheibe. Er schaute zur Uhr und fühlte in sich das Jagdfieber anwachsen.

Die Planung war perfekt. Auf die Sekunde genau kam Loki durch die Mühlenstraße, Freya ebenfalls, aber aus der entgegen-

gesetzten Richtung, Ragnar aus der Rittergasse und Sudri über den Schlossberg. Alle waren dunkel und enganliegend gekleidet. Sie trafen genau auf dem kleinen, holprig gepflasterten Weg, der durch die Klippen führte, zusammen. Hier traten die Sandsteinfelsen des Burgberges sichtbar an die Oberfläche und zeigten die Schleifspuren von Tausenden Kinderschuhen, die auf ihnen herumgeklettert waren.

Es war eine kühle, regnerische Maiennacht. Vor exakt zweieinhalb Stunden hatte eine neue Woche begonnen. Es war sehr dunkel, und trüber Dunst lag in der Luft. Hinter keinem Fenster brannte mehr Licht.

Sudri hob kaum erkennbar den Daumen der linken Hand, und die anderen wussten, dass die Tür der Trafostation bereits geöffnet war und die beiden anderen Windzwerge auf das Signal warteten. Ohne ein Wort kletterten sie über die niedrige Umfassungsmauer unterhalb des drohend aufragenden Südwestgiebels der Burg. Dann hatten sie die aufwärts führende Treppe erreicht und stiegen zügig empor. Sudri, Freya, Loki und am Schluss Ragnar.

Die Treppe führte auf ein mit neuen gelbbraunen Sandsteinen restauriertes Steinsims, das von kleinen Mauern eingefasst war. Sie befanden sich jetzt bereits oberhalb der Dachfirste der Wassertorstraße. Hier blieb Ragnar und wartete auf die Rückkehr.

Vor ihnen ragten die Sandsteinmauern der Kontergewölbe auf, und neben ihnen erhoben sich die Mauern der Stiftskirche in die Dunkelheit, aus der Regen herabrieselte. Von unten leuchteten einige trübe Straßenlaternen, aber ihr Schein erhellte die Nacht heute nur sehr mäßig. Den für das Gelingen ihres Vorhabens besonders lästigen Strahler, der den Südturm und die gesamte Seitenfront, insbesondere die Kontergewölbe, hell ausleuchtete, hatte Austri bereits vor zwei Tagen mit einem gezielten Luftgewehrschuss eliminiert.

Sudri lehnte sich über die niedrige Brüstung. Etwa zwei Meter vor ihm befand sich das westlichste Fenster des Tonnengewölbes. Schweigend und konzentriert warf er den Anker – und verfehlte die Öffnung. Leise klirrend pendelte der Stahlhaken an der Mauer. „Mist!", murmelte er und traf beim zweiten Versuch. Jetzt kam der gewagteste Part. Sudri hangelte sich über die kleine Brüstung und hinüber zum Fenster. Wenn sich der Anker löste, würde er in die Tiefe fallen. Aber es gelang, und er wuchtete sich in die schmale Fensteröffnung. Von hier aus warf er Loki eine Strickleiterkonstruktion zu, die an beiden Enden befestigt wurde.

„Bist du bereit?", zischte er Freya zu.

„Ich hoffe", antwortete sie zaghaft und kletterte auf das Mäuerchen. Loki unterstützte sie dabei von hinten und registrierte ihr üppiges Hinterteil mit einem leichten Anflug von Wollust. Sie schaffte es. Loki folgte. Bereits fünf Minuten nach ihrem Treffen zwischen den Klippen standen sie in den Kontergewölben. Sudri ließ seine Taschenlampe abgeschirmt aufblitzen.

Jetzt kam es darauf an, dass Dr. Roys Bericht detailgetreu war, denn sie hatten nicht die Möglichkeit gehabt, sich die Örtlichkeiten vorher anzusehen. Allerdings stimmte die Beschreibung des Questenbergers mit den Angaben in Klaus Voigtländers Standardwerk über den Quedlinburger Schlossberg genauestens überein, und so konnten die drei Eindringlinge zumindest theoretisch zuversichtlich sein, dass auch der Rest gelingen würde.

In der Praxis spürte Loki jedoch ein Angstgefühl, dass er nicht abstreifen konnte. Das Wagnis war zu groß, er wollte nicht in den Knast kommen, auch nicht für seine geliebte Großmutter und ihre Erbschaft. Überhaupt fühlte er sich in letzter Zeit wie in einem Traum, einem teilweise euphorischen, meist aber eher beklemmenden Ideenkonstrukt. Es war ihm gelungen, in kurzer Zeit eine Crew von wildfremden Menschen für dieses Unternehmen zu begeistern. Manchmal glaubte er in letzter Zeit selber daran, dass er Lokis nichtweltliche Kraft ausstrahlte. Oder war der Gedanke an eine Erneuerung der Zeiten bereits so tief im Morphogenetischen Feld verankert, dass es nur noch eines, seines Anstoßes bedurft hatte?

Egal, jetzt standen sie bereits in den kalten, finsteren Räumen der Kontergewölbe, die irgendwann einmal gemauert worden waren, um die titanischen Querkräfte der romanischen Kirche abzufangen. Der funzelnde Schein von Sudris Lampe strich kurz über die gewölbte Decke, dann über den Boden, der mit Mörtelbrocken, Staubbergen und dem Dreck von Generationen von Tauben, Eulen und Fledermäusen bedeckt war.

„Alles okay?", flüsterte Loki beklommen und blickte dabei Freya an. Die Frau trug enganliegende schwarze Hosen und eine Kapuzenjacke, die über ihrem Busen kräftig spannte.

„Alles okay!", grinste sie zurück und griff hinter ihren Kopf. Sie zog die Kapuze nach vorn und hatte kurzzeitig die Maske einer vertrockneten Leiche über dem Gesicht. Lokis Nerven waren so angespannt, dass er seinen Schreck für einige Sekunden nicht verbergen konnte. Faxen, dachte er erbost und verzog missbilligend das Gesicht. Da schob sie sie schnell wieder nach hinten.

„Als Tarnung, falls uns jemand überrascht", lachte sie leise und stieß ihn vor die Brust. „Die habe ich mir selber genäht. Geil, was?"

In Wirklichkeit hatte sie in den vergangenen Tagen zunehmend Schiss bekommen, denn sie war eigentlich ein Angsthase. Die alten Götter, mystische Geschichten und unergründliche Archetypen waren zwar schon immer ihre Welt gewesen, in Büchern, Gesprächen und Filmen. Aber das, was sie jetzt hier trieben, ging an ihre Belastungsgrenze. Deshalb war sie auch tagsüber bei Hel gewesen, heimlich, und hatte ihr diese Ängste gebeichtet. Offenbar hatte es beiden Frauen gutgetan, sich einander ohne die aufdringliche Anwesenheit der männlichen Gruppenangehörigen anzuvertrauen. Sie waren sich dabei ein ganzes Stück näher gekommen. Am Ende hatte ihr die Göttin der Unterwelt einen Mond-Tranquilizer verpasst, was auch immer das sein mochte, und nun fühlte sie sich stark, voller Power und happy.

„In dreißig Sekunden gebe ich das Signal. Wir liegen genau in der Zeit", sagte jetzt Sudri mit ruhiger, tiefer Stimme und schaute die beiden mit düsteren Augen an. Er war am besten für eine derartige Unternehmung geeignet, nicht nur, dass er schon immer einen Hang zum Unerklärlichen, Geheimnisvollen und Paranormalen verspürte; Sudri liebte auch riskante Sportarten wie Tauchen, Rufting und Hochseeskipping. Für ihn war dieser Trip eine Herausforderung an sein Können und eine Tat im Dienste einer höheren Macht. Er hätte sich durchaus idealere Mitstreiter vorstellen können, aber man konnte eben nicht alles haben. Außerdem hatte er den Eindruck, dass die Mitglieder der Odinistengruppe erstaunlich gut zueinander passten. Bis jetzt waren sie alle sehr freundschaftlich miteinander umgegangen. Selbst das manchmal ausgesprochen exaltierte Benehmen Lokis wurde ihm immer wieder verziehen, wenn er sie mit ausgefallenen Ideen und geistreichen Wortspielen in seinen Bann schlug.

Er drückte auf die Speichernummer seines Handys und ließ es zweimal läuten, dann schaltete er es ab und starrte wortlos aus der Fensteröffnung des Gewölbes. Die beiden anderen schwiegen, und er hörte ihre angespannten Atemzüge. Sudri zählte langsam im Kopfe, und bei 113 erlosch die für ihn sichtbare Straßenlaterne, und das gesamte Schloss hüllte sich in nasse Dunkelheit.

XI

Nordi und Austri standen im tiefen Schatten einer mittelalterlichen Toreinfahrt und starrten stumm und parallel in die Finsternis hinaus, die nur von einigen Straßenlampen notdürftig erhellt wurde. Sie fühlten sich gut, sie fühlten sich stark, und dieses Abenteuer sagte ihnen zu. Endlich ein Weg, eine neue Möglichkeit, sich auszuleben. Seit dieser sogenannten Wende war das Leben immer klebriger geworden. Irgendwelche Leute erzählten irgendwelchen Scheiß, und eine undefinierbare Mehrheit schien ihre stumpfen Geister dazu zu beugen. Das war nichts für ihre beiden alten Seelen. Sie wollten es wissen! Die beiden kannten sich schon seit vielen Jahren, und sie verband eine lange Reihe zum Teil spektakulärer Erlebnisse. Und jetzt waren sie Windzwerge, Odins treue Gefolgschaft, und sie würden sich vermehren, das lag in der Luft, die Nornen webten an einem neuen Vlies.

In Nordis Hosentasche rappelte das Handy, dann war wieder Stille. „Es ist soweit!“, knurrte er und schlich geduckt in Richtung Trafostation, ohne sich nach Austri umzusehen. Dieser folgte ihm auf den Fersen, die dunkle, ausgebeulte Plastetüte fest in der Hand. Den Türverschluss der Trafostation hatte Sudri bereits vor einer halben Stunde geöffnet, ohne ihn zu beschädigen. Zusam-

men hatten sie sich die Schalttechnik angesehen und den entsprechenden Algorithmus entwickelt.

Nordi öffnete die braune Stahltür und leuchtete mit der Taschenlampe in den Schaltraum. Wie abgesprochen legte er den Hauptschalter um und betätigte einige Tasten. Austri sah die Straßenlaternen des Westendorfs verlöschen. Das waren die Häuser und Gassen rings um den Burgberg. Alle anderen Beleuchtungen innerhalb des städtischen Mauerrings und südlich der Kaiser-Otto-Straße strahlten unschuldig weiter in die dunstige Nacht hinaus.

„Topp!“, flüsterte Nordi und hob die Hand mit dem Gummihandschuh. „Jetzt du!“

Nun kam die eigentliche Kniffligkeit, die sich die drei Windzwerge ausgedacht hatten. Austri angelte aus seinem Beutel einen dunklen Gegenstand. Es war ein toter Marder – und der war triefend nass. Vorsichtig nahm er ihn an Kopf und Hinterteil, der gesträubte Schwanz zeigte steif und tropfend nach hinten. Ein leichter Panikfunken durchzuckte ihn, doch dann warf er ihn mit einem Ruck, so wie er es jetzt Tage lang geübt hatte, über die dicken Kupferstränge der Kontaktverschraubungen. Es klappte. Der tote Marder blieb liegen und nichts geschah. Austri atmete erleichtert auf. Jetzt kam die heikelste Übung.

„Hast du die Tür?“, flüsterte er Nordi zu. Der andere Windzwerg nickte. Austri zog einen Gummiknüppel aus der Jacke und schlug damit leicht auf den Hauptschalter. Viele Ampere flossen durch den Körper des Marders, er leuchtete glühend auf, Relais blitzten kreischend auf und grell blaues Licht krallte sich in Austris Augen. Dann schlug die Tür der Trafostation zu, und Nordi verschloss die Verriegelung unter Aufbringung seines gesamten Mutes.

Austri war zurückgezuckt und hatte die Hände vor die Augen geschlagen. Er stieß unterdrückt grunzende Laute aus. In der Station prasselte es laut, und beißender Qualm quoll durch alle Ritzen und Spalten. „Was ist mit dir?“, zischte Nordi, der bereits über ein neues Fluchtszenario nachdachte für den Fall, dass es seinen Freund ernsthaft erwischt hatte.

„Ich sehe nur noch Sterne“, flüsterte Austri zurück. Trainiere dein Hirn auf die Gefahr! Diesen Gedanken hatte er verinnerlicht, denn er schwebte nicht zum ersten Mal in knapper Nähe des Todes. Wenn man ihn in unregelmäßigen Abständen rief, steuerte er für anonyme Auftraggeber Sattelzugmaschinen oder auch ganze Trucks von Westeuropa in die fernen Landstriche des wirklich wilden Ostens. Was ihm dabei bereits widerfahren war, hätte ihm kaum ein Quedlinburger geglaubt. Doch er erzählte niemals davon
und täuschte zumeist den biederen und bedürftigen Kumpel vor.

„Du hast dir die Augen verblitzt“, sagte Nordi. „Das vergeht wieder. Komm jetzt! Wir müssen hier verschwinden!“

Er hakte Austri unter und vergewisserte sich, dass sie nichts verloren hatten, vor allem nicht die Plastetüte. Dann zog er Austri mit sich in die Dunkelheit. Hinter ihnen qualmte die Trafostation leise knisternd vor sich hin.

Nach wenigen Metern erreichten sie die Gassen der Altstadt, und Nordi bemühte sich, so unauffällig wie möglich mit Austri im Schatten der Fachwerküberhänge Abstand zu gewinnen.

Nach mehreren hundert Metern blieb er schwer atmend stehen und ließ den Arm des schweigenden Gefährten los.

„Und?“, fragte er besorgt.

Austri wandte ihm sein bleiches Gesicht zu, aus seinen Augen liefen die Tränen der Bindehautreizung. Nervös kichernd stieß er hervor: „Ich glaube, wir hatten Glück. Ich kann deine blöde Fresse schon wieder erkennen!“

XII

Loki, Freya und Sudri standen schweigend in der Dunkelheit. Kurz flackerte die Straßenlaterne unter ihnen noch einmal auf, dann war es endgültig finster.

„Das war der Marder!“, flüsterte Sudri heiter. „Und nun voraus! Die Zeit läuft.“

Jeder von ihnen knipste eine Taschenlampe an. Links befand sich die Holztür, die aus den Kontergewölben hinausführte. Sie war nicht einmal verschlossen. Sie standen in einem kurzen Gang, von dem aus nach rechts eine schmale Treppe aufwärts führte. Gegenüber befand sich eine sehr solide aussehende Eichentür.

„Wohin führt diese Tür?“, fragte Freya mit hohler Stimme.

„In die Grabgewölbe mit den Mumien“, flüsterte Sudri geheimnisvoll und schickte sich an, die Treppe zu ersteigen. „Wir müssen hier entlang. Die Toten lass ruhen!“

Am oberen Ende der Treppe befand sich wieder eine Tür. Sie war verschlossen, aber Sudri benötigte nur wenige Sekunden zum Aufschließen. Modriger Geruch umwehte sie. Die Lichtkegel tasteten sich entlang der dicken, trutzigen Säulen, die die Kreuzgewölbe der 1.000-jährigen Krypta trugen. Blass und gespenstisch tauchten über ihnen die Fresken im Lampenlicht auf.

„Hier liegen Heinrich und Mathilde begraben“, knurrte Sudri mit tiefer Stimme. „Huuuuh!!“

„Lass den Scheiß!“, antwortete Freya. Das Grauen in ihrer Stimme war nicht zu überhören. Loki warf ihr einen besorgten Blick zu. Im Schein ihrer Lampen tauchten schauerlich die Grabplatten von Äbtissinnen an den Wänden auf und versanken wieder in der Dunkelheit. Loki sah, dass Freya kalkweiß im Gesicht war. Sudri frotzelte: „Wir laufen auf Hunderten von Toten herum. Sie liegen hier überall, im Boden, in den Wänden ...“

„Halt endlich die Schnauze!“, stöhnte Freya mit zittriger Stimme.

„Hört auf damit!“, befahl Loki. „Konzentriert euch lieber!“

Auch die Tür von der Krypta zum Kirchenschiff war im Handumdrehen geöffnet. Vor ihnen lag der hohe schmucklose Raum der romanischen Stiftskirche. Matt schimmerte Restlicht durch die hohen Kirchenfenster. Eilig sprangen die drei Odinisten die breiten Stufen zum oberen Querschiff empor. Um 02.46 standen sie im Hohen Chor vor der Eisengittertür, die in den Vorraum vom Zitter führte. Sudri öffnete sie. Nichts geschah. Keine Sirene schrillte auf.

Als sie vor der Eichentür der Schatzkammer standen, empfand Loki ein fahles Frösteln, und seine Beine fühlten sich wie Watte an. Odin steh mir bei, dachte er und setzte alles daran, die beiden anderen nichts von seinem Schwächeanfall merken zu lassen.

„Jetzt wird's ernst!", flüsterte Sudri und in seiner Stimme schwang Heiterkeit. Mindestens drei Minuten lang manipulierte er an der Tür herum, ohne dass Loki und Freya sehen konnten, was genau er dort werkelte. Dann öffnete sich die Pforte mit einem leisen Quietschen. Entschlossen schritt Sudri in die niedrige Kammer mit den vier Säulen. Ohne zu zögern, packte er die linke Vitrine und zog daran. Nichts geschah.

„Helft mal mit!", raunzte er. Freya und Loki sprangen hinzu. Vereint gelang es ihnen tatsächlich, den großen Kasten ein kleines Stück zu drehen.

„Das reicht!", flüsterte Sudri und hielt bereits die kleine HighTech-Trennscheibe in der Hand. Ein surrendes Pfeifen erklang. Loki sah begeistert, wie sich auf der schwarzen Rückwand, genau hinter der Bergkristallflasche ein kleines Rechteck bildete.

Freya starrte fasziniert auf die Teile hinter der Glasscheibe, es waren drei Reliquien-Flakons und der sogenannte Kamm Heinrich I., die dort nett in einer Reihe lagen.

„Jetzt du!", unterbrach Sudri ihre Träumerei. Freya trat wie abgesprochen vor und brachte ihre schmale Hand mühelos durch die Öffnung. Sie pflückte die wundervolle Kristallflasche wie eine reife Frucht von ihrer gläsernen Halterung und zog sie ohne Probleme zurück ins Freie.

„Heissa!", rief sie gedämpft. Sie blickte strahlend zu Loki und Sudri, die ihr anerkennend zugrinsten. Dieser Teil der Mission war geglückt! Loki war erleichtert. Sie reichte ihm das gute Stück, das er schnell in einer kleinen Umhängetasche verschwinden ließ.

„Die Halterung auch!", sagte er dann, einer plötzlichen Eingebung folgend. „Schnell! Und dann verteile die Exponate neu!"

„Ich möchte den Kamm Heinrichs haben", sagte Freya und nahm den Plexiglasrahmen aus der Vitrine. „Darf ich?"

„Untersteh dich!", herrschte Loki sie an.

„Blödmann!", murmelte Freya leise und arrangierte die kleinen Flakons neu. Dann zog sie die Hand zurück, und Sudri fügte das herausgeschnittene Stück Rückwand fast fugenlos wieder ein. „Los, beeilt euch! Es ist schon drei durch", flüsterte er und stemmte sich bereits gegen die Vitrine. Wenige Sekunden später sah alles so aus wie zuvor, und nur auf den zweiten Blick war zu bemerken, dass eines der Teile fehlte. Nun schloss Sudri die Türen in umgekehrter Reihenfolge, ohne Spuren zu hinterlassen. Sie eilten hinunter zur Krypta und stiegen die Treppe hinab zu den Kontergewölben. Jetzt ging Loki vorn. Auf der Treppe, nachdem Sudri die letzte Tür problemlos verschlossen hatte, drehte sich Loki mit fröhlichem Gesicht um und hielt die beiden Victory-Finger in die staubige Luft.

Doch so einfach meinten es die Nornen nicht mit ihnen.

Loki hatte bereits den kurzen Gang zu den Kontergewölben erreicht. Er schaute auf Freya, die ihm direkt folgte. Sie hielt einen Moment inne und richtete den Lichtkegel ihrer Taschenlampe auf die Eichentür, die zu den Mumiensärgen führte. Warum beeilte sie sich nicht?

Loki sah, dass Freya vor Schreck zu erstarren schien. Instinktiv zog sie ihre Kapuze nach vorn. Die dunkle Eichentür, die vorhin noch fest verschlossen war, stand einen Spalt offen. Ein ganz schwacher Lichtschein fiel aus dem unbekannten Raum nach oben.

XIII

Es war schon spät in der Nacht, fast um zwei Uhr, aber sie waren alle ausgesprochen fröhlich. Die anderen Gäste waren vor einiger Zeit gegangen, doch Pfarrer Holzhüttler konnte kein Ende finden. Gertrud Nickel öffnete bereits die vierte Flasche Portwein und zwinkerte ihrem Gatten dabei belustigt zu. Das Geburtstagskind, Küster Wilhelm Nickel, saß strahlend und mit roten Wänglein in seinem Lieblingssessel und gab gerade den bekannten Mumienwitz zum besten. Marion Holzhüttler, die den Witz ebenso wie alle anderen bereits mindestens zehnmal gehört hatte, setzte eine gespielt ernste Mine auf. Trotzdem konnte sie den Schalk in ihren großen, dunkelbraunen Augen, die erwartungsvoll von einem zum anderen wanderten, nicht unterdrücken. Sie lachte oft und gern und alle ihre Freunde wussten, dass man bei ihr mit ungewöhnlichen Einfällen rechnen konnte. Etwas ungeduldig strich sie die langen, tiefschwarzen Haare aus der Stirn und zeigte durch ein spontanes Vorbeugen ihres schlanken Oberkörpers an, dass sie etwas Wichtiges zu sagen hatte.

Esofred Holzhüttler streckte seinen hünenhaften Körper im Sessel aus. Er war eine imposante Erscheinung und genoss in seiner Gemeinde großes Ansehen. Widerspenstige, leicht ergraute blonde Locken bedeckten seinen kantigen Schädel. Er lachte herzlich über den Mumienwitz. Nachdem alle einen guten Schluck aus den neu gefüllten Portweingläsern getan hatten, neigte er sich zu seiner Frau und fragte mit tiefer Bassstimme: „Nun, meine Liebe, was gibt es zu sagen?"

Marion strich ihm vertraut über den Arm und antwortete aufgeräumt: „A propos Mumien, ich finde, es ist genau der richtige Zeitpunkt, das Geheimnis der Fürstinnengruft zu lüften, das von Wilhelm so hartnäckig gehütet wird. Also, lieber Freund, keine Witze, sondern Tatsachen. Bitte!"

Sie sah den Küster auffordernd an. Nickel bekam einen sichtbaren Schrecken, aber infolge der guten Laune oder des konsumierten Portweins ließ er sich nicht ewig bitten, sondern richtete seine schmächtige Gestalt im Sessel auf: „Die Fürstinnengruft. Das ist ein wahrhaft extraordinäres Thema. Sie befindet sich unter dem Südbau der Kirche, naja, und in ihr ruhen die Särge von zig Äbtissinnen und auch ein paar anderen Menschen."

„Das wissen wir“, unterstützte Holzhüttler wissbegierig seine Frau, „aber wie steht es mit dem Gerücht, dass diese Toten nicht verwesen? Und warum lässt du niemanden in ihre Nähe kommen?“

Frau Nickel warf ihrem Mann einen warnenden Blick zu, doch dieser übersah ihn und begann zu dozieren: „Die Besichtigung der Mumien ist für mich ein Frevel, aber die meisten anderen Menschen sehen das nicht so. Die Fürstin Anna Amalia hat mit dem Rummel angefangen, weil sie ein ausgesprochenes Faible für Tote hatte. Sie ließ 1756 zusammen mit ihrer Schwester die Gruft öffnen und besah sich das Innere der Särge. Erstaunlicherweise waren die Toten nicht verwest. Man führte das auf den Salpetergehalt des Mauerwerks oder das Blei der Särge zurück. Jedenfalls lösten diese närrischen Weiber einen Zustrom von Schaulustigen aus, die die Mumien sehen wollten. Wartet einmal!“

Er wieselte hinüber zum großen Bücherschrank, während Marion Holzhüttler ihrem Mann einen schelmischen Blick zuwarf und fragte: „Wer lag in den Särgen?“

Nickel kehrte mit einem alten Folianten zurück und erwiderte: „Frauen, meine Beste, jede Menge Frauen. Decaninnen, Präpstinnen, Äbtissinnen. Die bekannteste ist die schwedische Pröbstin Aurora von Königsmarck, auch als Geliebte August des Starken berühmt geworden. Aber auch ihre beiden Erzfeindinnen, die Geschwister Eleonora Sophie und Maria Magdalena Gräfinnen von Schwarzenberg. Halt, hier hab ich's!“

Er hatte den Folianten aufgeschlagen und las daraus vor: „Das Begräbnisgewölbe in dieser Kirche gehört unter die heitersten, die es geben mag ... Man entdeckte die Aurora-Mumie vor ungefähr 70 Jahren ... Wer es wünscht, dem wird der Sarg geöffnet. Das Bild der alten Leiche ist nicht widrig ... Die reizende Schwedin ... jenes einst einmalige Meisterstück der Natur ... ausgetrocknet, von Würmern durchlöchert und braun gefärbt. Taschenbuch für Reisende in den Harz, Magdeburg 1825.“

Der Küster kicherte und lief zur Höchstform auf: „Und hier: Lucanus 1866 'Der noch wunderbar erhaltene Leichnam der Aurora nimmt die Aufmerksamkeit der Reisenden in hohem Maße in Anspruch.“

„Und das hast du uns also alles vorenthalten?“, fiel ihm Holzhüttler in gespieltem Ärger ins Wort.

„Nein, nein!“, verteidigte sich Nickel. „Das geschah bereits vor meiner Amtszeit. Damals soll ein schwedischer Prinz einen Rosenstrauß auf die verehrte Mumie seiner Ahnin gelegt haben. Bedauerlicherweise haben dann Rosenkäfer ihr Gesicht zerfressen. Vielleicht haben aber auch nur die Angehörigen des schwedischen Königshauses Einspruch gegen den Mummenschanz erhoben. Wie auch immer, jedenfalls war bald darauf Schluss mit dem Spektakel."

„Wie romantisch", hauchte die Pastorengattin und verdrehte die Augen. Ihr nächster Satz schlug wie ein Blitz in die portweinselige Runde ein: „Wisst ihr was? Ich möchte mir diese Aurora jetzt ansehen! Es ist genau die richtige Stunde dafür."

Kurz darauf gingen Küster Nickel, Pfarrer Holzhüttler und seine Ehefrau durch den kühlen Maienregen unter den dicken alten Linden auf den Eingang der Burg zu. Prinzipiell taten sie nichts Unerlaubtes und übertraten auch nicht ihre Kompetenz, nur verstießen sie eben gegen Wilhelm Nickels langjährige Überzeugung. Deshalb hatte auch die Küstersgattin ihre Teilnahme an diesem Unternehmen kategorisch abgelehnt und ihnen nur einen Vogel gezeigt. So kraxelten die drei beschwipsten Kirchendiener über das schlüpfrige Kopfsteinpflaster. Sie passierten die in der Nacht verschlossene Eisenkette am unteren Torbogen, was den Küster zu der Bemerkung veranlasste: „Die Schlösser werden ständig von Rowdies zerstört. Sie scheinen das für einen besonderen Sport zu halten. Aber jetzt habe ich sie überlistet, vorgestern habe ich mir erlaubt, aus der Schatzkasse zwei Titanschlösser anzuschaffen."

Nickel kicherte, aber der Pfarrer hörte gar nicht zu. Sie stiegen den steilen Zwinger empor und erreichten das Torhaus, das seit einigen Jahren nachts ebenfalls verrammelt wurde. Das gewaltige, mit Eisennieten beschlagene Eichentor besaß eine kleine Pforte, die der Küster nun mit einem riesigen Schlüssel öffnete.

In diesem Moment wurde es übergangslos stockdunkel. Erschrocken legte Pfarrer Holzhüttler einen Arm um seine Frau. Der Küster knipste die Taschenlampe an. Die Lampen, die den Aufgang matt erhellt hatten, waren erloschen. „Der Bürgermeister spart wieder", stellte der Pfarrer fest und seine Frau fügte leichtsinnig hinzu: „Es wird ja auch bald hell."

Kurz daruf standen sie vor den hohen Mauern des Doms, der wie ein schwarzer Brontosaurus vor ihnen hockte. Der Küster schloss die nördliche Tür der Kirche auf und drückte den großen Messinggriff in Gestalt eines Hundes nieder.

„Was ist mit dem Alarm?", fragte der Pfarrer besorgt. „Ich war um diese Zeit noch nie hier."

„Keine Angst", kicherte der Küster. „Ich schon öfter. Wir dürfen uns nur nicht den Schatzkammern nähern."

Marion Holzhüttler leuchtete auf die Armbanduhr und raunte: „Es ist schon zehn vor drei."

Eilig hasteten sie durch das Kirchenschiff und erreichten die Tür zur Krypta. Nickel fummelte in der Dunkelheit an seinem Schlüsselbund herum, aber Frau Holzhüttler hatte bereits vorwitzig auf die Klinke gedrückt. Leise quietschend schwang die Tür auf.

„Merkwürdig!", murmelte Nickel. „Das muss Frau Penkert vergessen haben. Kommt!"

Auch die Tür zur Treppe, die hinab zu den Grüften führte, war unverschlossen. Nickel flüsterte dem Pfarrer zu: „Wenn es nicht schierer Unsinn wäre, würde ich sagen, hier stimmt irgendetwas nicht."

„Ach, Quatsch, Wilhelm!", frotzelte sein Vorgesetzter. „Du willst uns nur nicht deine Mumien zeigen."

„In der Krypta roch es nach Parfüm", sagte Marion, als sie die Treppe hinunter gingen, aber die Männer hörten ihr nicht zu.

Der Küster öffnete die schwere Tür zur Fürstinnengruft, die fest verschlossen war, wie es sich gehörte. Dann betrat er den Raum und leuchtete mit der Taschenlampe über das niedrige Tonnengewölbe. Er hatte zwei Haushaltskerzen mitgebracht, die er ohne viel Brimborium auf zwei der großen alten Bleisärge pflanzte und entzündete. Ein flackerndes Licht tanzte über die Särge, die hier neben und hintereinander standen. Ein starker Modergeruch umgab sie.

Marion ließ die Außentür zum Treppenaufgang einen Spalt offen und leuchtete ihren Mann an, dessen Gesicht sehr bleich aussah. Das veranlasste sie zu der Bemerkung: „Esofred, geht es dir gut? Denk an dein Herz!"

„Ja, ja!", lachte Holzhüttler und kniff verschwörerisch ein Auge zu. Dann sagte er zum Küster: „So, Wilhelm, wenn wir einmal hier sind, musst du uns auch Auroras Mumie zeigen."

Nickel strich sich nervös über seine schütteren, graublonden Haare und zeigte auf den vordersten Sarg. „Hier liegt sie. Der Deckel ist lose. Wir müssen allerdings zu dritt anfassen."

Vereint hoben sie den schweren, ungetümen Sargdeckel ab und stellten ihn beiseite. Der Eichensarg ragte auf Metallfüßen wie eine Badewanne in den Raum und verströmte einen intensiven Gruftodem. Beherzt leuchtete der Pfarrer mit der Lampe in die Tiefe des Behälters. Die Mumie war erstaunlich klein und trug dunkle, sehr mürbe aussehende Stoffkleider. Nur der Kopf und die Hände waren zu sehen. Die Haut war stark nachgedunkelt. Der Kopf lag auf einem vergilbten Kissen, das fast vollständig von den kräftigen, schwarzen Haaren der Frau bedeckt wurde. Das Gesicht war klein, die Augen geschlossen, und die Haut spannte papieren über den Schädelknochen.

Alle drei standen andächtig um die Reste dieser berühmten Frau herum.

„Aurora!", hauchte die Frau des Pfarrers und fühlte, wie sie plötzlich von einem kalten Schauder ergriffen wurde. Vielleicht war diese Idee doch nicht so grandios gewesen. Ihre Portweineuphorie verflog und machte einer besorgten Stimmung Platz. Sie sah ihren Mann fasziniert auf die Überreste dieser Frau starren und hatte plötzlich das dringende Bedürfnis, von diesem gruseligen Ort zu verschwinden.

Doch da hörte sie das leise Knarren einer Tür in einiger Entfernung. Wie in Zeitlupe hob ihr Mann den Kopf. „Hast du etwas gehört?", fragte er, und blankes Entsetzen schwang in seiner Stimme.

„Das gleiche wie du!", stammelte sie mit trockenem Mund.

Der Pfarrer drehte sich von dem Sarg weg und machte einige Schritte auf die angelehnte Tür der Gruft zu. Jetzt hörten sie Schritte. Irgendjemand lief die Südtreppe hinunter, leise und schnell kam es näher. Marion war völlig gelähmt und einer Ohnmacht nahe. Ihr Mann ging langsam auf den Türspalt zu, und Küster Nickel folgte ihm mit besorgtem Gesicht. Jetzt war ihr Esofred vielleicht anderthalb Meter vor der Tür und hielt lauschend inne. Sie glaubte, dass ihr Herz zerspringen müsste.

Und dann geschah es: Mit einem Ruck wurde die Tür aufgerissen. Für wenige Sekunden stand in dem finsteren Rechteck eine Gestalt. Schemenhaft nahm sie die dunklen Umrisse eines Körpers wahr. Aber grauenhaft war der Kopf. Braune flattrige Haut umspannte den Schädel einer Mumie, aus dessen Höhlen das Weiße von funkelnden Augen blitzte. Ohne den knorrigen Mund zu bewegen, stieß das Wesen einen zischenden Schrei aus. Unterdrückt hallte er in der Gruft wieder. Dann zuckte das Monster zurück und schlug mit einem dumpfen Knall die schwere Eichentür zu.

Marion fühlte, wie sich die Hormone in ihrem Körper überschlugen. Gleichzeitig nahm sie wahr, dass sich ihr Mann umdrehte und einen gurgelnden Laut ausstieß. Seine Augen waren unnatürlich weit aufgerissen, und seine Zunge quoll dunkel zwischen den Lippen hervor. Die Taschenlampe fiel scheppernd auf die Bodenplatten. Mit der linken Hand krampfte er krallenartig seine Brust. Dann stürzte er nach vorn und prallte gegen Küster Nickel, der ihm zu Hilfe eilen wollte, um ihn zu stützen. Durch den Aufprall wurde Nickel jedoch nach hinten geworfen, sein Fuß rollte unglückselig auf der Taschenlampe ab, und er machte einen missglückten Salto nach hinten, ohne sich abfangen zu können.

Innerhalb einer Sekunde schlug er zurück und krachte mit dem Kopf auf den Rand von Auroras Sarg, der unter dem Schlag heftig erzitterte. Marion hörte ein brechendes Geräusch und einen spitzen Aufschrei, dann lagen beide Männer zu ihren Füßen, und ihre krampfhaften Bewegungen verflossen schnell zu einem schweigenden Verharren. Sie war total gelähmt. Nicht einmal schreien konnte sie. Endlich gelang es ihr mit viel Mühe, in die Hocke zu gehen und sich zu ihrem Mann hinab zu beugen, der verkrümmt auf der Seite lag.

„Esofred!“, schluchzte sie heiser und drehte ihn auf den Rücken. Mit einem matten Laut rollte der Körper herum. Die dunkelgerahmte Brille lag auf den uralten Bodenplatten. Die Augen ihres Mannes waren geschlossen.

„Esofreeeed!!“, schrie sie wie von Sinnen. Sie riss sein Hemd auf und pumpte auf seinem Brustkorb, aber er blieb stumm und schwer liegen. Sie konnte weder Atem noch Herzschlag spüren. Ihre Hände flatterten, sie zitterte am ganzen Körper wie Espenlaub.

Ein leises Stöhnen riss sie abrupt aus ihrem unendlichen Gram. Die Hände des Küsters bewegten sich. Sein Kopf lag dicht neben Auroras Sarg, langsam bildete sich eine dunkle Blutlache. Nickel lebte noch. Sie rutschte auf Knien zu ihm und versuchte, ihm ins Gesicht zu sehen. Die Augen waren geschlossen, und die Muskeln zuckten. Marion schaltete instinktiv auf Rationalität und wälzte ihn in eine annähernd stabile Seitenlage. Sie musste Hilfe holen.

Taumelnd richtete sie sich auf. Die beiden Haushaltskerzen waren schon ein Stück heruntergebrannt, und ihr Licht warf über den staubigen Särgen gespenstische Schatten. Unwillkürlich fiel ihr Blick in den geöffneten Sarkophag Auroras. Und in diesem Moment packte sie das kalte Grauen. Die Mumie war verschwunden, und nichts als ein dunkler Schatten war undeutlich auf dem Grunde des Sarges zu erkennen

Marion schrie und schrie und schrie. Dann lief sie an den Männern vorbei zur Tür der Gruft. Mit Mühe gelang es ihr, sie zu öffnen. Ohne Taschenlampe hastete sie die Treppe empor, stürzte, raffte sich wieder auf und erreichte die Tür zur Krypta. Fast bewusstlos ertastete sie die Klinke und drückte sie nieder.

Die Tür war verschlossen.

Angstvoll schrie sie um Hilfe, bis ihre Rufe leiser wurden und sie auf die Treppe sank.

Da hörte sie hinter der Tür in der Krypta ein Geräusch. Es folgte ein peitschender Knall.

XIV

Die weise, uralte Urd ist die Norne der Vergangenheit, der hübschen Verdandi gehört die Gegenwart, und die stets verschleierte Skuld ist für die Zukunft zuständig. Diese drei uralten Wesenheiten hatten sich offensichtlich vorgenommen, es den Menschlein, die die alten und neuen Götter gegeneinander ausspielen wollten, nicht unnötig leicht zu machen.

Deshalb gab es in dieser Nacht noch eine weitere Feier. Es war kein Geburtstag, sondern schlichtweg ein derbes Besäufnis. In einem der Neubaublöcke auf dem Kleers, die in den letzten Jahren der DDR-Ära gebaut worden waren, öffneten die deutschrussischen Mitbürger Igor, Nikolai und Boris gegen zwei Uhr die soundsovielte Flasche Wodka. Natascha sah ihnen dabei zu und zwirbelte ihre langen blonden Haare. Sie saß auf der Sprelacart-Platte des Küchentisches und streckte den Männern provokativ ihre glatten, hellhäutigen Schenkel entgegen, die lusterregend aus dem kurzen schwarzen Röckchen hervorquollen. Sie trug schon seit Stunden keinen BH mehr, und die jungen Brüste schaukelten lasziv in dem ärmellosen roten T-Shirt.

So kam es – wie unter diesen Ausgangsbedingungen nicht anders zu erwarten – zu einer heftigen Schlägerei zwischen den drei Recken, denn ewig lockt das Weib ...

Anonyme Nachbarn, die sich erheblich in ihrer Nachtruhe gestört fühlten, riefen das Polizeirevier Quedlinburg an, und von dort rollte die einzige in dieser Nacht eingesetzte Streifenwagenbesatzung mit ihrem funkelnagelneuen silbriggrünen Mercedes-Toniwagen an. Die zierliche, blondhaarige Polizistin mit der Nickelbrille und ihr Kollege stapften fluchend die gegossenen Betontreppen hinauf und stießen die nicht verschlossene Wohnungstür auf.

Die drei Russen hatten gerade eine Kampfpause eingelegt, um sich einen erfrischenden Wodka zu genehmigen. Boris schrie die kreischende Natascha an, sie solle endlich das Maul halten.

Da platzte das Polizistenpärchen herein und begann, die übliche Dienstlitanei aufzusagen. Nikolai, der lange Zeit einen KrAS-Kipper auf einer Großbaustelle bei Nowosibirsk gefahren hatte, gab dem unscheinbaren Beamten einen freundschaftlichen Schlag auf die Brust, so dass der mit dem Geräusch eines Pfeifkessels auf das zerknautschte Küchensofa sank.

Igor streckte gerade drohend seine tellerartigen Hände nach der schmächtigen Polizistin aus, und eine gewaltige Alkoholfahne schlug ihr betäubend entgegen, da meldete sich das Funksprechgerät in ihrem Halfter. Da die Tellerhand ihr bereits bedrohlich nahe kam, zog die Beamtin es vor, den Trunkenbold mit einer eintrainierten Judobewegung zu paralysieren. Sie ergriff seinen schwarz behaarten Arm und setzte den Hebel an, doch das hätte sie ebenso mit einem halbwüchsigen Straßenbaum versuchen können.

Natürlich konnte sie nicht ahnen, dass Igor der langjährige Jugendmeister im Ringen des Raions Irkutsk, weit hinter dem Ural, war. Er nahm sie wie ein Kaninchen beim Schopf und trug sie schwankend ins Treppenhaus, wo er sie abwarf und die Wohnungstür lautstark schloss. Zum Glück landete sie in einem großen Berg gelber Säcke, so dass sie vollkommen unversehrt blieb. Wenige Sekunden später öffnete sich die Wohnungstür ein letztes Mal, und ihr Kollege schoss wie eine Wostock-Rakete ins trübe Outback. Glücklicherweise blieb auch er heil.

Während sich die Polizistin aus den leichten Verwesungsgeruch verströmenden gelben Säcken befreite, stand der Beamte bereits wieder auf den Füßen und nestelte mit zornesrotem Kopf am Halfter seiner Dienstwaffe.

„Warte!", rief die junge Kollegin. „Sie rufen uns, es ist irgendetwas passiert." Dann meldete sie sich endlich und erhielt schreiend die Nachricht: „Domschatzalarm! Wo seid ihr denn, verflucht? Alarm vom Domschatz! Höchste Priorität! Ihr seid momentan das einzige Team in Quedlinburg. Sofortiger Einsatz! Schlossberg! Höchste Priorität! Wir rufen Verstärkung!"

„Langsam!", antwortete die Beamtin mürrisch. „Da war doch schon oft blinder Alarm. Seid ihr sicher?"

„Mensch, fahrt endlich los!", schrie es aus dem Sprechfunk. „Der Alarm läuft schon seit über zehn Minuten."

„Los, komm!", sagte nun ihr Kollege und rannte bereits, offensichtlich sehr erleichtert, das Treppenhaus hinunter. Die kleine Blondine schob die Brille zurecht und sprang ihm nach, wobei sie ins Gerät rief: „Verstanden! Wir sind unterwegs!" Angespannt saß sie wenig später auf ihrem Sitz und fragte: „Und was machen wir mit denen?"

„Die werden sich wundern, wenn sie wieder nüchtern sind", brummte ihr Kollege. „Dafür können sie in den Knast kommen."

„Ich bin nicht dafür", sagte die blonde Polizistin.

„Wofür?“, fragte der Mann und legte sich mit quietschenden Reifen in eine Kurve.

„Dass wir den Vorfall weiterverfolgen“, erwiderte die Polizistin. „Das sind doch alles arme Würstchen. Irgendwo in Sibirien haben die von einer viel, viel besseren Welt geträumt. Und nun sitzen sie hier in einem alten Betonblock und haben weder Arbeit noch Geld. Die sind schon gestraft genug.“

„Wenn wir das bei jedem machen würden ...“, regte sich ihr Kollege auf, wurde aber bereits merklich zugänglicher.

„Wir machen's aber nicht bei jedem!“, sagte die Frau mit Nachdruck. Dann kicherte sie. „Außerdem fand ich das echt komisch! Die Leute hatten was. Das waren noch echte Barbaren.“

„Na, du hast Nerven!“ Der Polizist musste zum ersten Mal lachen und signalisierte damit sein Einverständnis.

Sie hatten jetzt die Altetopfstraße erreicht und bogen in die Lange Gasse ein. Es war schon drei Uhr, obwohl der Kollege die ganze Zeit über Bleifuß gefahren war. Sie sahen, dass irgendetwas nicht stimmte und dann wussten sie auch, was: Der Schlossberg ragte wie eine pechschwarze Insel aus der spärlich beleuchteten Umgebung der Stadt heraus.

„Da, gucke mal!“, rief die Beamtin und zeigte auf die Trafostation, aus der leichter Rauch aufstieg. Dann meldete sie: „Trafostation defekt! Totaler Stromausfall Schlossberg. Wahrscheinlich

ist das der Alarm.“

„Mensch, beeilt euch!“, die Stimme vom Revier überschlug sich fast. „Braucht ihr die Feuerwehr?“

„Ja, ja!“, raunzte die Frau beleidigt zurück.

Ihr Kollege schaltete jetzt das Lalü Lalü zum Blaulicht, und wenig später hielten sie an der Auffahrt zur Burg vor der Kette. Er wandte sich an seine Kollegin: „Haben wir den Schlüssel?“

„Klar doch, ich habe das Gerät schon hier!“ Sie stieg aus. In der Hand hielt sie den Universalschlüssel. Doch eine herbe Überraschung wartete auf sie. „Scheiße!“, rief sie. „Hier sind völlig andere Schlösser dran. Die kriege ich damit nicht auf!“

Nachdem sich auch ihr Kollege davon überzeugt hatte, dass sie offensichtlich von jemandem ausgetrickst worden waren, und sie vom Revier schreiend den Auftrag erhielten, den Trennschneider zu benutzen, gelang es ihnen endlich um 03.11 Uhr, die Kette zu durchtrennen.

„Scheiße, Scheiße!“, fluchte die Polizistin, als sie dann auch noch das große Tor in der Durchfahrt öffnen mussten. Endlich hielten sie vor der Kirche auf dem nassen Pflaster. „Was nun?“, flüsterte die Frau. „Eigentlich müssen wir jetzt auf Verstärkung warten.“

Eifrig war der Mann schon zum Nordportal gelaufen und drückte jetzt auf die Hundeklinke. „Aua!“, schrie er erschrocken, als die Tür leise knarrend aufging. „Die ist ja gar nicht abgeschlossen. Hier stimmt was nicht. Komm! Wir gucken mal rein!“

„Warte auf die anderen!“, sagte seine Kollegin zögerlich, aber er war schon mit gezogener Dienstwaffe in der gähnenden Öffnung der dunklen Halle verschwunden. Geduckt schlich sie ihm hinterher.

Dann leuchteten sie mit ihren Taschenlampen in den hohen Innenraum der erhabenen Kirche, gedeckt durch die Säulen zwischen Mittel- und Seitenschiff. Es war totenstill in dem riesigen Raum, nur ihre eigenen Geräusche erzeugten einen Halleffekt.

„Komm!“, sagte er todesmutig. „Wir arbeiten uns in Richtung Domschatz vor.“

Leise bewegten sie sich mit gezogenen Waffen zwischen Pfeilern und Säulen. Es war sehr unheimlich und die Beamtin fröstelte. Sie hätten warten müssen ...

Da ertönte ein dumpfer Schrei. Die Polizisten versteinerten. Es war eindeutig, wenn auch ziemlich leise. Und es schien aus dem Fußboden zu kommen.

„Was war das?“, flüsterte die Polizistin.

„Ruhe!“, murmelte ihr Kollege und zeigte nach vorn zum Querschiff. Dann sprang er geduckt in diese Richtung. Der Schrei ertönte wieder. „Es kommt da raus!“, raunte er seiner Kollegin zu. „Da, aus der Gittertür.“

Eine Eisengittertür zwischen den beiden Treppen verschloss den Weg hinab in die Tiefe. Erneut hörten sie von dort den erstickten Hilferuf. Es schien eine Fraustimme zu sein.

„Wo geht es dort hin?“, fragte die kleine Polizistin,

„Keine Ahnung“, raunte der Mann. „Bestimmt ins Verließ.“ Gleich darauf hatte er die Gittertür erreicht und drückte auf die Klinke. Sie war verschlossen. „Mist!“, fluchte er. „Kriegen wir die auf?“

„Wir müssen zurück zum Fahrzeug“, flüsterte die Frau und konnte die Angst in ihrer Stimme nicht unterdrücken.

„Ach, was!“, meinte er. „Da braucht jemand Hilfe. Gefahr im Verzug!“

Sie sah im Licht ihrer Taschenlampe, dass er mit einem heroischen Grinsen die Dienstwaffe aus drei Metern Entfernung auf das Türschloss richtete. Mit einem Satz hechtete sie sich zur Seite und schrie. „Bist du wahnsinnig?“

Aber da krachte schon ohrenbetäubend der Schuss, ein lautes Pläng war zu hören, und dann pfiff das Geschoss durch das Kirchenschiff und zerschlug klirrend ein Fenster. Mit einem leisen Quietschen öffnete sich die Gittertür. Der Kollege blickte sie triumphierend an: „Hab dich nicht immer so! Los! Komm weiter!“

Was blieb ihr anderes übrig? Gefahr im Verzug. Hoffentlich kamen bald die anderen. Sie sprangen die Stufen hinab. Der untere Raum war niedrig und noch unheimlicher als der obere. Sie sah merkwürdige Gestalten auf grottenalten Grabplatten und spürte kalte Angst. Hier saß der Tod in jeder Ecke. Sie zuckte jäh zusammen.

„Hilfeeee!!!“, schrie es jetzt viel lauter aus einer Ecke. Dort sahen sie eine alte Holztür. Dahinter musste sich eine Frau befinden. Sie sicherte hinter einer Säule den Kollegen. Der war jetzt in seinem Element.

„Treten Sie zurück!“, schrie er und sprang mit seinem Lederschuh gegen die Holztür. Tatsächlich flog diese krachend auf. Mit vorgehaltener Waffe leuchtete er in den Gang dahinter. Eine schmale Treppe führte hinab. Auf ihr kauerte eine Frau. Die Beamten ließen die Waffen sinken. Die Frau hob das Gesicht. Ihre Haare waren zerzaust und ihre Augen rot und verquollen. Das ganze Gesicht war nass von Tränen. Mit einer blutigen Hand zeigte sie den Gang hinab und schrie plötzlich: „Hilfe! Sie sind tot! Sie hat sie getötet!“

„Beruhigen Sie sich!“, sagte die Polizistin zu der offensichtlich völlig verwirrten Frau. „Wer hat hier wen getötet?“

„Die Mumie!“, röchelte die Frau. „Aurora von Königsmarck. Sie hat meinen Mann umgebracht und den Wilhelm!“

„Wo ist hier eine Mumie?“, fragte der Polizist und grinste unsensibel. Immer diese Spinner!

„In der Fürstinnengruft“, stöhnte die Frau und sank nach vorn auf die Treppe.

Der Polizistin lief es kalt über den Rücken.

XV

In Hel wuchs die Spannung. Vorsichtig spähte sie durch die ungeputzten Butzenscheiben im Erdgeschoss. Wo blieb Ragnar? Viel konnte sie nicht sehen. Die Straßenbeleuchtung war vor einiger Zeit erloschen, und der Morgen dämmerte noch nicht herauf. Die Zeit tröpfelte zäh. Endlich sah sie einen Schatten durch die Gasse auf ihr Haus zu huschen. Die Gestalt bewegte sich schnell und leise. War das Ragnar? Er war es. Sachte öffnete sie das Fenster und ließ ihre Taschenlampe für eine Sekunde aufblitzen. Gleich darauf erreichte Ragnar das schmale Haus. Mit einer hastigen Bewegung reichte er ihr das Täschchen mit der Bergkristallflasche entgegen, so dass es fast ihren Händen entglitten wäre.

„Was ist passiert?", flüsterte Hel und ließ ganz kurz noch einmal das Licht aufflammen. Sie brach damit die Regel, unter keinen Umständen zu sprechen.

Ragnars Gesicht war sehr bleich, seine Augen flackerten verwirrt. Fast unhörbar stieß er hervor: „Irgendwas hat nicht geklappt. Es war jemand im Dom." Dann umgab ihn wieder die Finsternis. Leise und sehr schnell lief er davon und verschwand fast augenblicklich in der stockdunklen Wassertorstraße.

Hel schloss schnell das Fenster. Wir werden es schon packen, dachte sie, nur keine Aufregung. Schnell trug sie die Tasche die Treppe hinauf, wobei sie mit ihrer schwachen Funzel leuchten musste. Auf dem Hausboden zog sie den Flakon hervor und wog ihn triumphierend in den Händen. Wahnsinn! Er war wunderschön. An der Rückwand des stickigen Dachraumes standen jede Menge leere Rotweinflaschen und viele leere Gläser von Halberstädter Würstchen. In eins der hinteren ließ sie den Flakon gleiten. Er passte perfekt. Sie schraubte den blauen Deckel darauf und war mit sich zufrieden. Edgar Allen Poe, „Der entwendete Brief", kam ihr in den Sinn.

Bald darauf hatte sie den Mühlgraben durchquert und eilte zur Kaiser-Otto-Straße. Hinter der Burg hörte sie das Lalü Lalü von Feuerwehren und Polizeiautos. Ein Schreck durchfuhr sie. War der Raub schon entdeckt? Leicht bedrückt schlug sie den Weg nach Hause ein. Das erste Licht der Dämmerung erschien im Osten. Aurora, die Morgenröte. Es hatte aufgehört zu regnen.

Loki, Freya und Sudri hatten gerade das Seil und die Strickleiter verpackt, als sie das auf und ab schwellende Signal des Polizeiautos auf der anderen Seite der Burg hörten.

„Sie sind schon da!", sagte Sudri emotionslos, fast wie im Selbstgespräch. „Irgendwer muss sie alarmiert haben."

„Mist!", fluchte Loki, der sich den Rucksack aufgesetzt hatte und die finstere Treppe hinab laufen wollte. Er wurde jedoch von Sudri am Arm gepackt und zurückgehalten.

„Sei still!", zischte der Windzwerg. „Wir dürfen auf keinen Fall panisch werden. Kein Licht! Freya? Bist du noch da?"

„Ja, hier!", kam es leise zurück. Die Stimme bebte. Die Frau stand zusammengekrümmt hinter einem Mauervorsprung. Der Regen hatte zwar aufgehört, aber die Sandsteine waren glitschig, und um sie herum herrschte noch dunkle Nacht.

„Wir fassen uns an!", kommandierte Sudri. „Freya in die Mitte! Passt auf, dass keiner stürzt! Wir dürfen uns jetzt nicht trennen. Bestimmt wird es hier gleich von Bullen wimmeln. Ich habe eine Idee. Kommt!"

Eine Minute später halfen sie sich gegenseitig über die niedrige untere Stützmauer.

„Was hast du vor?", erkundigte sich Loki ungeduldig.

„Ruhe!", kam Sudris lapidare Antwort. Er zog die beiden hinüber zur Rittergasse. Gleich darauf erreichten sie die kleine Brü-

cke über den Mühlgraben. Sudri kletterte ohne zu zögern über das Geländer hinab in den kleinen Flusslauf. Er war schon oft als Skipper auf Segeljachten über die Meere gefahren und war derartige Artistik gewöhnt. Wortlos streckte er Freya die Hand entgegen und half ihr herunter. Dann folgte Loki, leise vor sich hin fluchend.

„Anfassen!", kam der ruhige Befehl. Das Wasser war kalt und reichte bis an die Knie. Durch den Regen war der Pegel gestiegen. Auf runden, glitschigen Steinen strauchelten die Odinisten gegen die leichte Strömung. Der Graben war hier etwa vier Meter breit und eingezwängt zwischen Mauern, Höfen und Hauswänden. Sudri musste die Lampe anknipsen, damit sie überhaupt etwas sehen konnten. Dann erreichten sie die Brücke der Kaiser-Otto-Straße. Vor ihnen lag ein niedriger Tunnel voller Dreck, Rost und Spinnenweben.

„Oh, nein!" Freyas Gesichtszüge waren vor Grauen verzerrt.

„Hab' dich nicht so!", herrschte Loki sie an und stieß sie vorwärts. Sie watete mit weichen Knien einige Meter voran, dann verfing sich ihr Fuß, sie stolperte und fiel in das gurgelnde Wasser. Nur weil Sudri sie festhielt, fiel sie nicht völlig hin, sondern kniete jetzt in der kalten Strömung.

Leise stöhnte sie: „Helft mir!“

Voller Wut ließ Loki ihre Hand los und zischte: „Du weinerliche Planschkuh, reiß dich endlich zusammen!“

Aufgebracht wollte er weitergehen, doch Sudri packte ihn am Arm, diesmal wesentlich härter. Eiskalt kam die Aufforderung: „Hilf ihr! Wir sind ein Team. Und unterlass jede weitere blöde Bemerkung! Verstanden?“

Es kam keine Antwort, doch Loki fügte sich sofort. Unbemerkt durchquerten sie die Kramersche Mühle. Triefend und mit Schlamm beschmiert verließen sie den Mühlgraben in Höhe der Ruine des ehemaligen Motels.

Seit dem Unterqueren der Brücke hatten sie geschwiegen, doch nun sagte Loki leise und mit stark gefurchter Stirn: „Mein Auto steht hier um die Ecke am Reitstall. Kommt erstmal mit zu mir, dann sind wir aus der Schusslinie.“

Als sie wenig später frierend in seinem Wagen saßen, blickte Loki zum ersten Mal wieder Freya an, die neben ihm saß. Auf ihren schmalen Wangen glänzten Tränen. Loki strich ihr zaghaft über den Arm und murmelte verlegen: „Ich bitte vielmals um Verzeihung!“

Freya tat, als hätte sie es nicht gehört und stieß noch ziemlich geschockt hervor: „Scheiße! Was war das? Da standen Leute und ein Haufen alter Särge. Wo kamen die her?“

„Keine Ahnung“, knurrte Sudri. „Ich weiß nur, dass die Alarmanlage ausgelöst wurde. Vielleicht durch den Stromausfall. Man kann sich eben auf keine Auskunft mehr verlassen. Fahr endlich los!“

Loki ließ den Motor an und sagte beim Anfahren: „Wir verhalten uns ganz ruhig. Wir können nur hoffen, dass niemand von uns gegriffen wurde. Seid jetzt still. Bei mir nehmen wir erstmal einen Beruhigungstrunk zu uns.“

XVI

„Ruf den Notarzt!“, sagte die zierliche Polizistin, die sich inzwischen wieder wesentlich besser fühlte, da sie es nur mit einer zusammengebrochenen Geschlechtsgenossin zu tun hatte und nicht mit dem Zinker oder dem Grünen Bogenschützen.

„Es gibt hier kein Netz“, antwortete ihr Kollege in gleichmütigem Tonfall. „Ich müsste hinaus gehen.“

„Da unten liegen zwei Männer!“, mischte sich jetzt die Frau ein. „Die sterben, wenn sie nicht sofort etwas unternehmen.“

Die kann viel erzählen, dachte die Polizistin, die es gewöhnt war, von allen Menschen nach Strich und Faden belogen zu werden. Immerhin saßen sie hier morgens um halb vier auf einer geheimen Geistertreppe neben einem Domschatz-Alarm höchster Priorität und waren nur eine Polizeistreife.

„Können Sie uns sagen, wer Sie sind“, hakte der Beamte in nicht sehr freundlichem Ton nach, „und was Sie hier um diese Zeit machen?“

„Hören Sie!“, sagte die Frau und schien sich mächtig zusammen zu reißen. „Da unten sterben Menschen, einer ist wahrscheinlich schon tot. Holen Sie endlich einen Arzt! Ich bin die Frau des Pfarrers!“ Dann brach sie endgültig schluchzend zusammen.

84 Der geübte Blick der Polizistin sah, dass die Frau wie für eine Feier gekleidet war und nicht wie für einen Einbruch. Trotzdem blieb es ein Rätsel, wie sie zu dieser Stunde hierher kam. „Scheiße!“, sagte die Beamtin. „Ich glaube ihr. Los, geh hoch und hole den Arzt! Ich gucke da unten nach.“

„Das getraust du dich?“, grinste ihr Kollege.

„Na los schon!“, erwiderte sie und sagte zu der Frau. „Zeigen Sie mir die Verletzten!“

Erstaunlich kräftig richtete sich die Frau auf und stieg im Lichtkegel der Polizeilampe die Treppe hinab. Die Polizistin folgte ihr, während ihr Kollege schon nach oben verschwunden war. Die beiden Frauen erreichten nach wenigen Sekunden eine halb geöffnete Eichenholztür. Die blonde Polizistin hatte immer noch die Dienstwaffe schussbereit in der Hand und sagte zu der angeblichen Pastorengattin: „Gehen Sie vor!“

Hinter ihr betrat sie ein niedriges Gewölbe, aus dem ihr ein modriger Geruch entgegenschlug. Überall standen große alte Särge, von Spinnennetzen umwebt. Die kleine Beamtin bekam eine Gänsehaut. Auf zwei Särgen funzelten halb heruntergebrannte Haushaltskerzen. Ein Sarg war geöffnet. Davor lagen zwei Männer und rührten sich nicht.

Die Beamtin überwand ihr Grauen und steckte die Waffe ins Halfter. Die Frau war bei einem Mann niedergekniet und schluchzte: „Das ist mein Mann."

Die Polizistin kniete sich daneben auf die kalten Platten und wollte die Halsschlagader des Mannes fühlen, doch die Frau warf sich trauernd über ihn. Die Situation war makaber und traurig. Der Pastor sah verdammt tot aus. Sie fragte leise: „Haben Sie hier einen Hexensabbat veranstaltet?"

Doch die Frau antwortete nicht mehr und hatte die Hände vors Gesicht geschlagen. Die Beamtin rutschte zu dem anderen Mann. Als sie ihn berührte, stöhnte er leise auf. „Er lebt noch", stellte sie laut fest. „Na los! Wir müssen ihn hier sofort raus bringen!"

„Einen Augenblick noch!", sagte eine nuschelige Stimme von der Tür her und ließ die beiden Frauen erschrocken herumfahren. Dort stand im trüben Licht der Kerzen ein Mann in einem ziemlich faltigen Anzug. Die kleine Polizistin musste grinsen. Es war Hauptkommissar Schropel, ein echtes Mufflon. Vorige Woche hatten ihm kroatische Dealer in Halberstadt einen Frontzahn herausgeschlagen. Wurde ja langsam Zeit, dass Verstärkung kam.

„Was ist hier los?", fragte der Kriminalbeamte und schaute auf die am Boden liegenden Männer.

Die Polizistin richtete sich auf und sagte: „Eine Mumie hat sie niedergeschlagen, sagt zumindest diese Frau hier. Einer lebt noch, der andere ... !? Auf jeden Fall brauchen wir sofort einen Arzt."

„Kommt gleich", nuschelte Schropel und wandte sich an die Frau: „Wer sind Sie?"

„Ich bin Marion Holzhüttler", antwortete die Frau und versuchte, sich zu fassen. „Die Mumie hat sie nicht niedergeschlagen ..."

„Was für eine Mumie?", unterbrach sie Schropel ungeduldig. „Sowas gibt's doch nur bei Boris Karlow."

„Das verstehen Sie nicht", jammerte die Frau. „Aurora von Königsmarck. Wir wollten sie uns ansehen. Bis vor kurzem lag sie noch in diesem Sarg. Nun ist sie weg und hat meinen Mann zu Tode erschreckt. Wir hätten es nicht tun sollen. Er hatte einen Herzfehler."

„Zeigen Sie mal!", forderte sie Schropel interessiert auf und trat an den offenen Sarg. Frau Holzhüttler näherte sich zögerlich und sah in das Licht der Taschenlampe. Auf dem Boden des großen Sarkophages lagen Fetzen von dunkelbraunem Stoff, Stücke von schwärzlicher Haut, die aussahen wie alte Apfelsinen- oder Bananenschalen und einige hellbräunliche poröse Knochensplitter. Dazwischen lagen zwei oder drei alte Schmuckstücke und ein paar Silberknöpfe. Alles war vermischt mit einer Lage undefinierbarem dunklem Pulvers.

Schropel hob sein weißliches Allerweltsgesicht mit den schütteren, nach hinten gekämmten Haaren und blickte in das schöne Gesicht der leidenden Frau. Dann zeigte er auf den am Boden liegenden Küster, um den sich die Polizistin vorsichtig bemühte und fragte: „Ist er auf den Sarg gefallen?"

„Ja", stammelte Marion Holzhüttler mit versagender Stimme. „Ich verstehe das nicht. Vorhin lag sie hier noch wie vor Kurzem gestorben."

„Sie ist bei dem Aufprall zu Staub zerfallen", stellte Schropel trocken fest. „Alles ist vergänglich, gnädige Frau."

„Aber wer stand dann in der Tür?", presste die Pastorengattin mit versagender Stimme hervor. „Oh, Gott!", flüsterte da eine leise Stimme im Hintergrund. Der Kriminalist, die Pastorengattin und die blonde Polizistin hoben die Köpfe und sahen einander im flackernden Kerzenlicht prüfend an. „Oh, Gott!", stöhnte es da wieder hohl vom Erdboden her.

Als erste sah es Marion Holzhüttler und starrte wie gelähmt zu einem der Särge. Dann quälte sich ein Schrei aus ihrer Kehle:

„Esofred!!"

Während sie die zerfallene Aurora in Augenschein genommen hatten, musste der Pfarrer aus seiner Starre erwacht sein. Halb aufgerichtet lehnte er nun an einem der alten Särge. Seine Augen waren geöffnet, und sein Blick schien langsam in die Wirklichkeit zurück zu finden. Bei seiner Frau war plötzlich der Bann gebrochen, und sie eilte an seine Seite: „Esofred, ich dachte ..."

„Merke!", grummelte Schropel, und man wusste nicht genau, zu wem er eigentlich sprach. „Alkohol, Mumien und eine unheimliche Umgebung gaukeln uns leicht Dinge vor, die gar nicht vorhanden sind ..."

Es war mittlerweile fast vier Uhr, und der Morgen hüllte den Schlossberg in rötlich graues Dämmerlicht. Und inzwischen war hier der Teufel los. Unten an der Trafostation standen drei Feuerwehren mit laufenden Rundumleuchten. Die Station qualmte nicht mehr, und die Männer warteten auf die Ankunft des Stadtwerke-Bereitschaftsdienstes. Mit Trafostationen war nicht zu spaßen.

Derweil standen vor dem Portal der Stiftskirche im Innenhof der Burg der Streifenbeamte der Polizei und die weibliche Hälfte des Kriminalistenteams. Die beiden Kriminalbeamten waren hier vorhin als erste angekommen. Schropel hatte den Polizisten noch in der Kirche getroffen und sich den Weg weisen lassen. Seine Ermittlungspartnerin hatte sich erstmal eine Camel angezündet und hob fröstelnd die Schultern: „Mann, oh Mann, früher ging's wohl wieder nicht. Ich brauch jetzt erstmal die Droge, damit der Blutdruck steigt."

Der Polizist hatte ihr schon den gesamten Vorgang geschildert. Die Kriminalistin war eine große schlanke Frau. Ihre langen gelockten Haare waren feuerrot und fielen um ein interessantes, von der Sonne leicht gebräuntes Pferdegesicht mit einigen Sommersprossen. Beim Ziehen an der Zigarette kniff sie die grünen Augen wie eine Katze zusammen. Sie trug einen ziemlich ausgewaschenen grünen Parka über dunkelgrünen Hosen mit Jeansschnitt.

„Und haben Sie schon überprüft, ob der Domschatz noch da ist?", fragte sie den Polizisten, der sie verstohlen angaffte.

„Nein, wann denn? Wir sind doch dem Geschrei dieser Frau nachgelaufen", murrte der Mann. „Schließlich gehen Menschen vor."

„Meinen Sie?", fragte die Rothaarige. „Und warum stehen wir dann hier?"

„Wir warten auf den Notarzt, Frau Kommissarin", erwiderte er pikiert. Wie auf's Stichwort ertönte jetzt gellend die Sirene
des Notarztwagens in dem engen Aufgang zur Burg. Ein bulliger Jeep fuhr bis an die Kirchentür und wäre wohl am liebsten noch weiter vorgedrungen. An der Seite des weiß-roten Fahrzeugs stand in schwarzen Lettern: Leitender Notarzt.

Die Rothaarige sah gelassen qualmend zu, wie der als schreibender Arzt stadtbekannte Dr. Dödel aus seinem Jeep kletterte. Dahinter hielt ein Krankenwagen mit quietschenden Bremsen.

„Gehen Sie mit denen in die Gruft!", sagte die Rothaarige zu dem Polizeibeamten. „Ich schaue mir inzwischen mal den Domschatz an."

Sie schnippste ihre Kippe auf das Kopfsteinpflaster und ging in die Kirche. Sie wusste zwar, wie man die Anlage entschärft, allerdings merkte sie bald, dass das ohne elektrischen Strom nicht möglich war. Die Türen waren alle verschlossen. Hatten die Leute in der Gruft den Alarm ausgelöst oder wirklich nur der Stromausfall? Was war da eigentlich los gewesen? Das war alles sehr merkwürdig. Sie musste einen Spezialisten kommen lassen. Nachdenklich stieg sie die Treppe ins Kirchenschiff hinab. In diesem Augenblick lief eine kleine, ältere Dame in Richtung Krypta.

„Halt! Wer sind Sie?", fragte die Rothaarige.

Die Dame blieb gehorsam stehen und antwortete aufgeregt: „Ich bin die Frau von Küster Nickel. Was haben die denn nur angestellt?"

„Wer?", fragte die Rothaarige. Interessiert musterte sie die Dame.

Doch in diesem Moment kamen schon die Rettungssanitäter mit der Trage aus der Krypta. Auf ihr lag ein Mann festgeschnallt. Dr. Dödel war im Gehen mit ihm beschäftigt, wurde aber von der kleinen Dame abgedrängt, die sich mit einem spitzen Schrei über die Trage warf: „Wilhelm! Was ist mit dir?"

„Wer sind Sie?", fragte Dr. Dödel schnaufend.

„Ich bin seine Frau!", rief sie . „Was ist mit meinem Mann?"

„Verdacht auf Schädel-Hirn-Trauma", antwortete Dr. Dödel.

„Und was ist mit dem Pfarrer?", fragte sie und begann zu weinen.

„Der hatte sich vorübergehend ins Land der Träume abgemeldet", antwortete Dödel trocken, „wir nehmen ihn auch gleich mit."

Schnell wandte sich die Kriminalistin an die Küstersfrau: „Wer kann uns in Sachen Domschatz weiterhelfen?"

„Holen Sie Frau Penkert!", schluchzte sie und rannte wie ein Wiesel den Rettungssanitätern nach.

Die Rothaarige ging hinunter in die Krypta, sah die weiter hinab-

führende Treppe und stieg schnell die Stufen hinunter. Gerade noch rechtzeitig schaute sie sich das Umfeld an, das ohne Zweifel zum Ausgefallensten gehörte, was ihr je untergekommen war.

Hauptkommissar Schropel legte das Wohl und Wehe von Frau Holzhüttler und deren Mann in ihre Hände und eilte von dannen. Der Pfarrer saß inzwischen aufgerichtet an eine Wand gelehnt und machte immer noch einen recht verwirrten Eindruck. Seine Frau war noch fast ebenso aufgeregt wie zuvor. Nachdem sich die Rothaarige in der Gruft umgesehen hatte, wandte sie sich taktvoll an sie: „Für Ihren Mann wird gleich gesorgt werden. Darf ich Ihnen noch ein paar Fragen stellen?"

Marion Holzhüttler nickte und erzählte stockend den Hergang der nächtlichen Tragödie. Dabei schweifte ihr Blick ständig besorgt zu ihrem Mann, der still zuzuhören schien. Der Schock wirkte sich bei beiden offensichtlich unterschiedlich aus.

„Okay", sagte die Kriminalistin beruhigend. „Sie wissen also inzwischen, dass sie nicht die Mumie von Aurora von Königsmarck gesehen haben. Aber wen haben Sie dann gesehen?"

„Wenn Sie mich so fragen“, erwiderte die Frau, die sich nur langsam beruhigte, „war es eher eine Frauengestalt. Sie war schwarz gekleidet und muss so etwas wie eine Mumienmaske getragen haben. Ich glaube, sie war genauso erschrocken wie wir …“

„Es waren also noch andere Leute in der Kirche?“

„Ich weiß es nicht“, flüsterte die Gattin des Pfarrers und blickte ratlos zu Boden.

Schropel stand inzwischen auf dem Burgplatz und bemühte sich, diese Frau Penkert herbei zu zitieren, was um diese Tageszeit gar nicht so einfach war. Da hielt vor ihm ein roter Caddi der Stadtwerke. Ein eifriger Mann in blauer Latzhose sprang heraus und grüßte: „Bicke, Stadtwerke Quedlinburg. Der Strom ist wieder da. Es war ein Marder. Wie der in die Trafostation gekommen ist, ist mir völlig schleierhaft.“

„Ein Marder?“, fragte Schropel. „Können wir jetzt die Türen zu den Schatzkammern öffnen, Herr Bicke?“

Der Mann von den Stadtwerken eilte in die Kirche, und bald hatten sie gemeinsam den Alarm entschärft. Inzwischen trafen immer mehr Polizeibeamte ein. Frau Holzhüttler und der Pastor wurden endlich von einem weiteren Krankenwagen ins Klinikum gefahren.

Die Rothaarige und ihr Partner Schropel gingen durch den südlichen und nördlichen Zitter und schauten sich Vitrinen und Kultgegenstände an.

„Sieht alles ganz normal aus“, murmelte Schropel.

„Also, so richtig verstehe ich das nicht“, überlegte die Kriminalistin. „Seltsame Koinzidenzen. Ein Marder legt den Schlossberg lahm und lässt ihn in Dunkelheit versinken. Die Schlösser an der Sperrkette sind ausgewechselt. Der Küster lädt seine Geburtstagsgäste zur Gruftbesichtigung ein. Und zu allem Überfluss taucht dann noch eine Mumie auf, die die Leute zu Tode erschreckt. Aber der Domschatz bleibt zum Glück unangetastet. Glaubst du das?“

Sie steckte sich eine Camel an, nahm einen tiefen Zug und ließ sich dann gähnend auf eine Kirchenbank sinken. Schropel blickte sie geistesabwesend an und schüttelte den Kopf.

„Also, nun reicht's aber!“, ertönte in diesem Augenblick der Besinnung eine aufgebrachte Stimme hinter dem Kriminalistenteam. „Sie sind hier in einem Dom!“

Leicht erschrocken drehte sich die Rothaarige um und sah eine Frau auf sich zu eilen. Ihre grauen Haare wallten, und die blauen

Augen blitzten erregt durch die Brillengläser. Die Kriminalistin war verunsichert und sagte: „Um was geht es denn?"

„Um was es geht?", entrüstete sich die Frau und pflanzte sich energisch vor ihr auf. „Sie rauchen in einem Gotteshaus!"

„Ach so", sagte die Rothaarige und warf die halbe Zigarette reflexartig auf den Fußboden. Dann trat sie schnell darauf und fragte: „Und wer sind Sie schon wieder?"

„Auch das noch!", schimpfte die Frau und starrte auf die Stiefelspitze und den schwarzen Fleck am Boden. „Ich bin Frau Penkert. Sie haben mich doch hier in aller Herrgottsfrühe kommen lassen. Und das am Ruhetag."

„Oh, das ist die Wächterin des Schatzes", sagte Schropel grinsend zu seiner Kollegin. „Frau Penkert, würden Sie sich mit uns noch einmal den Domschatz anschauen?"

„Und wieso macht das nicht Herr Nickel? Er ist der Chef!", sagte Frau Penkert resolut.

„Ihn hat es ein wenig erwischt", erwiderte die Rothaarige. „Deshalb mussten wir Sie holen."

„Erwischt!", grummelte die Wächterin des Schatzes und drehte sich um. „Dann kommen Sie mal. Ich will wieder ins Bett. Der schöne Schatz. Alle paar Jahre wird er geklaut ..."

Im Südzitter drehte sie eine Runde, warf einen Blick auf die Reliquienschreine und sonstigen Artefakte und sagte: „Es ist al-

les da. Gott sei Dank!" Anschließend betraten sie den gegenüber liegenden Nordzitter. Liebevoll streichelte Frau Penkert den Krug von der Hochzeit von Kanaa. Dann schritt sie hinüber zu den Vitrinen. Ihr Körper wogte temperamentvoll in allgemeiner Entrüstung. Doch plötzlich beugte sie sich vor, prallte wieder zurück und schrie: „Der Flakon! Das gibt es doch nicht!"

„Was für ein Ding?", fragte Schropel und trat wissbegierig näher.

„Die Bergkristallflasche, Sie Banause!", rief Frau Penkert. „Sie stand dort. Und sehen Sie das? In der Rückwand ist ein Schnitt." Frau Penkert hatte ihre Brille ganz dicht an die Vitrine gebracht.

„Was war in der Flasche?", fragte die rothaarige Kriminalistin leicht belustigt.

„Junge Frau!" Frau Penkert richtete sich auf und blitzte wieder. „In dem Flakon war ein Tropfen Milch der Jungfrau Maria!"

„Alles klar!" Das Pferdegesicht der Beamtin bekam einen resignierten Ausdruck. „Also suchen wir nach einer Mumie mit einer Bergkristallflasche voller Milch der Jungfrau Maria. Mal was ganz Neues, nicht wahr, Schropel?"

XVII

Am Dienstag in der Mittagszeit saß Irenäus Moll auf dem Markt vor dem Café „Theophano“ und trank geruhsam einen schwarzen Kaffee. Die Sonne schien warm vom Himmel, und Quedlinburger und Touristen wuselten auf den quadratischen Betonplatten umher.

Gabriele, die Inhaberin des „Theophano“ hatte sich zu ihm gesetzt, denn die beiden unterhielten sich gern über sein Romanmanuskript. Eigentlich kam die Frau gar nicht aus dem Hotelgewerbe, sondern war Psychologin und hätte sich sicherlich vor 15 Jahren noch nicht träumen lassen, dass sie einst den größten Teil ihres Lebens mit Baufirmen, Hotelgästen, Behörden, Banken und dem Finanzamt zubringen würde. Trotzdem war sie stets engagiert, intelligent und verbreitete ein charmantes Flair in dieser kleinen Stadt. Aber manchmal sah man ihr auch an, wie sehr der Stress auf ihr lastete und dass auch ihre vorzüglichen Torten nicht jeglichen Frust zu kompensieren vermochten. Wie auch immer, Irenäus freute sich auf das Gespräch.

Seit über einem Jahr beschäftigte er sich mit dem Steinkistengrab, einer 5.000 Jahre alten Begräbnisstätte, die in der Nähe von Quedlinburg zwischen den Dörfern Westerhausen und Börnicke beim Bau einer pompösen Schnellstraße gefunden worden war.
Das Besondere an diesem Grab war nicht nur der sehr kunstfertige Aufbau aus schweren Quarzsandsteinplatten, sondern insbesondere die in Sternform darum angelegten Bestattungen von sieben Stieren, einer für die damalige Zeit außerordentlich reichen Beigabe, die den Toten als eine sehr herausragende Persönlichkeit kennzeichnete.

Über diesen Mann, der vor mehr als 5.000 Jahren in dieser Gegend gestorben war, schrieb Irenäus. Er hieß Krrrsan und war aus dem fernen Ägypten auf abenteuerlichen Fahrten vorgedrungen bis in die tiefen Wälder und fruchtbaren Steppen eines warmzeitlichen Europas. Ägypten tauchte damals gerade als Hochkultur aus dem Dunkel der Zeiten empor, ebenso wie die Ur-Kultur Mesopotamiens oder die Harappa-Kultur im Tal des Indus. Der erste Pharao am Nil war der legendäre Menes. Er hatte Krrrsan auf die Erkundungsreise gesandt und hier, weit entfernt von den Gestaden des mittelländischen Meeres, am Rande eines kleinen Gebirges, (das viel, viel später einmal Harz genannt werden sollte), traf er auf die wunderschöne Tochter eines neolithischen Stammesfürsten, die kluge und eigenwillige Dunja.

„Du meinst also", fragte Gabriele, „dass Krrrsan ein Überlebender der Sintflut war?"

„Nicht er unmittelbar", lächelte Irenäus, „aber seine direkten Vorfahren. Alte Schriften, wie übrigens auch die Bibel, weisen darauf hin, dass die Sintflut vor etwa 5.100 Jahren die Menschheit heimsuchte. Es muss ihr irgendein gewaltiges globales Ereignis vorangegangen sein. Nur sehr wenige Menschen haben das überlebt."

„Ein Meteoriteneinschlag?", fragte sie und rührte gespannt in ihrem Kaffee.

„Nein, ich glaube, das hätte unübersehbare Spuren hinterlassen", spann er den Faden weiter. „Aber genau um diese Zeit setzt der griechische Philosoph Platon den Untergang von Atlantis an. Ich denke an das Aufreißen des Meeresbodens, an den Untergang eines ganzen Archipels im mittelatlantischen Grabenbruch, an einen gigantischen Super-Tsunami, der jegliches Leben vernichtet hat."

„Bis auf einige wenige", fiel Gabriele temperamentvoll ein.

„Genau! Das musste natürlich sein", sagte Irenäus und trank den letzten Schluck aus seiner Tasse. „Einige Menschen und viele Tiere und Pflanzen überlebten in Gebirgen und auf hohen Bergen. Von dort aus haben sie sich wieder ausgebreitet und dann mit den vagen Überresten des atlantischen Wissens die ersten Hochkulturen begründet."

„Und hier in dieser Gegend? Was passierte hier?", fragte seine Zuhörerin gebannt.

„Die Höhe der Tsunami-Welle könnte hier in der Nähe des Atlantiks fast 1.000 Meter betragen haben", erklärte Irenäus. „Es könnten Menschen auf dem Brocken überlebt haben. Stell dir das nur einmal heutzutage vor. Das gesamte Wissen einer Zivilisation steckt nur noch in den Köpfen einiger weniger zufällig am Leben gebliebener Menschen. Selbst wenn sie Bruchteile davon im Gedächtnis behalten, landen sie unweigerlich in einer neuen Steinzeit."

„Dem Neolithikum!", rief Gabriele fröhlich.

„Darf ich kurz stören?", wurden die beiden unsanft in ihren fantastischen Spekulationen unterbrochen. Eine Dame in einem wallenden Sommerkleid schaute ihn durch ihre schwarzgerahmte Brille prüfend an. Irgendwoher kannte er sie. „Wir wohnen bei Ihnen gegenüber", kam ihm die Frau zu Hilfe und schürzte pikiert die Lippen. Und als sie sah, dass es immer noch nicht funkte, fügte sie mit leicht erhobener Stimme hinzu: „In der

Wassertorstraße. Aber dort wohnen Sie ja seit einiger Zeit nicht mehr."

„Ach ja!", Irenäus fasste sich an die Stirn. „Jetzt weiß ich ..."

„Ich wollte Ihnen nur sagen", fuhr die Frau fort, „dass sich irgendwelche Leute in Ihrem Haus aufhalten. Hin und wieder. Zum Beispiel gestern Morgen, es war noch sehr früh, und ich musste gerade mal ... na, Sie wissen schon. Es dämmerte, und da ging ein Mann an Ihrem Haus vorbei und hat irgendwas durch das Fenster gereicht."

„Durch das Fenster gereicht?", entfuhr es Irenäus verwundert. „War denn um diese Zeit jemand in meinem Haus?"

„Garantiert!", sagte die Frau spitz. „Ich sah anschließend auch etwas Licht. Sie sollten sich vielleicht darum kümmern, Herr ..."

„Moll!", rief er der Frau nach, die sich bereits anschickte weiterzugehen. „Ich kümmere mich! Vielen Dank auch!"

Gabriele musste lachen: „Das waren bestimmt die Räuber des Domschatzes."

„Was für Räuber?", murrte Irenäus, der aus dem Konzept gebracht war.

„Na, hast du es heute nicht in der Zeitung gelesen?", fragte sie.

„Ich lese fast nie Zeitung", erwiderte er und bestellte noch einen Kaffee.

„In der Nacht vom Sonntag zum Montag wurde in der Stiftskirche eine Reliquie gestohlen", erzählte Gabriele. „Auf dem Schlossberg war kein Strom, ein nasser Marder lag in der Trafostation. Dem Pfarrer wäre um ein Haar das Herz stehen geblieben, der Küster hat einen Schädelbruch, und eine Bergkristallflasche wurde geklaut. Und die Polizei tappt im Dunkeln."

„Und was für eine Reliquie? Ein Schluck aus dem Weinkeller Jesu?", grinste Irenäus.

„Fast!", lachte sie zurück. „Ein Milchtropfen von der Jungfrau Maria."

„Hat die überhaupt Milch gegeben?", fragte Irenäus trocken.

„Doch! Sie hat ihn ja geboren, den Jesus. Nur wie sie ihn empfangen hat, das ist die Frage ..."

„Von den Atlantiden ...", orakelte die Frau und lachte dunkel. Damit waren sie wieder beim Thema.

Immerhin hatte sie ihn dann noch auf einige gute Ideen für seinen Steinkistengrab-Roman gebracht. Er war nach Hause gefahren in seinem alten roten Daimler Kombi. Es war Nachmittag.

Irenäus hatte sich im Halbschatten niedergelassen und genoss die warme Luft am Südhang des Eselstalls nach den letzten Tagen des Regens. Zügig fügte er die Gedanken in seine Story des Recken Krrrsan.

Als sich die Sonne rot den Harzbergen zuneigte, machte er sich auf den Weg in die Stadt. Heute war Dienstag, und an diesem Wochentag saßen mit hoher Wahrscheinlichkeit einige Fantasten im Pub. Als er wenig später den Daimler auf dem Carl-Ritter-Platz abgestellt hatte, fiel ihm schlagartig der Hinweis der Nachbarin ein. Ein kurzer Abstecher vorbei an seinem Häuschen war durchaus angebracht. Seitdem die Behörden das Haus seiner Tanten „aus Gründen der Gefahrenabwehr" gesperrt hatten, suchte er es nur noch selten auf. In Dunjas Wald war es viel schöner.

In wenigen Minuten ging er vorbei am Finkenherd, über den Schlossberg und durch die Klippen, bis er vor dem Haus im Süden der Burg stand. Er schloss die Tür auf und stieg langsam in das nächste Stockwerk. Alles war so, wie er es verlassen hatte. Nur halt! Auf den Brettern der Treppenstufen sah er, undeutlich im Dämmerlicht, dunkle Tropfen schimmern. Das war merkwürdig.

Irenäus überwand sich und wischte mit den Fingern darüber. Wasser. Es waren Wassertropfen. Vorsichtig stieg er die Stufen hinauf und schaute in jedes der kleinen Zimmerchen. Nichts. War es ein Tier? Vielleicht eine Katze? Oder hatte es letztens durchgeregnet? Nein, das war Quatsch ...

Das Haus besaß sieben Höhenniveaus, die gegeneinander versetzt waren, eine einmalige Konstruktion, geschuldet der außerordentlich geringen Breite des Bauwerks. Er erreichte den Hausboden. Dort oben gab es nur zwei kleine Dachluken und entsprechend düster waren die Verhältnisse. Er registrierte einen leichten Geruch nach menschlichem Schweiß und machte beklommen einen Schritt nach vorn. Es war nichts zu entdecken, doch ihm war ein wenig unheimlich. Irgendwer war hier gerade noch gewesen. Der Raum war übersichtlich – bis auf den Schornstein. Der gemauerte doppelzügige Kamin befand sich in einer Ecke des Bodenraumes, die dadurch in Dunkelheit gehüllt war.

Irenäus wollte kneifen, einfach wieder hinabsteigen und abhauen. Doch dann beschlich ihn ein merkwürdiges Gefühl. Irenäus Moll, der Privatdetektiv, erwachte. Wahrscheinlich stand niemand hinterm Schornstein. Und wenn es ein Preisboxer war? Wenn die Waffe bereits entsichert war, das Klappmesser locker saß ...? Im leichten Bogen und wie von einer magischen Kraft gezogen, näherte er sich dem Kaminschacht. Noch ein halber Meter … Da trat vor ihm ein schwarzer Schatten aus der Deckung. Irenäus prallte unwillkürlich zurück. Ein starker Adrenalinstoß jagte heiß durch seinen Körper.

„Guten Abend!", sagte eine tiefe Frauenstimme. „Entschuldigung, wenn ich Sie erschreckt habe."

Irenäus versuchte, etwas zu erkennen, als das trübe Licht aus der staubigen Dachluke auf die Gestalt fiel. Aber in der Dunkelheit sah er nur lange Haare und die Andeutung weiblicher Proportionen. „Was tun Sie hier?", fragte er und versuchte, einen drohenden Unterton anzuschlagen.

„Keine Angst!", sagte die Frau forsch. „Ich interessiere mich für das Haus. Es steht schon eine Weile leer. Gehört es Ihnen?"

„So etwa", antwortete er und sah kaum noch etwas. „Ich denke, wir sollten hinuntergehen, sonst stehen wir im Dunkeln. Der Strom ist abgeklemmt, aber das wissen Sie ja sicherlich."

„Okay!", erwiderte der Schatten mit einem leichten Gurren in der Stimme. Zwei Halbtreppen tiefer wurde es heller. Irenäus stieg hinter der Frau, die sich gewandt nach unten bewegte, hinab. Er sah nur ihre langen Haare, die lockig über ein schwarzes T-Shirt wallten. Sie war schlank und doch üppig. Diese gewisse Mischung. Ihre schwarzen Jeans saßen eng über einem etwas ausladenden Hinterteil. Die Hosen waren bis unter die Knie hochgekrempelt und sahen an den Aufschlägen nass aus. Daher also die Tropfen! Sie ist durch den Mühlgraben gekommen, kombinierte Irenäus.

Schon wieder hatte er die weiblichen Äußerlichkeiten überregistriert, dachte er belustigt. Gerade hatte ihm doch Gabriele gesagt, dass das in seinem Manuskript zu vordergründig wäre. Aber Irenäus stand dazu und war der festen Meinung, dass Männer die Frauen genau so sahen, wie er es beschrieb. Allerdings galt auch umgekehrt, dass Frauen bei Männern das jeweilige Potenzial zur Aufzucht ihrer Brut taxierten. Natürlich galt diese Ansicht bei vielen Menschen als ordinär und vulgär, sie hielten ausschließlich Charakter, Bildung, Herkunft und ähnliches für ausschlaggebend. Aber diese Behauptungen verbuchte Irenäus unter Heuchelei oder Verdrängung.

Dort, wo früher sein Arbeitszimmer gewesen war, blieb die Frau stehen und drehte sich zu ihm um. Hier fiel noch etwas Abendlicht durch die Fenster, und er blickte in zwei runde dunkle Augen, die ihn forschend betrachteten. Irgendwie kannte er dieses Gesicht, aber der Eindruck war so diffus, dass die Erinnerung nicht die Oberfläche erreichte.

„Sie sind durch den Mühlgraben gekommen", sagte er. „Habe ich Recht? Hatten Sie keine Angst, von Nachbarn gesehen zu werden?"

„Sie haben mich gewiss gesehen", antwortete die Frau lässig. „Aber in der Nacht wäre es viel suspekter gewesen. Vielleicht sind die Nachbarn ja froh, wenn sich jemand für das Haus interessiert, damit es keine Ruine wird."

„Trotzdem hätten Sie sich an mich wenden können", beharrte Irenäus tadelnd. „Und wie sind Sie überhaupt reingekommen?"

Die Frau machte eine andeutende Handbewegung zu ihrer kleinen Umhängetasche, die sie mit der Linken sehr fürsorglich an ihre Seite presste, als wäre darin etwas Schützenswertes. „Mit einem Dietrich. Es ist ein ganz einfaches Schloss. Also, ich entschuldige mich noch einmal in aller Form. Darf ich Sie vielleicht als vertrauensbildende Maßnahme zu einem Glas Wein einladen? Vielleicht im Irish Pub?"

„Im Pub!", echote Irenäus. „Da wollte ich auch gerade hin. Okay! Aber wir gehen durch die Vordertür."

Die Frau lächelte ihn tiefgründig an: „Ich heiße übrigens Irina."

„Oh!", antwortete er. „Und ich Irenäus. Die Namen sind sich ja sehr ähnlich." Er schloss das Haus von der Straße her ab und ging mit ihr durch den Wordgarten.

„Ich war eigentlich nur Ihretwegen im Haus", erklärte Irenäus. „Man hat mir gesagt, dass Sie auch am frühen Montagmorgen im Haus waren."

Die Frau stolperte leicht und fing sich reflexartig an seinem Arm ab. Dann sagte sie schnell: „Das kann nicht sein. Hat man speziell mich gesehen?"

„Na gut", lenkte er ein. „Sie wurden nicht erkannt. Aber wer soll es sonst gewesen sein?"

Sie lachte ein tiefes, trockenes Lachen: „Ich jedenfalls nicht! Vielleicht haben noch mehr Menschen ein Faible für dieses Haus."

Er zog es vor zu schweigen und sah sie von der Seite her an. Die Frau zuckte mit den Schultern und lachte wieder. Dann lenkte sie ab: „Darf ich Irenäus sagen?"

„Wenn wir darauf Brüderschaft trinken", gab er zurück. „Dann nenne ich dich Irina."

Sie erreichten das Pub nach wenigen Minuten. Die Gäste saßen an diesem milden Maienabend in dem kleinen Biergarten neben der Straße. Wenn sie ihre neue Bekanntschaft vertiefen wollten, dann waren sie im Innenraum garantiert ungestört. Also winkte er nur einigen Bekannten zu und entzog sich dann ihren Blicken. An der Theke begrüßte er wie immer das Wirtspärchen. Tief beugte er sich zu Doreen hinab und gab ihr einen freundschaftlichen Kuss auf die gebräunte Wange. Kokett strahlte sie ihn an und warf dann einen skeptischen Blick auf seine Begleiterin.

Irenäus und Irina saßen ganz allein im oberen Abteil, so dass sie sich ungestört unterhalten konnten. Es war unvermeidlich, dass er nach einiger Zeit auf seinen Steinkistengrab-Roman zu sprechen kam. Irina hörte sehr interessiert zu und lenkte das Gespräch auf die uralte Götterwelt.

„In meiner Erzählung spiegeln die Götter reale Personen wider", sagte Irenäus. „Es könnten die Bewohner von Atlantis sein, die die Urbevölkerung der anderen Kontinente mit ihren hochentwickelten Ideen konfrontierten, mit ihren Wissenschaften und ihrer Technik. Nach der Sintflut war Atlantis vom Erdboden verschwunden, und die Erinnerungen daran wurden mystifiziert und mit ursprünglichen Ideen des Schamanismus vermischt. Alle höher entwickelten Gottheiten der Menschheit kamen übers Meer, durch die Lüfte oder aus dem Erdinneren. Sie unterwiesen die Menschen in den Grundelementen der Zivilisation."

„Und sie regelten ihre Schicksale", warf Irina impulsiv ein. „Sie steuerten die Naturgewalten, straften und belohnten und hatten enge Beziehungen untereinander. Erst das Christentum hat die alte Götterwelt abgeschafft und verdammt."

„Da hast du allerdings Recht", erwiderte Irenäus. „Wer auch immer die Götter waren, sie wurden von den Christen zu Teufeln und Dämonen umstilisiert, und ihre Kultstätten entweder zerstört oder vereinnahmt, während die heutige Wissenschaft sie rundheraus für irrationalen Hokuspokus erklärt."

„Die Wissenschaft trägt selber viele Merkmale einer Religion", sagte Irina ernst. „Aber ich glaube, dass weder die Gelehrten, noch die Pastoren gegen die Frustrationen vieler heute lebender Menschen ankommen. Deshalb ist die Zeit reif wie nie, die mächtigen alten Gottheiten wieder erstehen zu lassen. Odin, Thor, Freya und Hel …

Die dunklen Augen der Frau blitzten auf einmal fanatisch. Sie angelte nach einer Zigarette und entzündete sie an der Kerze, die auf dem Tisch brannte. Ihre Haare fielen wild herab, und die Flamme warf tanzende Schatten auf ihrem Gesicht. Da hatte Irenäus ein Déjà vu.

„Jetzt weiß ich endlich, woher ich dich kenne!“, rief er impulsiv.

„Du kennst mich nicht!“, stieß die Frau lakonisch hervor.

„Doch, doch!“, widersprach er. „Ich habe dich an der Queste gesehen, nur war dein Gesicht weiß geschminkt. Ich hatte das völlig vergessen. Aber eben ... Sag mal, ging es in jener Nacht nicht um eine christliche Reliquie? Das Thema ist doch in Quedlinburg seit gestern mega-in.“

Die Frau lachte plötzlich: „Ach was! Du bist doch völlig überdreht. Rufst du mal Doreen? Sie vernachlässigt uns!“

„Sie lässt uns diskret allein“, grinste Irenäus und drehte sich um in Richtung Theke. Als er sich Irina wieder zuwandte, war ihm, als zöge sie ihre Hand gerade von seinem Bierglas zurück. Aber der Eindruck war zu flüchtig, und er nahm einen tiefen Schluck. Dann wechselte er das Thema, das in eine zu heikle Richtung abzudriften drohte. Er bedauerte bereits, so direkt über den Raub gesprochen zu haben. Sollte seine Gedankenverbindung stimmen, dann konnte sie das nicht einfach so auf sich beruhen lassen.

Sie plauderten über die Stadt und erzählten einander Anekdoten aus dem Leben. Irenäus fühlte sich zunehmend in einen Zustand merkwürdiger Erregung versetzt, den eine Hälfte seines Bewusstseins ein wenig verwundert registrierte, während sich die andere Hälfte wollüstig diesem Zustand hingab. Er hörte der Frau nur noch unaufmerksam zu, er spürte, wie sie beim Sprechen seinen nackten Unterarm streichelte, sah ihre üppigen Brüste, die sie beim Vornüberbeugen auf den Tisch legte. Ihre schwarzen Augen lockten verführerisch und ihr Gesicht kam dem seinen immer näher. Irenäus legte seine rechte Hand auf ihr Knie, und als sie das willig zuließ, begann er, ihren straffen Schenkel zu massieren, immer höher. Als er ihre feuchten Lippen und ihren Rotwein-Atem bereits vor sich spürte, lehnte sie sich plötzlich mit einem Ruck nach hinten und sagte: „Ich muss mal. Bin gleich wieder da.“

Sie erhob sich mit einem geheimnisvollen Lächeln und fuhr mit der roten Zunge über ihre Lippen. Irenäus fasste sie um die Taille und wollte ihren prallen Hintern greifen, aber sie wand sich geschickt heraus und sprang schnell die Treppe hinab. Er schaute ihr nach und sah gerade noch, dass sie irgendeinen kleinen Gegenstand aus ihrer Handtasche zog. Vielleicht ein Handy? Zum wiederholten Mal seit ihrer Begegnung beschlich ihn ein Gefühl des Misstrauens.

In dieser seltsamen Stimmungslage aus Rausch, Leidenschaft und Misstrauen verharrte Irenäus an ihrem Tisch und fühlte kurzzeitig, dass ihm der rationale Teil seines Bewusstseins sagen wollte, dass irgendetwas nicht in Ordnung war.

Doch dann kam sie wieder. Sie stellte sich so nahe vor ihn, dass ihre Brüste durch sein Gesicht strichen und sich ihre langen Haare über ihm ausbreiteten. Ein heißes Verlangen nach dieser Frau erfüllte ihn. Sie fragte: „Bringst du mich jetzt nach Hause?"

Irenäus konnte nicht antworten. Als sie bei Doreen bezahlten, flüsterte diese ihm zu: „Irenäus, was ist denn mit dir los? Sieh dich vor!"

Zur Antwort bekam die Verdutzte einen heißblütigen Kuss auf den Mund und konnte dem Paar nur noch mit großen runden Kulleraugen nachschauen.

Der Weg bis zu Irinas Wohnung war nicht weit, zog sich aber infolge heftiger Gefühlswallungen beträchtlich in die Länge. Als sie dann endlich in einem hohen Treppenhaus aus dem 19. Jahrhundert die Stufen emporstiegen, presste Irinäus die Frau an sich und stöhnte: „Ich muss es dir jetzt sofort besorgen!"

Sie ließ ob dieser Obszönität ein tiefes Gurren vernehmen und flüsterte: „In meinem Bett ist es viel wärmer und gemütlicher!" Dann zog sie ihn durch einen Korridor mit mehreren Türen bis in ein bequem eingerichtetes, weiträumiges Zimmer. Mit einem sanften Stoß beförderte sie ihn in einen Sessel und raunte ihm zu: „Rühr dich nicht vom Fleck, ich bin in zwei Minuten wieder bei dir!"

Und ehe er sie aufhalten konnte, tänzelte sie zu einer Tür und verschwand dahinter. Irenäus war, als klopfe immer jemand aus seinem Unterbewusstsein an, um ihm eine Warnung zukommen zu lassen, aber er war einfach nicht in der Lage, die Tür zum Bewusstsein zu öffnen. Und so lag er ergeben im Sessel ausgestreckt. Die Erektion in seiner Hose wollte nicht abklingen. Rings um ihn war die Beleuchtung schummrig und warm und schien von einer Lichtquelle in seinem Rücken auszugehen. Neunzig Prozent seiner Hirnkapazität gierten dem Augenblick entgegen, in dem seine Begleiterin wieder vor ihm erscheinen würde ... Aber zehn Prozent registrierten irgendein beunruhigendes Geräusch hinter seinem Sessel. Einem archaischen Schutzimpuls folgend, wollte er sich aufrichten und sich umblicken, aber zwischen seinen Beinen klemmte es, so dass er einen Moment zu lange zögerte.

Etwas trockenes Hartes legte sich ihm von hinten um den Hals. Augenblicklich wurde er hellwach und wollte ohne Rücksicht auf seine Erektion aufspringen, aber es war zu spät. Ohne ihn ausgesprochen brutal zu würgen, blieb der Riemen konsequent in seiner Position. Irenäus wollte sich mit den Händen dagegen wehren, aber als er die Arme zum Kopfe hob, wurden sie links und rechts von zwei Paar kräftigen Händen gepackt und schmerzhaft nach hinten gebogen. Für eine Sekunde erhaschte er den Anblick eines weißen starken Armes, der mit langen hellblonden Haaren bewachsen war. Widerstand war sinnlos, und so begab er sich in sein lautloses Schicksal und ärgerte sich über seine eigene Dummheit.

Jetzt öffnete sich endlich die Tür. Langsam schritt eine Gestalt durch das Dämmerlicht auf ihn zu. War das Irina? Sie trug eine schwarze Lederweste, aus der ihre gebräunten Brüste hervorquollen. Darunter befand sich ein schwarzer Lederschurz, der ihre hellbraunen Amazonenbeine fast vollständig frei ließ. Das war ein angenehmer Anblick. An den langen dunklen Lockenhaaren erkannte er Irina wieder, obwohl ihr Gesicht mit einer dicken Schicht weißer Creme beschmiert war, aus der nur ihre schwarzen Augen blitzten. Vor sich hielt sie in Hüfthöhe ein breites, glänzendes Messer, das große Ähnlichkeit mit einer Machete hatte.

Seine Erektion sackte in sich zusammen. „Irina!“, sagte er. „Was soll das?“

„Ich bin Hel!“, sagte die Frau mit rauchiger Stimme, „die Göttin der Unterwelt und des Todes. Du liegst mit deinen Überlegungen näher an der Wahrheit, als du denkst, Irenäus. Die Götter sind nicht nur Abbilder, sondern sie existieren.“

Irenäus hatte keinen Bock auf Streit, wahrhaftig nicht, und stammelte: „Was willst du von mir? Ich habe dir nichts getan und unser kleines Techtelmechtel hast du freiwillig mitgemacht. Und sag deinen Gorillas hinter mir oder wer immer es auch sein mag, dass sie mich loslassen sollen!“

„Es sind die Windzwerge und sie werden dich festhalten, Irenäus“, raunte die Frau. „Und unser Liebesspiel war angenehm, nur unvollendet. Aber darum geht es nicht, das war nur Mittel zum Zweck.“

„Dann sag mir, worum es geht!“, rief Irenäus. „Du bist die Frau von der Queste. Stimmt's?“

„Du weißt zuviel über uns, Irenäus“, sagte Hel. „Hast zuviel gesehen. Ich muss entscheiden, was wir mit dir machen.“ Sie ließ die breite Klinge des Messers zweimal in ihre hohle Hand klatschen.

„Warum warst du in Wirklichkeit in meinem Haus?“, fragte Irenäus, dessen rationale Hirnkapazität bereits wieder fünfzig Prozent Zugriff erlaubte.

„Niemand darf erfahren, dass wir uns in diesem Haus getroffen haben!“, herrschte ihn Hel an. „Vor allem nicht die Polizei. Man mag mich zwar gesehen haben, aber das hat noch nichts zu bedeuten. Ich suche nur ein nettes, billiges, altes Haus zum Ausbau. Aber du bist in diesem Szenario unerwünscht.“

„Weil ich zuviel erraten habe?“, fragte Irenäus und wand sich probehalber in der Umklammerung. Schweigend und schmerzhaft verstärkte sich der Druck auf seine Arme. „Ihr habt mit dem Raub der Reliquie zu tun. Wer seid ihr?“

„Du redest dich um Kopf und Kragen“, sagte die Frau und kam ihm immer näher. „Wir dienen Odin, und wir verabscheuen die christliche Technokratie. Du aber kannst nicht am Leben bleiben, denn du könntest unsere junge Gemeinschaft stark gefährden.“

„Ihr habt nichts gekonnt, wenn ihr euch mit einem Mord belastet“, sagte Irenäus. „Der Raub der Reliquie ist doch Pillepalle, aber mich zu töten …“

Hel schwieg und schien zu überlegen. Irenäus war klar, dass diese Frau alles andere als eine professionelle Killer-Göttin war. Warum war sie überhaupt mit ihm ins Pub gegangen. Wahrscheinlich hatte sie nicht gewusst, dass er sie schon von der Queste her kannte, oder aber, und das hielt er für wahrscheinlicher, war sie einfach eine romantische Dilletantin. Und sie hatten sich ausgesprochen gut verstanden. Wahrscheinlich hatte es einen Zeitpunkt gegeben, an dem diese Frau einfach nicht mehr aufhören wollte.

„Du könntest einer der unseren werden“, sagte sie überlegend. „Du würdest einen guten Thor abgeben.“

Irenäus hätte gelacht, wenn die Lage nicht so ernst gewesen wäre. Aber er erwiderte: „Das geht nicht. Nicht in dieser Situation, nur um mein Leben zu retten. Eure Gedanken liegen mir gar nicht fern, aber ehrlich gesagt weiß ich noch nicht, ob ihr eine ernsthafte Gegenkraft zum alltäglichen Wahnsinn seid oder auch nur eine Gruppe von Spinnern.“

Der Riemen um seine Kehle spannte sich plötzlich. Irenäus röchelte: „Lasst den Schwachsinn! Ich mache euch ein Angebot.“

Hel machte eine anweisende Kopfbewegung, und der Riemen lockerte sich. Dann sagte sie, nun wieder in herrischem Tonfall: „Dann mach dein Angebot! Wir müssen zum Ende kommen.“

„Ich bin kein Verräter“, begann Irenäus. „Euer Tropfen Milch geht mir zehn Meter am Arsch vorbei. Ich finde dieses Kabinettstückchen sogar sehr anregend. Ich gebe euch mein Wort, weder über unser Zusammentreffen an der Queste noch in meinem Haus noch über dieses Gespräch oder über irgendeinen anderen Zusammenhang zu Irgendjemanden ein Wort zu sagen. Ich denke sogar über den Thor nach!"

Die schwarzen Augen blitzten ihn aus der weißen Cremesmaske an, aber ihre sinnlichen Lippen verzogen sich nachdenklich. Kann man mit diesen Leuten verhandeln, dachte Irenäus, oder sind das blindwütige Fanatiker? Bange Sekunden verstrichen. Dann fällte Hel ihr Urteil: „So sei es, Irenäus! Ich glaube dir. Aber ich schwöre dir, dass wir dich finden und du nie wieder glücklich wirst, wenn du dein Versprechen brichst. Schwöre es bei deinem Blut!"

Blitzschnell trat sie dicht an ihn heran, und er spürte die Wärme ihrer Haut. Dann fühlte er einen heftigen Schmerz auf dem Rücken seines rechten Unterarms. Hel hatte darauf mit der Machete einen mehrere Zentimeter langen Schnitt gesetzt. Es war mehr ein Kratzer, aber das Blut quoll heftig daraus hervor. Hel fuhr mit zwei Fingern durch die Wunde und schmierte ihm sein eigenes Blut über die Lippen.

„So schmeckt dein Blut!", stieß sie hervor. „Schwöre!"

„Ich schwöre!", keuchte Irenäus. „Ich werde euch nicht verraten!"

Hel blickte ihn noch einen Moment an, dann drehte sie sich um und ging schnell zur Tür. Irenäus wurde immer noch von diesen lautlosen Zwergen in seinem Rücken gehalten.

Irina kehrte nach wenigen Augenblicken zurück. In der rechten Hand hielt sie eine Einwegspritze.

„Was soll das?", stöhnte Irenäus und versuchte vergeblich, sich aufzubäumen.

„Das ist Hels letzter Kuss!", rollte die Frau und stach ihm die Nadel in den Arm. Dann presste sie ihren Mund auf den seinen. Es war warm, erotisch und chemisch zugleich. Dann wurde alles um ihn finster, und er wurde von ihr aufgesogen.

XVIII

Das Männchen aus seinem Unterbewusstsein schien inzwischen alle Zurückhaltung abgelegt zu haben. Es befand sich jetzt direkt in seinem Stirnlappen und versuchte, mit einer Schlagbohrmaschine von innen her seinen Schädel zu durchbohren. Mit einem Schrei, der in Wirklichkeit nur ein heiseres Krächzen war, versuchte er, seine Augen aufzureißen. Doch wo diese sich einst befunden hatten, saßen jetzt zwei dicke, matschige Klöße. Sein Körper tat unerträglich weh. Arme besaß er nicht mehr.

Nach einer Ewigkeit gelang es Irenäus, in einem der Klöße ein kleines Loch zu öffnen, durch das ein rosa milchiges Licht fiel. Ganz, ganz langsam und nach einer weiteren Ewigkeit konnte er verschwommene Konturen erkennen. Die Oberkante der Harzberge, die sich gegen einen schmerzhaft blauen Himmel abzeichnete, das Brockenmassiv und vor all dem eine grüne, grüne Landschaft.

Als ihm dann noch gelungen war, den anderen Kloß ein wenig zu liften, wurde ihm ganz allmählich klar, wo er sich befand. Zwischen der alten Tongrube und den fast ausgetrockneten Seerosenteichen auf der Altenburg hatte Karl Wabenmond eine Bank aufstellen lassen, von der aus man einen malerischen Blick auf das nördliche Harzvorland hatte. Wie er auf diese Bank geraten war, war ihm völlig unklar. Zunehmende Sorge bereiteten ihm
seine fehlenden Arme. Nach weiteren trägen Denkversuchen gelang es ihm endlich, sich halbwegs im Raum zu orientieren. Er saß auf dieser groben Holzbank aus dicken geschwungenen Planken. Seine Arme waren nach hinten über die Rückenlehne gehängt, so dass er nicht herabrutschen konnte. Seine Achselhöhlen waren die Aufhängungen, und die darin verlaufenden Arterien und Nervenstränge waren offenbar schon lange abgeklemmt.

Mit übermenschlicher Anstrengung gelang es Irenäus, sich von der Bank zu erheben. Er taumelte den Abhang hinab und drohte, jeden Moment in das frische Grün zu schlagen. Die Arme baumelten wie leblose Schläuche an seinem Torso. Schwankend blieb er stehen und schaute zum ersten Mal an sich herab. Er hatte immer noch nur sein Hemd und Jeans an. Der rechte Unterarm schaute aus dem aufgekrempelten Ärmel und war schwarz vor getrocknetem Blut.

Irenäus begann, vor Angst, Kälte und Erschöpfung zu zittern. Doch dann konnte er plötzlich einen Finger bewegen und dann das Handgelenk, und schließlich begann sich sein Körper zu stabilisieren. Das war knapp, dachte Irenäus. Wie kam er hierher? Bis zu Dunjas Haus, in dem er wohnte, war es nicht sehr weit. Wie ein Automat begann er, den Weg an der Südkante des Eselstalls einzuschlagen. Der Boden war nach dem kürzlich gefallenen Regen noch weich und rutschig.

Irenäus sah eine breite Fahrspur. Hatten ihn die Zwerge bis hierher gebracht? Sehr aufmerksam. Welche Zwerge? Hel und die Windzwerge, sagte das Männchen mit der Schlagbohrmaschine. Die geile Hel und ihre unsichtbaren Windzwerge, Odins letztes Geschwader. Oh Mann, oh Mann! Die schwarze Leder-Lady hatte ihm ein höllisches Aphrodisiakum ins Bier getan. Scheint offensichtlich immer zu klappen. Danach musste sie ihre Gehilfen angerufen haben, die zu ihr geeilt waren und ihn in die Mangel genommen hatten.

Er lehnte sich an den Stamm einer Kiefer. Die Sonne stand im Osten über dem Ballenstedter Schloss. Es mochte zwischen acht und neun sein. Seine Knie drohten wegzusacken, und ein lauter Rülpser entrang sich seiner vertrockneten Kehle. Genau in diesem Moment rannte ein Joggerpärchen an ihm vorbei. Sie drehten diskret die Köpfe weg und legten einen Gang zu. Scheiße, er musste schlimm aussehen.

Irenäus taumelte weiter. Nur langsam, unter Einwirkung wär-

mender Sonnenstrahlen und aromatischer Frühlingsdüfte, bekam er seinen Körper wieder etwas in den Griff. Das Männchen in seinem Kopf griff unschlüssig zu einem wesentlich kleineren Bohrer.

Schon aus über hundert Metern Entfernung sah er vor dem Tor seines verwunschenen, von Büschen und Bäumen umwucherten Domizils ein dunkelblaues Auto stehen. Es kam ihm bekannt vor. Mit einem unguten Gefühl schritt er darauf zu. Schreiten war vielleicht nicht das passende Wort, aber zumindest taumelte er nicht mehr. Es war ein kobaltblauer Golf. Die langen roten Haare der Frau, die ihn abschätzend musterte, bildeten dazu einen perfekten Kontrast.

„Guten Morgen, Herr Moll!“, sagte Schropel in seinem stets unfreundlichen Tonfall.

„Morgen, Herr Schropel!“, krächzte Irenäus mit eingerosteter Stimme.

Die rothaarige Frau verzog ihr apartes Pferdegesicht zu einem leicht spöttischen Grinsen: „Hallo, Herr Moll! Sind Sie unter eine Dampfwalze geraten? Sie sehen ja richtig schlimm aus.“

Irenäus hatte sich noch nicht die Spur einer Story zurecht gelegt. Dieses Kriminalistenpärchen hatte er nun wirklich nicht erwartet. Mit staubtrockenem Mund brachte er mühsam hervor: „Kommen Sie rein! Ich spendiere Ihnen zum Morgen ein Getränk Ihrer Wahl. Vorher kann ich nicht sprechen."

„Wieder einen ungarischen Wecker, nehme ich an?", fragte Schropel und spielte damit auf ihr letztes Zusammentreffen an.

Irenäus antwortete nicht und schloss mit einiger Mühe das Vorhängeschloss an seinem Einfahrtstor auf. Durch die überhängenden Zweige einiger Büsche erreichten sie den lichten Vorplatz des kleinen Hauses. Hier erlebte er die nächste, diesmal angenehme Überraschung. Sein roter, rostfleckiger Daimler Kombi stand treu und brav im Schatten einer der hohen Kiefern. Die Windzwerge hatten ihm demonstriert, was sie alles so drauf hatten. Oha! Zu den abgebrühten Killern, die einen wegen jeder lapidaren Kleinigkeit niedermetzelten – so wie im Film – schienen sie also nicht zu gehören. Auf dem Weg hierher hatte er sich dazu entschlossen, das Spiel der Odinisten mitzumachen, denn er hatte keine Lust, von ihnen an irgendeinem Hinkelstein geopfert zu werden. Was er nun allerdings seinen ungebetenen Besuchern erzählen sollte, war ihm restlos unklar.

„Ich mache uns einen Kaffee. Okay?", sagte er versöhnlich zu den Beamten. „Soviel Zeit haben Sie doch, oder?"

„Es bleibt uns wohl nichts anderes über", erwiderte die Rothaarige und trat unangenehm dicht an seinen sensiblen Mercedes heran. „Wie haben Sie denn den durch den TÜV gekriegt?"

Er antwortete nicht und öffnete die Haustür. Titus kam ihm winselnd entgegen. Oh Mann, der hätte ewig hier gesessen. Er trug ein Brettchen mit drei Tassen Nescafé und Milch an den sonnigen Außentisch.

„Danke!", ließ sich Schropel herab und nahm einen Schluck. Er trug wieder eine graue Hose und ein meliertes Jackett über einem weißen Polohemd.

„Herr Moll, eigentlich hatten wir erwartet, Sie so früh am Morgen hier zu Hause anzutreffen. Können Sie uns sagen, wo Sie jetzt herkommen und warum Sie so … malträtiert aussehen?"

„Ich komme aus Quedlinburg", antwortete Irenäus wahrheitsgemäß. „Habe dort eine kleine Kneipentour gemacht und anschließend gab es einen Zusammenstoß mit einigen Herren, die mich nicht leiden können. Gegen Morgen habe ich eine Schlafpause eingelegt. Unterwegs."

„Sie werden sicher Anzeige erstatten?", fragte die Kriminalistin. Irenäus blickte sie zum ersten Mal intensiver an. Schon bei ihrem früheren Zusammentreffen fand er sie attraktiv. Heute trug sie ein hellgrünes T-Shirt und schwarze Jeans. Sie hatte sich nicht mit an den Tisch gesetzt, sondern lehnte leger an der warmen Hauswand. Ihre sportlich straffen Brüste traten unter dem leichten Stoff aufreizend hervor. Die Arme waren schlank und braungebrannt. Sie war etwa so groß wie Irenäus.

„Ich glaube das eher nicht", sagte er gelassen und fixierte sie für einen Augenblick eindringlich, „zuviel Aufwand und unnötige Rachegelüste."

„Wer waren diese Leute?", fragte Schropel.

„Keine Ahnung", dehnte Irenäus. „Vielleicht Quedlinburger Glatzen, die sich an meinen Haaren hoch gezogen haben, oder ein von mir gehörnter Ehemann mit seinen Brüdern oder die Organmafia …"

„Mann, nun lassen Sie doch dieses Geschwafel!", fiel ihm die Rothaarige ins Wort. „Ihnen scheint der Ernst Ihrer Lage noch nicht klar zu sein. In Ihrem Haus am Schlossberg halten sich in der letzten Zeit andere Personen auf. Wer ist das?"

„Das hat mir gestern schon jemand erzählt, aber ich habe keine Ahnung, wer das sein könnte." Jetzt darfst du dich nicht verfransen, dachte er. „War diese Nachbarin auch bei Ihnen?"

„Sie fand Ihr Benehmen auf dem Markt ihr gegenüber, gelinde gesagt, merkwürdig", hakte die Kriminalistin nach. Irenäus schaute gespannt in ihre grünen Augen.

„Eher verdächtig!", führte Schropel fort. „Wo waren Sie eigentlich in der Nacht von Sonntag zu Montag?"

„Sagen Sie jetzt nicht, am Starkasten von Lulu!", knurrte die Rothaarige, und Irenäus musste grinsen. „Sie haben ein gutes Gedächtnis." Der Kaffee munterte ihn auf. „Ich lag nur im Bett. Leider allein. Sorry!"

„Die Zeugin hat ausgesagt, dass an diesem frühen Morgen von einem Unbekannten etwas in Ihr Haus gereicht wurde, Herr Moll", sagte die Kriminalistin und schaute ihn streng an. „Was war das? Hat diese Person Ihnen den Flakon überreicht?"

„Meinen Sie den Milchtropfen?", grinste Irenäus. „Nein, nein. Ich war gestern abend noch im Haus und habe nach dem Rechten gesehen."

„Und war alles in Ordnung?", drängte Schropel bissig.

Jetzt lieber nicht lügen, dachte Irenäus, bestimmt war wieder wer hinter der Gardine. „Alles okay, nur eine Frau stieg im Haus umher. Sie sagte, dass sie sich für das leer stehende Gebäude interessiert und durch den Mühlgraben auf's Grundstück kam. Einen Flakon hatte sie garantiert nicht dabei."

„Das ist Einbruch!", sagte Schropel. „Natürlich keine Anzeige wert, oder?"

„Na, hören Sie", begehrte Irenäus auf, „in Quedlinburg stehen hunderte von Häusern leer. Ich habe mich auch schon für etliche interessiert. Solange nicht darin gezündelt wird oder Müll entsorgt. Außerdem war die Frau sehr nett, kein Grund zur Aufregung."

„Sie haben's wohl mit den netten Frauen, Herr Moll?", fragte die Rothaarige bissig. „Und wie hieß Ihre Errungenschaft?"

„Keine Ahnung", grinste er sie an. „Ich habe sie zur Tür gebracht, und wir sind noch ein Stück des Weges gegangen. Das war's!"

Heikles Spiel, dachte er besorgt und trank den letzten Schluck Kaffee.

„Herr Moll, ich warne Sie nochmals", entgegnete die Frau mit sonorer Eindringlichkeit. „Bei dem Einbruch gab es zwei Schwerverletzte. Wer war die Mumie? Wozu brauchen Sie den Flakon?"

„Die Milch der Jungfrau Maria?", fragte Irenäus und starrte dabei unbewusst auf ihr grünes T-Shirt. Dann hob er den Blick und versuchte, all seinen Charme hineinzulegen. „Vielleicht war es eine Kulthandlung. Der Flakon stammt wahrscheinlich aus Ägypten. Wenn Sie schon eine Mumie erwähnen … Aber ich weiß darüber wirklich nichts. Ich war's nicht, das können Sie mir getrost glauben, Frau Oberkommissarin."

„Hauptkommissarin!", verbesserte ihn die Frau und blitzte ihn grün an. „Ihnen kann man gar nichts glauben. Sie hängen da mit drin, Herr Moll! Genau wie im Fall Katzengold …"

„Ich betätige mich nur ein wenig als Privatdetektiv", sagte Irenäus in besonders biederem Tonfall und hoffte damit, die Frage nach seiner Kneipentour zu unterdrücken. Wenn sie erstmal herausbekamen, wer Hel war, dann ging es auch ihm an den Kragen.

Ein Knall ließ ihn erschrocken herumfahren. Schropel hatte wütend mit der Faust auf die Tischplatte geschlagen und schrie: „Mensch, Moll, schon wieder dieser Scheiß! Wenn Sie sich in unsere Arbeit einmischen oder uns Fakten vorenthalten, dann gnade Ihnen Gott! Ich mache Sie unglücklich!"

„Liebster Herr Schropel!“, goss Irenäus ungerührt Öl ins Feuer. „Ein Privatdetektiv ist doch nichts Negatives! Und Sie stoßen mich ja geradezu in diesen Fall hinein! Mumienfreaks rauben ägyptischen Reliquienflakon. Wahnsinn! Isis und Osiris lassen grüßen!“

Er sah mit einem Seitenblick, dass sich die schöne Beamtin grinsend abwandte. Umso aufgebrachter schrie Schropel: „Sie sind ein richtiges Arschloch, Moll! Wir sollten Sie festnehmen. Sie sind sehr verdächtig. Und einen Rauschgiftnachweis lassen wir auch gleich machen, denn nach Alkohol riechen Sie ja nicht. Also, was hat Sie heute Nacht so angetörnt?“

„Kein Rauschgift“, antwortete Irenäus ruhig. „Das tue ich mir nicht an, verstehen Sie, Herr Schropel? Ihre legalen Staatsdrogen langen mir vollkommen.“

Das Handy der Rothaarigen summte „Heil dir im Siegerkranz“. Sie trat einen Schritt beiseite, wobei Irenäus wiederum registrierte, dass ihr Hintern nach wie vor außerordentlich anregend war. Dann drehte sie sich um und stützte sich vor ihm mit gespreizten Armen auf der Tischplatte ab, wobei sich ihre Gesichter recht nahe kamen und er ihre ansehnlichen Bizeps wahrnahm. Eine Pheromonwolke umwehte ihn kurzzeitig.

„Wir haben Ihr Haus durchsucht“, sagte sie trocken, „und haben tatsächlich nichts gefunden. Außer einem angedeuteten Trampelpfad vom Mühlgraben bis zur Hintertür. Diesen Aufwand hätte sich die Frau wohl sparen können, wenn sie mit Ihnen zusammengearbeitet hätte. Das heißt jedoch nicht, Herr Moll, dass Sie nicht mit drinhängen. Halten Sie sich zu unserer Verfügung und trinken Sie jetzt Ihren ungarischen Wecker. Es ist ja nicht mehr mit anzusehen.“

Schropel erhob sich missmutig. Dann ging er grußlos zum Ausgang des Gartens.

„Auf Wiedersehen, Herr Moll!“, sagte die Rothaarige streng und schritt hinter ihm her. Dabei sagte sie ganz unverhofft in leisem Ton über die Schulter: „Und flirten Sie nicht immer so unverschämt mit mir!“

„Sie gefallen mir nunmal“, brummte Irenäus ihr nach, wusste aber nicht, ob sie es noch gehört hatte. Als letzter Eindruck blieb ihm der sportliche Hüftschwung inmitten des Maiengrüns. Wenig später hörte er den Golf hochtourig davonrasen.

Schlagartig überfiel ihn eine bleierne Lähme. Mühsam schleppte er sich in seine unaufgeräumte Landküche. Titus sah ihn auffordernd an. Er hatte Hunger und Irenäus auch. Zuerst ein ungarischer Wecker, die Kriminal-Tussi hatte völlig Recht. Er öffnete ein Hasseröder und ließ es laufen. Dann teilte er sich zur Feier des Tages und zur Überwindung des angestauten Frustes ein Glas Halberstädter Würstchen mit Titus. Seit seiner Kindheit konnte er davon nicht genug bekommen.

Während er und der Schwarze sich draußen auf dem Hofe dem Genuss des gehäckselten Fleisches hingaben, dachte Irenäus: Soll ich mich in diesen Milchtropfen-Fall einmischen? Heikel, heikel! Die Odinisten hatten die Reliquie und wollten sie ihrer Gottheit opfern. Aber wie würde dieses Opfer aussehen? War die Sache danach ausgestanden oder würde er zwischen ihnen und den Bullen zerrieben werden? Die einen würden ihn ständig auf dem Kieker haben – als Sicherheitsrisiko – und die anderen ebenso – als Verdächtigen. Waren die Odinisten nur Spinner oder gar Mörder? Was war mit den merkwürdigen Besuchern der Gruft und der Mumie?

Vielleicht war es das beste, diesen Oberodinisten ausfindig zu machen, der damals unter der Queste große Reden geschwungen hatte. Den hatte er auch schon mal irgendwo in Quedlinburg gesehen. Nur wo? Sollte er sich den Odinisten als Thor anschliessen? Thor …

Oder sollte er erst einmal Hel warnen. Wenn sie bereits sein Haus durchsucht hatten, würden sie sie vielleicht auch im Handumdrehen identifizieren. Mit den heutigen Methoden. Nur, wo fand er Hel? Sie waren über den Markt gegangen, durch den Schuhhof, durch die Jüdengasse und durch die Essiggasse, aber wo dieser lustvolle und kurvenreiche Nachtspaziergang sein Ende gefunden hatte …?

Diese quälenden Fragen ließen seinen Kopfschmerz-Pegel wieder in die Höhe schnellen. Der Fall war eigentlich nichts für ihn, er wollte nicht als Anscheißer auftreten. Und doch ahnte er voller Verdruss, dass er nicht um eine ernsthafte Auseinandersetzung herumkommen würde. Er wankte die Treppe hinauf zu seinem Bett.

XIX

Am späten Nachmittag des gleichen Tages radelte Jockel Hahne durch die Quedlinburger Süderstadt. Gestern und heute hatte er in Presse, Rundfunk und sogar im Fernsehen die große Aufregung verfolgt, die der Domschatz-Bruch ausgelöst hatte. Er empfand darüber keine Genugtuung, sondern er fühlte sich zunehmend erleichtert. Der Sprecher der Polizeidirektion Halberstadt musste eingestehen, dass seine Behörde vollkommen im Dunkeln tappte. Das sagte er natürlich nicht direkt, aber er gab doch eindeutig zu verstehen, dass die Diebe sehr geschickt vorgegangen waren und man bisher nicht das geringste Motiv für den Raub nur einer einzigen Reliquie hatte, wo doch die Gelegenheit bestanden hätte, sich wesentlich umfangreicher zu bedienen. Außerdem wurden die Ermittlungen erschwert durch die nächtliche Anwesenheit einer weiteren Personengruppe in der Stiftskirche, von denen eine fast zu Tode gekommen wäre, eine schwerverletzt sei und die dritte nur bedingt vernehmungsfähig. Perfiderweise gab es in den Medien keine weiteren Hinweise auf die Zusammenhänge zwischen dem Raub und dem anderen Zwischenfall, so dass der unbedarfte Nachrichtenkonsument den Einbruch und die mysteriösen Ereignisse in der Fürstinnengruft

miteinander verquickte. Insbesondere die Boulevardpresse knüpfte wie stets und immer ihre falschen Kausalketten. Und nur das bereitete Jockel Hahne Sorgen.

Aber für heute beschloss er, diese Gedanken zu verdrängen. Er hatte sich an seiner Wirkungsstätte eine Auszeit gegönnt und genoss jetzt den warmen Maientag. Inzwischen hatte er das kleine Neubaugebiet durchquert und war am Ochsenkopf, einem östlich gelegenen Höhenzug, angekommen. Er entschied sich, geradeaus die leichte Steigung hinaufzufahren. Das war der kürzeste Weg zur Seweckenwarte. Bereits vor dem Raubzug hatten sie festgesetzt, sich hier an diesem Abend zu treffen, vorausgesetzt, ihr Unternehmen war geglückt. Zwischendurch wollten sie nicht ohne Not miteinander kommunizieren. Er hatte niemanden von den Odinisten in der Zwischenzeit gesehen, nachdem ihn Sudri und Freya am Montagmorgen verlassen hatten. Zusammen hatten sie noch mehrere Stunden herumgerätselt, wer sich wohl ausgerechnet in dieser Nacht in der Fürstinnengruft aufgehalten haben mochte und warum der Domschatz-Alarm offensichtlich doch ausgelöst worden war, obwohl Sudri damit nicht gerechnet hatte.

Jockel Hahne strampelte durch den kleinen Hohlweg. Links und rechts wogte das grüne Getreide in einer warmen Abendbrise. Dahinter lagen die Bäume des Ochsenkopf-Höhenzuges und auf der anderen Seite die weite Ebene nach Norden. In der Ferne sah er eine kleine Gestalt auf dem Feldweg. Sie wurde von einem weißen Fleck umrundet. Jockel kam schnell näher. Es war ein Fußgänger mit einem mittelgroßen weißen Hund, einem Dalmatiner. Die Person hatte schlanke, braungebrannte Waden und trug einen weißen Rock, der über den Knien endete. Auf dem Rücken schaukelte ein dunkelgrüner Rucksack. Darüber wippten dunkelblonde Haare, die mit einem Bändchen zu einem Pferdeschwanz gebunden waren. Er freute sich, dieser Frau zuerst zu begegnen, denn sie war ihm bis jetzt von allen Odinisten am nächsten gekommen, und irgendwie gab es eine aufkeimende Seelenverwandschaft.

Sie blieb stehen und drehte sich um: „Hallo, Loki!"

„Hallo, Freya!", antwortete er schnaufend und sprang vom Fahrrad. Fast hätte er sie umarmen wollen, aber er stellte sich dabei zu sperrig an und dann war der Moment verflogen. Er schob das Fahrrad neben ihr her und fragte: „Gibt es Neuigkeiten?"

Freya lachte ihn mit ihren grünlich grauen Augen an und sprach: „Man hat uns noch nicht gefangen, wenn du das meinst."

„Ich habe ein gutes Gefühl", erwiderte er. „Wir dürfen nur nicht leichtsinnig werden. Was hast du da in deinem Rucksack?"

„Ein bisschen zu Futtern", strahlte sie. „Für's Anfeuchten der Kehle hast hoffentlich du gesorgt. Bist du auch schon so gespannt auf die anderen? Ob sie alle noch gut drauf sind? Heute ist Wodans Tag."

Loki runzelte fragend die Stirn und richtete seine wasserblauen Augen auf sie. Freya trug eine luftige, helle Bluse. Sie genoss ihr Wissen und erklärte stolz: „Heute ist Mittwoch. Das ist Wodans Tag. Die Engländer sagen dazu Wednesday. Do you understand?"

„Oh, das wusste ich noch nicht", bekannte Loki aufgeräumt. Sie gingen jetzt auf einem trockenen Weg mit kalkigem Untergrund sanft bergauf zwischen Trockenrasen und Buschgruppen. Vor ihnen lag eine Wegkreuzung. Rechts führte der grasige Feldweg auf die Straße, die in einiger Entfernung zur Gersdorfer Burg führte. Von dort sahen sie eine Gestalt mit einem Fahrrad nahen. Die langen schwarzen Haare flatterten in der Abendbrise.

„Das ist Hel", stellte Freya fest. „Sie weilt also auch noch unter uns."

Loki warf ihr einen gespielt entsetzten Blick zu. Genau an der Wegkreuzung trafen sie zusammen. Hel schob schwitzend ihr Rad bergauf. Freudig begrüßten sie sich. Freya rief: „Du kommst auf deinem Weg, verehrte Hel!"

„Wie das?", keuchte die Dunkle, etwas zerflossen von der Anstrengung. Sie trug dreiviertellange Bluejeans und ein eng sitzendes rotes T-Shirt mit ein paar dunklen Schweißflecken.

„Das ist der Höllweg", erklärte Freya. „Er wurde von unseren Altvorderen nach Hel benannt. Höll ist nur eine Verballhornung, so sagt es zumindest die Chronik."

„Das halte ich für an den Haaren herbeigezogen", moserte die Unterwelt-Lady. „Wie soll gerade an dieser Stelle …"

„Das ist ganz einfach", begeisterte sich Freya. „Viele Dinge in dieser Landschaft sind nach uns benannt."

„Nach dir etwa auch?", unterbrach Hel sie spöttisch und grinste dunkel.

„Na klar!", rief Freya aufgebracht. „Was denkst du denn? Der Liebfrauenberg. Er ist der Jungfrau Maria gewidmet, und deren Heiligtümer wurden während der Christianisierung fast immer auf Freya geweihten Bergen aufgestellt! Daneben befindet sich übrigens der Petersberg, dem heiligen Wetterapostel Petrus geweiht, der natürlich immer auf welchen germanischen Gott gepfropft wurde? Na?"

„Donar!", rief Hel. „Der Wettergott! Thor!"

„Richtig geraten!", kreischte Freya. Sie waren jetzt unterhalb der Seweckenwarte angekommen, einem alten Wehrturm des äußeren Verteidigungsringes von Quedlinburg. Er stand auf dem Rücken der Schichtrippe, an deren Südflanke sich Kirschwiesen ausbreiteten. Im Grase unterhalb des Turmes lagen drei Gestalten, die erwartungsvoll ihre Köpfe aus dem buntblühenden Kräuterteppich reckten. Lokis Begleiterinnen kicherten bei diesem Anblick. Man erkannte unschwer die Charakter-Physiognomien der Windzwerge.

Als Loki, Freya und Hel sie erreicht hatten, ließen sich die beiden Göttinnen nach der Begrüßung erschöpft ins Gras fallen. Nur Loki blieb stehen und musterte wie ein guter Jagdhund prüfend die Umgebung. Hinter ihnen befand sich ein Dickicht, unter dem sich die letzten Überreste der Seweckenburg verbargen. Ein rostiges Schild wies seit Jahrzehnten darauf hin. Unter ihnen im

Süden erstreckte sich hinter malerischen alten Kirschbäumen die Gersdorfer Burg, eine kleine Ansammlung landwirtschaftlicher Gebäude. Dazwischen ragte als letzter historischer Zeuge der achteckige Bergfried empor, der auf Markgraf Gero zurückging, der auch den Nachbarort Gernrode erbaut haben soll und dadurch berüchtigt wurde, dass er auf einem Bankett sechsunddreißig Slawenfürsten heimtückisch meucheln ließ.

Noch weiter in der Ferne erhoben sich im Abenddunst die rot angestrahlten Höhenzüge der Harzberge. Es ging jetzt auf acht Uhr zu. Loki beugte sich zu seinem Fahrrad herab und öffnete eine Seitenpacktasche. Darin ruhte eine Kühlbox, aus der er mit elegantem Schwung eine Flasche Weißwein beförderte, auf die sich sofort alle Augenpaare gierig richteten. Ungerührt davon suchte er noch einige durchsichtige Becher hervor und drehte erst dann den Schraubverschluss auf. Das Getränk war noch herrlich kalt.

„Auf Odin!", sagte Loki und drückte das Kreuz nach vorn, so dass sein Bauch hervortrat.

„Auf Odin!", murmelten die anderen und schlürften Lokis Wein.

„Wo ist Ragnar?", fragte Loki unvermittelt.

„Da unten", antwortete Sudri und zeigte zu der Straße, die in der Senke unter ihnen von Quedlinburg nach Badeborn führte. Ganz klein und unverkennbar bewegte sich dort der alte Audi, um gleich darauf hinter den Gebäuden der Gersdorfer Burg zu verschwinden.

„Wir wollten eigentlich nicht mit dem Auto kommen", mokierte sich Loki. Die anderen tranken schweigend ihren Wein. Freyas alter Dalmatinerrüde rannte zwischen den Kirschbäumen umher. Plötzlich stieß Austri einen verblüfften Knurrton aus. Von unten her strebten ihnen zwei Personen entgegen. Die eine war zweifellos Ragnar. Aber wer war die andere?

Freya wusste es als erste: „Dr. Roy!"

Loki zog die Stirn sehr kraus und streckte den Bauch noch weiter vor. Hel murmelte: „Ob das gut ist ...?"

„Jetzt haben wir ein Problem", seufzte Nordi leise und warf seinem Freund Austri einen fragenden Blick zu.

Langsam kamen die beiden Neuankömmlinge näher. Hel und die Windzwerge hatten den Geologen bisher noch nicht persönlich kennengelernt.

„Hallo!", lächelte Ragnar unsicher.

„Guten Abend!“, sagte Dr. Roy mit einem offenen Lächeln.

Freya war am gelassensten. Sie grüßte freundlich: „Hallo, Dr. Roy! Wie haben Sie uns denn gefunden?“

Loki hatte Mühe, mit dieser Situation fertig zu werden. Wieso hatte Ragnar gegen alle Absprachen den Questenberger mitgebracht. Für einen Moment hätte er sich am liebsten umgedreht und wäre weggelaufen. Doch ehe die Lage völlig entglitt, wurde er sich im letzten Augenblick seiner Rolle als Spiritus rector bewusst und presste hervor: „Dr. Roy! Welche Überraschung! Was führt Sie zu uns?“

Hel und die Windzwerge beäugten die Szenerie kritisch. Doch dann begann Ragnar zu reden: „Mein Freund Franz kam vorhin zu mir, kurz bevor ich loswandern wollte. Er hat alles im Fernsehen gesehen und natürlich gleich gewusst, dass wir das waren. Schließlich hat er uns ja gesagt, wie wir's machen müssen. Nun ja, was sollte ich tun?“

Franz Roy lächelte: „Ich finde die Geschichte zauberhaft und versichere Ihnen, dass ich Sie unter keinen Umständen verraten werde. Es hat mir einfach keine Ruhe gelassen. Ich möchte den Grund erfahren. Was haben Sie vor mit der Reliquie? Deshalb bin ich hier.“

„Lieber Dr. Roy“, sagte Loki gepresst. „Ist Ihnen nicht klar, auf was Sie sich da einlassen? Wir haben einen Raub durchgeführt, der durch alle Medien geht. Mit den verletzten Personen in der

Gruft haben wir allerdings nichts zu tun.“

„Ich weiß schon, ich weiß“, lächelte Franz Roy. „Ich habe mir schon einiges erzählen lassen. Von Herrn Lautenschläger, dem Baudezernenten. Er hat es zwar ungern getan, aber schließlich bin ich der Schlossberg-Experte. Falls auch Sie das vergessen haben. Also, ich bitte Sie hiermit in aller Form um Ihr Vertrauen.“

Dr. Roy blickte sich erwartungsvoll in ihrem Kreise um. Die Sonne stand blutrot über der Harzkante. Sudri erhob sich unvermittelt.

„Wisst ihr was?“, fragte er. „Wir haben unten in der Schlucht eine Lagerstelle eingerichtet. Wir müssen ja hier nicht wie auf dem Präsentierteller sitzen. Dort möchte ich vor Einbruch der Dunkelheit gerne sein. Kommt wer mit?“

Hel und die beiden anderen Windzwerge standen auf und schlossen sich ihm an. „Na los!“, sagte Freya und blickte fragend zu Loki. Ihm ging das jetzt alles ein bisschen zu schnell.

„Ich darf also bei Ihnen bleiben?“, fragte Dr. Roy, an Freya gewandt.

Loki wollte etwas einwenden, aber Freya winkte auffordernd mit der Hand: „Kommt erstmal alle mit, ehe wir hier noch dem ganzen Harzvorland eine Vorstellung geben. Kennst du eigentlich schon mein Motto für heikle Lebenslagen, lieber Loki? Nicht gleichgültig, aber gelassen!"

Sudri ging voran und die anderen folgten ihm im Gänsemarsch auf einem kleinen Pfad, der westlich des Wartenturmes in die Schlucht hinab führte. Der mittelalterliche Marienglasabbau zog sich hunderte von Metern entlang des Höhenzuges, war aber wegen des dichten Bewuchses kaum auszumachen. Die Steilwände fielen zum Teil über zehn Meter nach unten. Als hier noch die Panzer der Sowjetarmee fuhren und dazwischen große Schafherden weideten, war das Gebiet karg und übersichtlich gewesen, doch in den letzten zwei Jahrzehnten war es zu einem fast undurchdringlichen Dschungel eutrophiert.

„Wie seid ihr eigentlich auf diese abgelegene Gegend gekommen?", fragte Franz Roy vorsichtig.

„Wir halten die wichtigen Treffen jeweils an Orten ab, die Odin geweiht sind", erwiderte Ragnar.

„Und was war hier mit Odin im Gange?", fragte Hel und blickte sich um. Bei Ragnar kam wieder der Lehrer durch: „Wir sind bekanntlich in den Seweckenbergen. Seweko, Siweko, Sebeko oder Sibiko, man beachte die Äquivalenz von w und b wie im Slawischen, sind alte Namen von Wodan beziehungsweise Odin. Also ..."

„Okay, okay!", rief Hel. „Deshalb auch der Helweg."

Unten, fast am Grunde der alten Gipsschlucht, war es fast völlig dunkel. Direkt unterhalb der Warte befand sich die frühere Feierstelle, die Ragnar und die Windzwerge noch von mannigfaltigen nächtlichen Feten in ihrer Jugendzeit her kannten. Die Windzwerge hatten dort ein wenig Platz geschaffen und einen Stapel Feuerholz bereit gelegt. Austri entzündete das Feuer. Freya öffnete ihren Rucksack, holte allerlei Essereien hervor, und einige Getränke gab es auch.

Als alle am Boden saßen und der Feuerschein über die Gesichter huschte, nahm Loki die Regie wieder an sich: „So, meine Lieben, es nützt alles nichts. Wir müssen jetzt zuerst über die Anwesenheit von Dr. Roy befinden. Ragnar hat ihn mitgebracht, weil er der Meinung ist, der Doktor wisse sowieso alles über uns."

„Nein, nein!", stotterte Ragnar. „Ich konnte meinen Freund nur schlecht wegschicken, denn er bestand darauf, mehr zu erfahren. Und da erschien es mir sinnvoller, ihn mitzubringen."

„Ich habe inzwischen mitbekommen", schaltete sich nun Franz Roy ein, „dass Sie sich der altgermanischen Götterwelt verpflichtet haben. Sind Sie dabei an irgendwelche übergeordneten Organisationen oder Träger gebunden? Die Problematik ist ja nicht neu und wird, mit Verlaub gesagt, in der Regel in eine rechte Ecke gerückt oder mit blutrünstigen Wikingerritualen in Verbindung gebracht. Nur, in diese Richtung angelegt erscheint mir Ihre Gruppe gar nicht."

Loki hatte sich inzwischen wieder beruhigt und erklärte dem Geologen, wie sie auf ihre Ideen gekommen waren. „Leider haben sich Blut- und Bodenideologien diese Naturreligion angeeignet. Wir hoffen, dass wir dieses Image wieder abwaschen können. In Verbindung stehen wir mit niemandem. Zu Zeiten der Wikinger schlug jeder auf jeden ein, allerdings blieben die Christen in allen Kämpfen die letzten Sieger und haben deshalb dafür gesorgt, dass ihre Feinde als Monster in die Geschichte eingegangen sind. Ich brauche Ihnen sicherlich nicht zu erzählen, welche Schneise der Barbarei die Christen durch die Weltgeschichte geschlagen haben. Unsere Gruppe betrachtet sich jedenfalls als friedfertig, auch wenn wir diese Reliquie geklaut haben. Und Sie, wenn Sie Ambitionen haben …"

„Das habe ich ja vorhin bereits gesagt", erwiderte Roy. „Ich verpflichte mich, unter keinen Umständen dieses Wissen wei-

terzugeben und möchte gern heute bei Ihnen bleiben. Reicht Ihnen das?"

Loki trank einen Schluck Wein aus seinem PE-Becher und blickte fragend in die Runde: „Wenn wir Ihre Bitte erfüllen, dann nicht unverbindlich. Was Sie uns eben gesagt haben, werten wir als Ehrenwort. Mit allen Konsequenzen. Ist Ihnen das klar? Was sagt ihr dazu?"

Die anderen Odinisten kamen der Bitte von Franz Roy überraschend bereitwillig nach. Letzten Endes saß er nun einmal hier, das ließ sich nicht mehr ändern. Er hatte ihnen den Weg zur Reliquie gewiesen und, was am wichtigsten war, er machte einen sympathischen und zuverlässigen Eindruck.

„Dann braucht er nur noch einen Namen!", rief Freya. „Bisher ist Thor noch nicht vergeben, der Gott der Naturgesetze."

„Nein!", fiel ihr Hel hastig ins Wort. „Das geht nicht. Erstens, mit Verlaub, passt die Gestalt des Mjöllnir schwingenden Donar mit seinen Ziegenböcken nicht zu Dr. Roy. Und zweitens gibt es da möglicherweise noch einen anderen Anwärter …"

Schweigend sahen die anderen über das knisternde Feuer auf Hel. Es war inzwischen finster geworden und Fledermäuse jagten aus den Höhlen in der Seweckenschlucht hervor über ihre Köpfe hinweg.

„Ich weiß auch einen besseren Namen", unterbrach Ragnar und schaute in die fragenden Gesichter. „Yggdrasil, die Weltesche, die hoch in den Himmel ragt und bis tief hinunter in die Erde reicht, besitzt ebenso eine Wurzel, die bis hinauf an die Oberfläche wächst. Dort, wo sie das Menschenreich trifft, befindet sich der Brunnen der Weisheit, an dem übrigens Wodan ein Auge verlor, als er unbedingt in die Zukunft schauen wollte. Bewacht wird diese Stelle von Mimir, dem Gott der Weisheit. Ich denke, ..."

„Mimir!", rief Franz Roy. „Das gefällt mir. Wenn keiner etwas dagegen hat, bin ich ab sofort Mimir. Ihr bekommt auch von mir Weisheit!"

Die Odinisten lachten und gaben ihr Einverständnis. Doch dann fragte Loki: „Hel! Was soll das bedeuten, der Name Thor sei bereits vergeben?"

„Vielleicht vergeben", verbesserte Hel. „Ich glaube, wir kommen jetzt zum zweiten Tagesordnungspunkt. Gibst du mir bitte noch ein Brötchen, verehrte Freya? Ja, es existiert noch eine weitere Person, die gut über uns informiert ist."

Und dann erzählte sie ihre Geschichte von Irenäus Moll und wie ihr die Windzwerge Nordi und Austri beigestanden hatten.
Loki starrte mit leeren wasserblauen Augen und stark gerunzelter Stirn ins Feuer. Dann presste er hervor: „Ich hätte nicht gedacht, dass jemand von uns derartige Extratouren fährt."

„Das war keine Extratour", begehrte Hel auf. „Ich musste herausbekommen, was dieser Mann über uns weiß. Immerhin war ich es, die ihm an der Queste das Pilzgift verabreicht hat. Ich konnte ihn nicht einfach laufen lassen. Diese Ungewissheit plagte mich schon lange."

Loki nörgelte weiter: „Du hättest mich sofort benachrichtigen müssen!"

„Wieso denn das?", rief die dunkle Frau, jetzt wütend. „Das wäre doch der totale Quatsch gewesen. Mir kam es darauf an, dass dieser Mensch niemanden weiter von uns zu sehen bekommt. Selbst die Windzwerge hat er nicht zu Gesicht bekommen. Bist du ernsthaft der Meinung, du hättest es besser gekonnt?"

Hel schnaubte wie ein schwarzes Ross, und Loki spürte, dass er bei dieser Diskussion keinen Rückhalt von den Odinisten bekam.

„Nicht gleichgültig, aber gelassen“, deklamierte Freya mit ihrer etwas lauten Stimme, um den Streit zu unterbrechen, der zu eskalieren drohte. „Mit derartigen Aktionen wollen uns die Götter auf die Probe stellen. Aber es hätte schlimmer kommen können. Dieser Thor wird offensichtlich von uns magisch angezogen, sonst wäre er uns nicht schon zum zweiten Mal über den Weg gelaufen. Wir müssen es einfach wachsen lassen. Er wird uns schon finden.“

„Wir können ihm auch einen Besuch abstatten“, murrte Sudri.

„Quatsch!“, erwiderte Nordi aufgebracht. „Wir haben ihm einen Schrecken eingejagt. Weiter dürfen wir nicht gehen. Ansonsten würden wir uns wie die Menschen benehmen, die ihre Ziele mit Gewalt durchsetzen. Und von denen wollen wir uns doch gerade distanzieren. Vergesst das nicht!“

Loki lehnte sich vom Feuer zurück. Wenige Sekunden flatterten seine Gedanken durchs Universum. Dann lächelte er die Freunde an. „Wodans Tag neigt sich dem Ende. Wir sollten jetzt zu unserem Haupttagesordnungspunkt kommen, dem Opfer an Odin. Ist die Gabe in Sicherheit?“

„Sie ist!“, kam die schnelle Antwort von Hel. „Ich habe sie wie angewiesen am Orte Iksyz verborgen und niemand hat mich gesehen. Dafür bürge ich.“

„Sehr gut!“, lobte Loki, so als hätte es den Disput gerade eben

niemals gegeben. „Dann, liebe Freunde, müssen wir den Tag des Opfers festlegen und den Ort, der Odin angemessen ist. Wir sollten nicht mehr lange säumen, denn wir wissen nicht, ob uns jemand auf den Fersen ist.“

„Die Sommersonnenwende!“, sagte Nordi.

„Auf der Queste!“, rief Ragnar.

„Bis zur Sommersonnenwende sind es noch mehr als drei Wochen“, warf Loki ein. „Ich würde das Opfer gern bald darbringen. Danach sind wir wieder rein.“

„Von der Queste möchte ich dringend abraten“, meldete sich Mimir nun wieder zu Wort. „Um Himmelfahrt werden dort die Stebbeln gehauen. Dann gibt es bis Pfingsten für das Questenfest viele Vorbereitungen. Zu Pfingsten selber ist sowieso alles zu spät, und zur eigentlichen Sommersonnenwende treffen sich dort erst recht die Hardliner. In der nächsten Zeit werden wir dort nie Ruhe haben.“

„Er hat Recht“, meinte Sudri bedächtig. „Ich schlage Odins ureigenen Bezirk vor. Das Bodetal.“

„Den Hexentanzplatz!", rief Austri und goss sich Wein nach.
„Ach was!", sagte Loki. „Dort gibt es keine Ruhe. Ich kann mir nur die Rosstrappe vorstellen. Das ist wahrhaftig ein uraltes Heiligtum Wodans. Was haltet ihr davon? Wir könnten dorthin wandern, sogar von Quedlinburg aus."
„Die Idee ist gut", antwortete Freya. „Und welchen Zeitpunkt wählen wir?"
„Den nächsten Wodans Tag", sagte Mimir ruhig und zeigte zum Himmel. Dort stand jetzt eine silbrig glänzende Mondscheibe zwischen den schwarzen Baumsilhouetten. Sie war exakt halbiert. „Dann wird Vollmond sein. Die Wahrscheinlichkeit ist äußerst gering, dass sich dort in einer Mittwochnacht jemand aufhält, der uns stört."
„Der weise Mimir", deklamierte Loki. „Soll es so sein?"
„So soll es sein!", riefen die Odinisten begeistert, und in einiger Entfernung krakelte ein in seiner Ruhe gestörter Rabe. Ein zweiter antwortete verschlafen.
Danach begann der entspannte Teil der Zusammenkunft. Man trank und speiste und erörterte noch einmal ausführlich und in Ruhe den Raubzug und den Zwischenfall mit Thor. Der neue Odinist Mimir amüsierte sich prächtig und wurde problemlos in die Gruppe integriert. Irgendwann gab Hel zu bedenken: „Donars Tag hat schon vor einiger Zeit begonnen. Ich glaube, ich muss mich nun langsam um mein Fahrrad kümmern und es bitten, mich nach Hause zu bringen."

Das war das Zeichen zum Aufbruch. Ragnar und Mimir mussten zum alten Audi zurückfinden. Hel und die Windzwerge suchten ihre Fahrräder. Loki, Freya und ihr alter Hund waren die Letzten.
Loki hatte natürlich eine Akkuleuchte dabei. Gemeinsam gingen sie am Rande der unsichtbaren Schlucht bis zum Hel-Weg zurück. Dort wurde es lichter. Der Halbmond und die Sterne spendeten ein mattes Licht, und vor ihnen im Westen blinkte die nächtliche Beleuchtung Quedlinburgs.
„Komm!", sagte Loki zu Freya. „Setz dich vorn auf mein Fahrrad. Dann sind wir schneller zu Hause."
Freya kicherte und setzte sich auf die Querstange des Rades. Loki legte die Arme um sie, damit er den Lenker erreichte und spürte dabei die Wärme ihres Körpers. Langsam fuhr er in Richtung Stadt. Der alte Dalmatiner trottete hechelnd hinter ihnen her. Es war eine lustige Fahrt, aber als sie kurz vor der Brücke

über den Bicklingsbach angelangt waren, gab es einen lauten Knall. Freya schrie erschrocken auf und klammerte sich an Loki.

„Scheiße!“, fluchte er und legte beim Anhalten fürsorglich einen Arm um ihre Schultern. „Wir haben eine Panne!“

Tatsächlich war der vordere Reifen geplatzt, und Freya sagte leise: „Ich bin eben doch zu schwer.“

Sie gingen im Mondschein zur Stadt, und als sie vor ihrer Haustür angelangt waren, sagte Freya: „Stell das Fahrrad in den Bus. Ich fahre dich nach Hause.“

„Gute Idee“, antwortete Loki und versuchte, im Mondlicht ihr Gesicht zu erkennen.

Als sie einige Zeit später sein Grundstück erreicht hatten, ging Freya wie selbstverständlich mit ihm durch den mondbeschienenen Weinberg zu dem kleinen Holzhaus. Drinnen war noch die Wärme des Tages gespeichert, und Loki entzündete eine Kerze. Es war nicht mehr weit bis zum Morgengrauen.

„Wollen wir gleich frühstücken?“, fragte Loki und strich ihr mit der Hand über die Wange.

„Eins nach dem anderen“, flüsterte Freya und sah sich im flackernden Kerzenschein den Raum an. Loki ließ sich auf sein Sofa sinken und schaute ihr dabei zu. Die gebräunte Haut ihrer Arme und Beine wirkte bei diesem Licht sehr dunkel und stach ab gegen das Weiß der kurzen Sommerkleidung. Jetzt drehte sich Freya um. Sie zog mit einem Ruck das Gummiband aus ihrem Pferdeschwanz, so dass ihre dunkelblonden Haare bis auf die Schultern fielen, und kam zu ihm. Übergangslos kniete sie sich auf das Sofa, die langen Beine rittlings über seine Schenkel gespreizt. Wortlos ergriff sie seinen Kopf und zog ihn nach vorn. Dann fuhr ihre lange Zunge suchend über seine Lippen. Lokis Hände strichen auf ihren Schenkeln nach oben und pressten ihren Unterleib gegen sich, so dass sich ihre Lenden weit öffneten. Freya stöhnte leise und rieb ihre großen Brüste an ihm. Sie ließen sich Zeit, und ihre Körper glitten in einem sanften Rhythmus aufeinander. Irgendwann in dieser vergehenden Nacht schwebte ein Lustschrei dem Monde entgegen, und die grasenden Rehe im Tal hoben erstaunt die Köpfe.

Erst als das helle Morgenlicht in den Raum schien, sagte Loki leise: „So etwas ist zwischen Loki und Freya aber niemals passiert.“

Sie stöhnte mit halbgeschlossenen Augen: „Odin hätte deinen Reifen bestimmt nicht platzen lassen, wenn das nicht längst überfällig gewesen wäre. Und nun mach’ endlich Frühstück!“

XX

Am Mittwoch lief für Irenäus Moll nichts mehr. Zaghafte Versuche, den Tag noch mit einer sinnvollen Tätigkeit zu füllen, scheiterten an den Nachwirkungen von Hels dubioser Abtörn-Spritze. Am Donnerstag war sein Kopf zwar wieder klar, doch als er mit Titus am sonnigen Frühstückstisch saß, waren seine Gedanken ausgesprochen zwiespältig.

Wie im Fall Tommi Katzengold war er auch diesmal besser im Bilde über die wahren Hintergründe des Reliquien-Raubes als die Polizei. Für seine Einstellung zum Sein rangierte der Klau eines Bergkristall-Flakons mit einem Tropfen Milch der Jungfrau Maria zwar in der Kategorie „Pittoreske Absonderlichkeiten", aber er war Realist genug, um sich darüber im Klaren zu sein, dass in einem staatlichen Umfeld, in dem mehrfacher Diebstahl einer Büchse Hundefutter schon in den Knast führen konnte, diese Tat kein Bagatelldelikt mehr war, unabhängig davon, wieviele Köpfe unschuldiger Mohren einst rollen mussten, bis dieser Flakon in Quitilingaburg landete.

Andererseits fühlte er sich nicht bemüßigt, das Zünglein an der Waage zu sein. Wenn er damit richtig lag, dass diese christliche Kuriosität einem uralten Gottvater geopfert werden sollte, war dagegen moralisch nicht übermäßig viel einzuwenden – der Tropfen Milch blieb sozusagen in der Familie, und seine weltlichen Besitzer hatten eben das Nachsehen. Der Vater gibt, der Vater nimmt …

Nicht zu vergessen und letzten Endes ausschlaggebend war allerdings die Androhung harter Strafe durch die Odinisten. Er hatte kein Interesse daran, ihren Zorn auf sich zu laden. Immerhin wohnte er, Irenäus, mitten in der Wildnis und nicht Herr Schropel oder der Staatsanwalt, die dann mit zugekniffener Nase seine verstümmelte Leiche begutachten würden, wenn die Windzwerge …

Nein, Irenäus beschloss, den Kopf in den Sand zu stecken und im Garten zu arbeiten. Die Tomaten, Radieschen, Zwiebeln, Möhren und viele andere vitaminreiche Lebewesen harrten der Pflege. Tagelang grub er in der Erde und fröhnte dem Motto: Was ich nicht weiß, macht mich nicht heiß.

Erst am Sonntag neigte sich diese Stimmung langsam ihrem Ende zu. Von Ferne sah er immer wieder Spaziergänger, Radfahrer und Reiter am Waldrand entlang defilieren, und die frühsommerlichen Düfte reizten leicht allergen sein Sensorium.

Am frühen Nachmittag sprang er plötzlich von seiner Gartenbank in die Höhe, griff zur Hundeleine, warf Titus ein entschiedenes Komm! zu und machte sich schnellen Schrittes auf den Weg zur Altenburg-Gaststätte. Doch daraus wurde nichts, denn bereits zwei Minuten später, er hatte gerade den Waldrand erreicht, kam der kleine dunkelgrüne Jeep von Karl Wabenmond aus dem Wald gehoppelt.

„Wo willst du hin?", fragte Karl aus dem offenen Wagenfenster, ohne sich die Zeit zu nehmen, ihn zu begrüßen.

„Guten Tag, Karl!", erwiderte Irenäus betont. „Ich wollte gerade zur Altenburg wandern. Ich habe in den letzten Tagen …"

„Lass die Sauferei!", sagte der Förster. „Ich muss mit dir reden. Los, komm' zurück auf deinen Hof!"

„Meinst du wirklich?", zögerte Irenäus. Aber als er sah, dass sein Freund bereits langsam in die Richtung seines Grundstücks fuhr, rief er den enttäuschten Titus und kehrte um.

„Was ist denn passiert?", fragte er den Förster, als sie beide an seinem Gartentisch in der Sonne saßen.

Eindringlich blickte Karl Irenäus in die Augen. „Ich habe Odin gesehen."

„Was?", rief Irenäus erschrocken und sprang in die Höhe. „Ich

hole uns erstmal ein Bier."

Als sie an seinem Gartentisch die kalten Gläser gehoben hatten, kam Irenäus wieder zur Sache: „Du hast Odin gesehen, ja? In der Nacht? Am Steinkreis?"

„Blödmann!", grummelte sein Freund und wischte sich den Schaum vom Mund. „Ich meine diesen Guru, der an der Queste die großen Reden geschwungen hat."

„Ach, Loki", seufzte Irenäus erleichtert. „Ich hatte schon befürchtet, Odin wäre dir tatsächlich erschienen. Denn seinen Namen würden sie wohl nicht annehmen, so verrückt sind sie denn auch wieder nicht. Der Kerl, den du meinst, nannte sich Loki, Gott des Feuers und der Philosophie, ein ziemlich durchtriebener Bursche. Und den hast du hier in Quedlinburg gesehen?"

„Woher weißt du, dass er durchtrieben ist?", fragte Karl.

„Ich meine den Gott, nicht den Mann", grinste Irenäus. „Das steht in der Literatur über die nordische Götterwelt. Also, erzähle!"

„Er wohnt gar nicht weit von hier. Ich habe ihn in der Stadt gesehen. Er fuhr mit dem Fahrrad, und da bin ich ihm gefolgt."

„Mit dem Jeep?“, fragte Irenäus und goss kaltes Bier nach. „Das hat er doch garantiert mitgekriegt.“

„Ich bin Jäger“, erwiderte Karl nur und hob das Glas zum Wohl. „Ich möchte mit dir hingehen, zu seinem Grundstück. Es liegt auf der anderen Seite des Waldes. Wir sind in zwanzig Minuten da.“

„Und wieso?“, wollte Irenäus wissen.

„Weil diese Odinisten uns fast ein Loch in den Kopf gehauen hätten. Und sowas habe ich nun mal nicht so gern“, sagte Karl und stellte demonstrativ sein leeres Bierglas auf den Tisch. „Kommst du?“

„Mit Hunden?“

„Ja, wenn's sein muss“, sagte Karl und erhob sich.

Ziemlich schweigsam wanderten sie bis in die Nähe des Weinbergs. Sie nahmen die Hunde an die Leine und bewegten sich vorsichtig auf dem Sandweg, der zum Grundstück des Odinisten führte. Warum mache ich das eigentlich, dachte Irenäus, ich muss doch alles vermeiden, was diese Leute aufregt. Nur, um Karl einen Gefallen zu tun oder weil ich mich ihm nicht anvertrauen kann?

Vor dem Grundstück standen zwei Autos, ein grauer Allerwelts-Pkw und ein weißer VW-Bus. Das Waldgrundstück daneben sah unbewohnt und verwahrlost aus. Karl, der schon alles gecheckt hatte, deutete schweigend auf die verrostete Gartentür, die nicht ganz geschlossen war. Gebückt schlichen sie einen Abhang hinauf, zwischen Kiefern und allen möglichen Gräsern und Stauden. Irenäus fühlte, wie der Pollenstaub seine Schleimhäute erheblich zu reizen begann. Zwischen den Grundstücken erstreckte sich ein ordinärer Maschendrahtzaun.

Sie befanden sich am Südhang eines Höhenzuges und blickten von schräg oben in den Hof. Es war fortgeschrittener Sonntagnachmittag und irgendetwas schien neben dem Holzhäuschen gerade zu passieren. Ein Mann und eine Frau kamen aus der Hütte. Der Mann schloss ab und nahm die Frau leidenschaftlich in den Arm. Es war kein Irrtum. Das waren tatsächlich der Oberodinist Loki und seine Göttin Freya, der er, wie es aussah, recht nahe stand. Obwohl sie in der fraglichen Nacht auf der Queste etwas anders ausgesehen hatten, bestand kein Zweifel an ihrer Identität.

Karl machte eine befriedigte Kopfbewegung und hob den Daumen der linken Hand steil nach oben. Irenäus wusste nicht, ob er sich über dieses Zusammentreffen freuen sollte, denn er hatte ja ein Versprechen geleistet. Er wollte mit den Odinisten nichts mehr zu tun haben, aber immer wieder wurde er regelrecht auf sie gestoßen.

Die beiden Turteltäubchen auf dem Nachbargrundstück schickten sich jetzt an, zu ihren Fahrzeugen hinabzusteigen. Dieser Loki sprach nun zum ersten Mal: „Wir werden uns also erst am Mittwoch wiedersehen, meine Liebe. Hauptsache, dann gelingt uns alles!"

Er gab der Frau einen Kuss und drehte sich zum Weggehen. In diesem unseligen Augenblick bellte Luci mit einer hochfiependen Belle und zu allem Überfluss fiel ihr Freund Titus mit tiefer Grummelstimme ein. Das Odinistenpärchen ließ auf der Stelle voneinander ab, und der Mann fuhr wie von der Tarantel gestochen herum.

Karl hatte sich beim ersten Beller geistesgegenwärtig hinter die weiter hinten stehenden Kiefern geduckt. Irenäus zögerte einen Moment zu lange.

„Hey!", rief die Frau von unten hinauf. „Das ist Thor! Thor! Komm zu uns! Ich wusste, dass wir dich wiedersehen!"

Woher wusste die Frau …? Scheiße! Irenäus duckte sich und sprang schnell zurück und seinem Freund Karl hinterher. Doch diese Freya schickte sich an, ihnen zu folgen und schrie dabei enthusiastisch: „Thor! Bleib stehen! Wir wollen mit dir reden!"

Irenäus hatte jetzt Karl erreicht, der ihm zuzischte: „Los! Nichts wie weg hier! Eine Beule reicht!"

Obwohl es wahrscheinlich besser gewesen wäre zu warten, hörte Irenäus auf den Förster. Gemeinsam rannten sie den Nordhang hinunter durch Büsche und Bäume. Hinter sich hörten sie die Frau noch einmal rufen, dann waren sie weit genug entfernt.

Fast wären sie bis an die Bundesstraße 6 gelaufen, aber sie drehten ab nach Südwesten und wanderten, vor Anstrengung schnaufend, durch Weißdorn- und Schlehengestrüpp hinauf auf das Quedlinburger Kamel. Diese interessante Sandsteinformation war früher weithin als liegendes Wüstentier zu sehen. Dann schossen jedoch Birken und Kiefern empor, und nun lagen die Felsen von Heidekraut umwachsen und versteckt auf dem Kamm der Schichtrippe. Die beiden Männer ließen sich schwitzend auf der dunklen Flanke des Kamels nieder und warfen einander mürrische Blicke zu.

„Das war ein schöner Scheiß!", begann Irenäus noch schwer atmend die Konversation. „Gerade das sollte ja nun nicht passieren."

Karl ging nicht darauf ein und fragte: „Wieso hat dich die Frau Thor genannt? Bist du schon näher mit denen bekannt?"

„Ein wenig näher", brummte Irenäus, „allerdings nicht mit diesen beiden. Ich hatte ein Zusammentreffen mit Hel und den Windzwergen. Du erinnerst dich an sie? Das war wieder gar nicht so angenehm. Darum habe ich darüber nicht gesprochen."

„Hast du etwa einen neuen Kriminalfall auf Lager?", fragte Karl voller Misstrauen in der Stimme.

„Ja!", erwiderte Irenäus zögerlich. „Sogar einen sehr großen. Die Bullen waren auch schon bei mir, aber ich habe den Odinisten versprechen müssen …"

„Ein ganz großer Fall?", unterbrach ihn Karl laut. „Da gibt's doch nur einen! Sind die etwa im Dom eingebrochen?"

„Ich darf darüber nicht sprechen", sagte Irenäus leise. „Sonst trifft mich der Fluch Odins, und darauf lege ich wahrhaftig keinen Wert."

„Dann hättest du lieber gar nichts sagen sollen!", schimpfte Karl. „Die haben also diese Milchflasche geklaut, und du weißt davon?"

Irenäus seufzte tief, aber dann kam es doch aus ihm heraus, getreu dem Motto: Wenn drei Quedlinburger ein Geheimnis haben, bleibt es nur gewahrt, wenn alle drei tot sind. Er erzählte von seinem nächtlichen Abenteuer mit Hel und von seiner strikten Vergatterung durch die Odinisten. Er beendete seinen Bericht mit der Forderung: „Du darfst darüber zu niemandem sprechen, hörst du? Sonst werde ich kalt gemacht. Und das willst du doch nicht!"

Karl schaute ihn abschätzend an und wiegte den Kopf. Dann sagte er: „Du weißt hoffentlich, dass ich Angestellter der Stadtverwaltung Quedlinburg bin, und aus deren Stiftskirche wurde die Reliquie gestohlen. Ich müsste das melden."

„Bring mich nicht in Teufels Küche!", raunzte Irenäus. Er warf Karl einen beschwörenden Blick zu. „Lass uns noch abwarten, was in den nächsten Tagen geschieht. Ich glaube, die Odinisten wollen den Flakon ihrem Gott opfern. Vielleicht erfahren wir noch mehr darüber."

„Mann!", rief Karl impulsiv. „Immerhin bist du ja für sie schon Thor. Dabei haben sie gar nicht so Unrecht. Wenn jemand dafür prädestiniert wäre, mit den alten Gottheiten zu reden, wären wir das. Denn wir sitzen mitten im Wald."

„Hey, das ist ja die Härte!", sagte Irenäus. „Willst du mich davon überzeugen, Thor zu werden? Und wer willst du sein?"

„Nein, kein Verlangen", erwiderte Karl grinsend. „Ich meine nur, dass wir der Natur viel näher stehen, als diese Leute. Was sollen wir also tun, verehrter Sherlock?"

„Dieser Loki hat etwas von Mittwoch gesagt", überlegte sein Freund. „Irgendetwas muss ihnen da gelingen. Werden sie an diesem Tag den Milchtropfen opfern? Und wie und wo?"

Karl musste lachen: „Eigentlich ist das ja wirklich lustig mit diesem Milchtropfen. Um was sich die Menschen alles einen Kopf machen! Aber – wir decken trotz allem ein Verbrechen!"

„Lass uns bis Mittwoch warten", bat Irenäus. „Ich habe das Gefühl, dass sich bis dahin etwas Neues ergibt. Hauptsache, diese Odinisten haben mich bis dahin nicht wegen der heutigen Eskapade heimgesucht."

Er zog sein Taschentuch hervor und schniefte mit seiner tropfenden Nase. Heuschupfenanfall.

„Ich habe Durst", sagte der Förster. „Du spendierst ein Sühne-Bier, edler Thor!"

Sie erhoben sich von den warmen Felsen und liefen auf einer schnurgeraden Linie auf Dunjas Grundstück zu. Das Hundepaar umsprang sie gut gelaunt nach diesem Spaziergang.

Auf halbem Wege sagte Karl: „Dahinten liegt ein schöner Stapel Totholz. Den kannst du der Stadt abkaufen."

XXI

Den Holzstapel holte er erst am Dienstag ab, Kiefernholz, nicht mehr besonders super. Aber seit die Energiepreise rasant anstiegen, begann das Holz, im Walde rar zu werden, wenn auch vorerst noch schleichend. Die Meterhölzer füllten seinen Kombi und den Anhänger bis obenhin. Langsam fuhr er mit dieser Ladung durch den von der Abendsonne golden durchleuchteten Wald.

In der Ferne bewegte sich etwas auf der Fahrspur. Es war so grün wie der frühsommerliche Wald und in den blendenden Strahlen der tiefstehenden Abendsonne blitzte ein roter Spot auf. Irenäus sah zuerst sehr wenig, aber als sein Gespann dann näherschaukelte, registrierte er eine schlanke, hochgewachsene Gestalt, die vor ihm auf dem Waldweg tänzelte. Das konnte doch nicht wahr sein! Wenig später hatte er die Person erreicht und bremste ab. Er machte den Motor aus. Die Rothaarige war stehen geblieben und wartete in gelassener Pose, bis Irenäus ausgestiegen war.

„Guten Abend, Herr Moll!“, begrüßte sie ihn mit einem strahlenden Lächeln. „Na, wieder eine Ladung Holz geklaut?“

„Guten Abend, Verehrteste!“, antwortete er spitz. „Wie immer redlich erstanden zur Mehrung des Reichtums von Quedlinburg.“

Innerlich durchfuhr ihn eine höllische Freude, diese Frau wiederzusehen, auch wenn sie ihm ständig blöde Fragen stellte. Sie schien besonders gern grüne Kleidung zu tragen, vielleicht weil sie Polizistin war oder weil es die Komplementärfarbe zu ihren roten Haaren ist. Sogar an den nackten braunen Füssen trug sie Sandalen aus grünem Leder. Nur ihr kleines Umhängetäschchen war braun.

„Wollen Sie zu mir?“, fragte Irenäus.

„Eigentlich nicht“, sagte sie und ihm schien, als errötete sie leicht. „Wollte nur nochmal Ihr Umfeld inspizieren. Sie sind nämlich noch nicht aus dem Schneider, wissen Sie.“

„Wollen Sie mir den Abend versauen?“, begehrte Irenäus auf, grinste aber dann: „Möchten Sie mitfahren?“

Die Frau ließ einen prüfenden Blick über seinen Truck gleiten und sagte dann: „Wenn ich noch hineinpasse.“

„Na, so dick sind Sie ja nun auch wieder nicht, Frau Hauptkommissarin“, frotzelte er und öffnete ihr galant die Beifahrertür.

Als sie neben ihm saß, umwehte ihn ein leichter Hauch von Waschpulver. Verstohlen musterte er ihr schönes Pferdegesicht und fragte beim Anfahren: „Wo haben Sie denn Herrn Schropel gelassen?"

„Vermissen Sie ihn?", fragte sie zurück und betrachtete amüsiert die verstaubte Inneneinrichtung.

Irenäus schaltete hoch und erwiderte: „Überhaupt nicht. Es ist nur – ich kenne Sie nur im Doppelpack und hätte nie zu hoffen gewagt, Sie hier allein im Wald zu treffen."

Ihre grünen Augen schickten ihm einen prüfenden Blick. „Herr Schropel ist verreist. Weiterbildung in Magdeburg. Außerdem lässt er sich dort einen neuen Frontzahn implantieren."

„Aua!", lachte Irenäus. „Können Sie sich denn das augenblicklich leisten, bei solch einem brisanten Fall an der Backe?"

Sie waren am Grundstück angelangt, und es dauerte eine Weile, bis der Daimler und die Ladung vor dem Haus standen.

„Es ist nicht mehr unser Fall", setzte die Kriminalistin plötzlich das Gespräch fort. „Das macht jetzt das LKA. Weltkulturerbe, verstehen Sie, Herr Moll! Hohe Priorität!"

Verdutzt drehte sich Irenäus von seinem Anhänger weg: „Das ist ja interessant. Und haben die schon mehr rausgekriegt?"

„Ich glaube nicht", sagte die Frau widerwillig. „Jedenfalls nicht soviel wie Sie. Oder wollen Sie das bestreiten?"

„Wie kommen Sie denn darauf?", rief Irenäus.

„Ich fühle das!", sagte die Frau. „Jahrelange Berufserfahrung."

„Wollen Sie mit mir Abendbrot essen?", lenkte Irenäus ab und bemühte sich, ihr einen betörenden Blick zuzuwerfen.

„Was gibt's denn?", fragte die Rothaarige. „Halberstädter Würstchen? Davon hatten Sie ja ziemlich viele leere Gläser auf dem Dachboden stehen."

„Nein", antwortete er. „Frische Radieschen mit Butterbrot und dazu ein schönes Glas Bier. Gefällt Ihnen das? Wie heißen Sie eigentlich?"

Die Frau blickte ihn einen Moment lang irritiert an. Dann lächelte sie sehr schön und sagte: „Rita! Für heute abend können wir ja du zueinander sagen."

„Rita!", lachte Irenäus. „Das ist die Heilige der missratenen Kriminalfälle und verkorksten Gelegenheiten. Oh, pardon! Das habe ich unlängst bei Kommissar Brunetti gesehen. Donna Leon ... Der Name passt zu dir. Ich bin Irenäus. Aber das weißt du bestimmt."
Er begann, den Tisch zu decken. Schatten lagen auf dem Hof, aber

es war noch sehr warm. Während er geschäftig herumlief und sie abwartend auf seinem Gartenstuhl saß, sagte er: „Es ist Vollmond."

„Morgen erst", präzisierte sie.

„Der Tag des Follikelsprungs", sagte er mit einem kleinen Lächeln. „Bei den Urvölkern zumindest."

Sie verzog das Gesicht undefinierbar und trommelte mit den Fingern einen kurzen Wirbel auf der Tischplatte. Ihre kräftigen dunkelroten Augenbrauen zogen sich dabei zusammen.

„Oder wollen wir lieber Rotwein trinken?", fragte er.

„Lieber Rotwein", sagte sie und biss knackend in ein Radieschen.

„Das hätte ich nun überhaupt nicht gedacht", erzählte Irenäus und zog den Korken, „dass ich heute mit dir zu Abend speise."

„Ich auch nicht", sagte sie und schaute ihn grün an. „Wärst du nicht mit deinem Holztransport vorbei gekommen, hättest du meine Anwesenheit gar nicht wahrgenommen."

„Na, so ein Glück!", meinte er und goss den Wein ein.

Nach einer Pause schweigenden Genießens fragte Rita: „Warum hast du eigentlich ein solch gestörtes Verhältnis zum Staat? Wahrscheinlich wärst du wirklich ein guter Ermittler geworden."

„Ich mag die zunehmende Überwachung der Menschen nicht", antwortete Irenäus und reichte ihr den Salzstreuer. „Es ist ja nicht nur der so genannte Staat, übrigens bei näherer Betrachtung ein sehr suspektes Gebilde, sondern auch das Gesundheitswesen, die private Wirtschaft, die Medien usw. usw. Sie versuchen, den Menschen vollständig in den Griff zu bekommen."

„Warum stört dich das?", fragte sie und nahm einen kräftigen Schluck. „Kompliment, ein sehr guter Wein. Also, wenn du nichts ausfrisst, brauchst du auch nichts zu befürchten."

„Hör auf!", befahl Irenäus. „Dass du mir mit diesem Totschlagargument kommst! Möchtest du, dass jeder deine intimen Geheimnisse kennt? Dass wir jetzt hier sitzen? Was dein Arzt dir verordnet? Wie du jeden einzelnen Euro ausgibst? Welchen Fernsehsender du wie lange anglotzt? Vielleicht auch noch, ob du lange Haare trägst oder kurze, mit BH oder ohne rumläufst? Alle unsere Verhaltensweisen sollen letztendlich erfasst werden. Was rechtfertigt diese Paranoia? Irgendwie seid ihr doch alle nicht ganz dicht mit eurem Sicherheitswahn!"

„Reg' dich doch ab!", erwiderte sie grinsend. „Man kann dadurch viel Schlimmes vermeiden."

„Ach, Rita!", rief Irenäus aufgebracht. „Es geht doch gar nicht um Täter! Es geht um Überwachung, es geht darum, wie man mit

Menschen umgeht, wenn die Zeiten schlechter werden. Wirtschaftlich, politisch, klimatologisch."

„Schade!", sagte Rita und schaute ihn jetzt ganz ernst an. „Beinahe hätte ich dir etwas verraten."

„Sag es!" Irenäus schnitt noch Brot ab und warf ihr dabei einen verliebten Blick zu.

Sie spielte mit ihrem Abendbrotmesser. Dann sagte sie: „Wir erproben gerade ein Gerät, dass uns immer und augenblicklich zeigt, wo sich irgendein Kollege von uns gerade aufhält."

„Habt ihr solche Peilsender nicht schon lange?", fragte Irenäus enttäuscht.

„Ja, schon", sagte sie, „aber nur für die Täter und nur mit einer umständlichen Genehmigung durch Gericht und Staatsanwaltschaft. Aber jetzt werden es die Beamten tragen, und man weiß in der Zentrale genau, wo sich jeder einzelne aufhält. Und wenn dann ein Bösewicht einem Kollegen etwas antut, dann …"

„Können wir das Thema wechseln?", fiel ihr Irenäus ins Wort. Dann sagte er empört: „Rita, du bist eine sehr attraktive Frau, aber … Ich muss jetzt noch mein Holz abladen, bevor es dunkel wird."

Ohne eine Antwort abzuwarten, erhob er sich und ging zu seinem Holztransport. Schweigend begann er, einen Stapel aufzuschichten. Nach einigen Minuten stellte sich Rita neben ihn. Sie strich verstohlen mit der Hand über seinen Rücken und fragte:

„Kann ich dir helfen? Und pass bitte auf, dass meine Handtasche nicht zerquetscht wird."

„Die habe ich bereits in Sicherheit gebracht", murrte Irenäus, doch dann lächelte er versöhnlich. „Wir sind gleich fertig. Möchtest du noch ein paar frische Erdbeeren? Es sind die ersten in diesem Jahr."

„Oh, wie aufmerksam!" Die Frau lachte und warf schwungvoll das letzte Stämmchen auf den Stapel. Er fand sie wirklich umwerfend, wenn sie nicht gerade ihren Bullshit von sich gab. Irenäus pflückte Erdbeeren, und sie tauchten die frischen roten Früchte in ihre Rotweingläser.

„Du bist ja der geborene Gourmet", sagte Rita und strich die langen roten Haare mit Schwung nach hinten. „Ich glaube, du hast die Milch der Gottesmutter doch nicht gestohlen."

„Vielen Dank!", alberte Irenäus und hätte sie am liebsten ebenfalls berührt. „Ich habe noch eine Flasche Roten."

Es begann zu dämmern. Die Amselhähne sangen ihr letztes Lied, und die Fledermäuse begaben sich auf Falterjagd. Sie sprachen über Quedlinburg und alle Welt und merkten kaum, dass das Abendlicht abgelöst wurde durch das weiße Leuchten der großen, fast runden Mondscheibe.

Plötzlich sprang Rita unvermittelt auf: „Mensch! Ich muss noch nach Quedlinburg. Fährst du mich?"

Irenäus antwortete trocken: „Du glaubst doch nicht im Ernst, dass ich jetzt noch Auto fahre?"

Sie beugte sich mit einem schalkhaften Blick nach vorn, so dass er den Duft ihres Haarwaschmittels riechen konnte: „Das würdest du doch sonst jederzeit tun!"

„Sonst …!", brummelte er belustigt. „Ist nicht jetzt. Komm! Ich zeige dir das Haus. Du bist einer der ersten Menschen, der es von innen zu sehen bekommt."

Schweigend nahm sie ihr halbvolles Weinglas und stand auf. Irenäus ging zur Haustür und schaltete das Licht in der Küche an. Es war noch sommerlich warm im Inneren. Sie schaute auf seine altertümliche Kochmaschine und auf die stabilen Holzmöbel. Dann sagte sie: „Ziemlich verwegen!"

„Könntest du so leben?", fragte er und ging zur Treppe.

„Vielleicht. Zeitweise. Im Sommer", antwortete Rita und stellte sich sehr dicht neben ihn. „Wo geht's da hin?"

„Das war Dunjas Atelier", erklärte er und bemühte sich, gelassen zu bleiben. „Jetzt wohne ich dort."

„Diese Dunja …?", begann sie und fügte dann schnell hinzu: „Ach, vergiss es!"

Sie stiegen nach oben. Der Mond schien durch die beiden Atelierfenster auf sein Bett und die alten Möbel. Hier unter dem Dach war es besonders warm. Irenäus war glücklich und gleichzeitig voller Verlangen.

„Schön!", sagte Rita leise und setzte sich auf sein Schlaflager. Der Mondschein fiel ihr aufs Gesicht. Verträumt lehnte sie sich zurück und schaute zu ihm empor. Die grünen Augen waren wieder wie bei einer Katze halb geschlossen. Wortlos trat Irenäus vor sie und strich mit einer Hand durch ihre dichten Haare. Sie lächelte kaum merklich und legte den Kopf nach hinten. Ihre ungeschminkten Lippen waren voll und lüstern, wie er erst in diesem Moment bemerkte. Er beugte sich hinab und küsste sie – einfach so. Rita hielt voll dagegen und legte ihre Hand in seinen Nacken.

Langsam ließ sie sich aufs Bett sinken. Der Kuss war lang und intensiv. Irenäus ließ geschehen, dass sie ihn auf sich hinab zog.

Unter dem dünnen Stoff der Bluse erahnte er ihre nackte Haut und während ihre Zungen umeinander tanzten, erreichten seine Hände gierig die schönen, straffen Brüste.

Rita war eine leise Genießerin, um so ausdruckstärker waren die Bewegungen ihres durchtrainierten Körpers. In der Hitze der Nacht forderte sie ihn heraus mit ihren Gliedern, ihrer Haut, ihrer Zunge, ihren Brüsten, ihrem Hintern. Wie eine rollige, grünäugige Katzen stachelte sie seine Wollust an. Für diese Nacht benötigte Irenäus absolut kein höllisches Aphrodisiakum. Das milchige Licht des Mondes bewegte sich durch das Zimmer, während sie sich immer wieder einander hingaben.

XXII

Irenäus wachte auf, als die Sonne bereits in das Dachzimmer schien. Er fühlte sich gut, sehr gut sogar. Das war eine sehr schöne Nacht. Sanft tastete er hinüber zu Rita. Doch da war nichts. Erschrocken und ernüchtert richtete er sich auf. Sie war weg.

Es hat einfach keinen Sinn! Bulle bleibt Bulle, dachte er zornig, das gilt auch für weibliche Bullen. Er grinste unfreiwillig. Contradictio in adjecto. Widerspruch in sich selbst. Es waren Kühe. Sie hatte ihn missbraucht. Sie hatte ihn ausspioniert, hatte die ganze Zeit an seine Schuld geglaubt. Das alte Mittel der Frauen. Genau wie bei Hel. Wahrscheinlich hatte sie bereits das Haus durchsucht und war über alle Berge. Ohne ihren blöden Milchtropfen. Dabei hatte er sich richtiggehend in sie verliebt, zumindest in der vergangenen Nacht. Irenäus zog sich ein T-Shirt und einen Slip an und stieg die Treppe hinab.

Titus war nicht da. Er schaute sich in der Küche um. Es roch ganz wenig nach ihr, ein Hauch. Anstrengend, die Weiber! Er stieß die Haustür auf.

„Das wurde ja mal Zeit!"

Erschrocken nahm Irenäus Haltung an. An seinem Gartentisch saßen Rita und Titus und schauten ihm mit prüfenden Blicken entgegen. Der Hauch Ärger wurde sofort von einem freudigen Schrecken hinweggeblasen. Auf dem Tisch standen ein Teller mit Erdbeeren und einer mit Radieschen, Brot und Butter und der Rest Rotwein vom Abend.

„Ich habe gar nicht erst versucht, deinen ollen Herd anzuschmeißen", sagte Rita vergnügt und breitete die Hände aus. „Und da du sowieso immer einen ungarischen Wecker benötigst …"

„Nicht übertreiben!", grinste Irenäus breit und beugte sich zu ihr.

Sie küsste ihn mit spitzem Mund und sagte mit tiefer Stimme: „Eben, eben, nicht übertreiben."

Bereitwillig setzte sich Irenäus auf seinen Stuhl und begann mit dem Frühstück. Er freute sich, einfach so, am Frühsommer, an der Natur, am Licht der Sonne und am morgendlichen Geschrei der Vögel. Und dieselbe Freude las er auch in Ritas Gesicht. „Bringst du mich zum Dienst?", fragte sie plötzlich und schaute ihn spöttisch an.

„Oh, Gaia!", entfuhr es Irenäus. „An mir geht auch kein Kelch vorbei. Ich dachte, du bleibst heute hier."

„Spinner!" Rita lachte übermütig. „Na los! Heute gibt's keine Ausrede."

Sie hatten noch eine knappe Stunde Zeit, dann musste er sie an der Schillerstrasse absetzen, aber so, dass man es vom Polizeirevier aus garantiert nicht sehen konnte.

„Es war schön!", sagte er zum Abschied und beugte sich zu ihr.

„Schlusssssstrich!", gab sie zurück und zog den Kopf aus der Kusslinie. Dann strich sie schnell über seinen Oberschenkel und sprang aus dem Daimler. Irenäus schaute ihr wehmütig nach. Grazil lief sie zum Eingang der Dienststelle und entschwand seinen Blicken, ohne sich umzusehen.

Irenäus gab Gas und verspürte plötzlich bleierne Müdigkeit. Der fehlende Schlaf der vergangenen Nacht machte sich bemerkbar. Er würde über Westerhausen zum Grundstück fahren und sich dann einige Stunden Ruhe gönnen. Die Ampel an der 4W-Kreuzung schaltete auf Rot, gerade als er nach rechts abbiegen wollte. Auf der Spur neben ihm bremste quietschend ein schwarzer Kleinbus. Automatisch schaute er nach links. Das Fenster wurde hastig heruntergekurbelt und eine Fülle schwarzer Haare fiel heraus.

„Hi, Thor!", schrie Hel durch den Motorenlärm. „Heute um Mitternacht auf der Roßtrappe! Wir warten auf dich!"

Ihre dunklen Augen blitzten, und sie warf ihm eine Kusshand zu. Die Ampel schaltete auf Grün. Mit quietschenden Reifen raste der Kleinbus davon, hinter ihm eine behäbige Autoschlange. Irenäus wollte ihr impulsiv nachsetzen, aber es ging nicht. Ein sehr lautes Hupen ertönte. Hinter ihm drängelte ein litauischer 40-Tonner. Irenäus erschrak und bog eilig nach rechts ab, ehe die Ampel wieder rot wurde.

Erstmal in den Wald, dachte er. Die spinnen doch alle! Als er in seinem Garten ausstieg, war ihm nicht mehr so fröhlich wie am Morgen zumute. Müde war er auch nicht mehr. Titus schaute ihn mit schiefgelegtem Kopf fragend an. Scheiße! Kann man nicht einmal unbeschwert glücklich sein? Er beschloss, trotzdem zu schlafen. Die konnten ihn alle mal, kreuzweise!

Doch es ging nicht. Die Temperatur im Zimmer stieg. Er wälzte sich im Bett, das noch nach Rita roch. Er dachte an sie, und er dachte an Hel. Wieso hatte sie ihn auf die Roßtrappe bestellt? War heute das entscheidende Treffen der Opferung? Auch Freya hatte ihn am Sonntag gerufen, so als hätte sie bereits mit seinem Kommen gerechnet. Wollten diese Odinisten ihn tatsächlich dabei haben? Aber warum? Auf wessen Initiative? Oder war alles nur eine Falle? Lagen sie bereits auf der Lauer? Warum kamen sie nicht, um ihn in die Mangel zu nehmen?

Gegen Mittag wand Irenäus sich schweißtriefend aus dem Bett. Er ging zum Telefon und wählte Karls Dienstnummer.

„Wabenmond", meldete sich sein Freund.

„Hier ist Irenäus. Hel hat mich für heute um Mitternacht zur Opferzeremonie geladen. Auf die Roßtrappe. Fahren wir hin?"

„Wir?", schrie Karl am anderen Ende. „Sag' mal, Irenäus, was habe ich denn mit deinen Odinisten zu tun?"

„Du hast eine Beule und wolltest die Odinisten unbedingt wiedersehen. Schon vergessen? Außerdem wollten wir bis heute auf eine Entscheidung warten. Jetzt haben wir sie."

„Ach, lass mich!", sagte Karl abweisend. „Das bringt nur Trouble."

„Ich möchte aber, dass du mitkommst", bat Irenäus. „Nur als Beobachter. Wir geben uns nicht zu erkennen."

„So, wie auf der Queste, was?", fragte Karl. „Haben dir einmal Windzwerge nicht gereicht?"

„Zweimal!", verbesserte Irenäus. „Na, komm schon! Lass dich nicht ewig bitten! Ich fahre uns hin, kurz vor Mitternacht. Diesmal wissen wir schon Bescheid und sind besser gewappnet. Immerhin sind wir die Jäger."

„Mann, bist du ein Sackgänger!", grollte der Förster. „Aber das ist das allerletzte Mal, dass ich sowas mitmache. Ist das klar?"

„Arschklar!", lachte Irenäus am anderen Ende. „Danke, mein Freund. Um 23 Uhr bei mir!"

XXIII

Am Mittwochabend um sieben trafen sich die Odinisten an der Schafbrücke. Diese interessante Spannstahlkonstruktion überquert die Bode, das Flüsschen, das vom Oberharz kommend Quedlinburg durchfließt und später in die Saale mündet. Wer weiß warum, sind in der steinernen Geländereinfassung weidende Schafe im Relief abgebildet. An diesem warmen Abend badeten um diese Zeit noch Kinder und Erwachsene in den klaren Fluten am Rande der Brühlwiese.

Ohne viel Aufhebens setzten sich die Jünger der Gottheit in Richtung Quarmbach-Siedlung in Bewegung. Alle waren anwesend und begrüßten einander fröhlich und in feierlicher Erwartung.

Hinter der Quarmbach-Siedlung wanderten sie auf dem Neinstedter Feldweg. Rechts und links wogten Getreidefelder. Dahinter lag im Westen die Bodeaue mit ihren hohen Wipfeln von Erlen, Eichen und Eschen. Noch ein Stück weiter entfernt erhob sich das zackige Felsrelief der Teufelsmauer, der dem Harz am nächsten gelegenen senkrechten Schichtrippe.

Als die Bebauung genügend weit hinter ihnen lag, hob Hel gebieterisch die Hand. Nachdem alle stehengeblieben waren und sie erwartungsvoll umringten, nahm sie ihre kleine schwarze Umhängetasche von der Schulter und streckte sie Loki entgegen. Dabei sagte sie mit bewegter Stimme: „Hier, weiser Loki! Hier ist sie, die Reliquie. Ich gebe sie nun in deine Obhut."

Loki war heute freundlich und gelöst gestimmt. Er nahm das Täschchen entgegen und sprach: „Ich danke dir, Hel. Vertrauen wir Odin, dass alles gelingen wird."

„Lass sie uns sehen!", bat Mimir.

Loki griff in die kleine Tasche und zog den Flakon vorsichtig hervor. Alle hielten den Atem an. Ohne Pathos wog Loki die Reliquie in der Hand und reichte sie dann weiter an Freya, die neben ihm stand. So ging der Bergkristall von Hand zu Hand, und die goldene Abendsonne spiegelte sich im Silber der Halterung und brach sich vielfach in den geschliffenen Facetten. Es war ein wundervoller Anblick, der alle andächtig schweigen ließ. 1.000 Jahre pulsierten in diesem kleinen Gefäß, das einer fernen Wüste entstammte und wahrscheinlich ursprünglich gar kein Reliquienbehälter war.

Nach acht erreichten sie Neinstedt und wanderten auf dem Feldweg am Rande des Harzes nach Thale, das sie am Hasenwinkel erreichten. Auf Sudris Rat hin mieden sie das Ortsinnere und wanderten bei Einbruch der Dunkelheit oberhalb der Bahnstrecke zum Bodetal.

Zwar unterhielten sie sich in Grüppchen über mehr oder minder belanglose Begebenheiten, dennoch spürten sie, dass sich eine wachsende Anspannung wie ein kollektives Kraftfeld über ihnen ausbreitete. Als dann auch noch die große kreisrunde Mondscheibe über den Felsen des Bodetals aufging, zuerst langsam hinter den Bäumen erschien und dann hoch über den feenhaft schimmernden Wellen der Bode stand, wurde ihnen unheimlich zumute. Sie sprachen nur noch verhalten miteinander, und ihre Augen waren vor Aufregung geweitet.

Gegen zehn hatten sie das Bodetal erreicht. Hier war es jetzt menschenleer. Die Gaststätte „Königsruhe" stand geschlossen im Schatten der Felswände. Nur das Rauschen des Flusses dröhnte wie Blut in ihren Ohren. Es war windstill und sehr mild, fast schwül. Manchmal ertönte der Schrei einer Eule, oder eine Fledermaus huschte schemenhaft an der Mondscheibe vorbei.

Langsam und ohne Lärm bewegten sie sich die Schurre zur Roßtrappe hinauf. Nachts wirkte die schroffe Schlucht der Bode noch viel beeindruckender als am Tage. Über hundert Meter ragten die Felsen empor, bewachsen von Eichen und Buchen. Jenseits des Wildwassers befand sich der Hexentanzplatz. Der schwarze Ritter Bodo hatte einst auf seinem Rappen das wunderschöne Fräulein Brunhilde verfolgt. In ihrer Seelenpein spornte die Königstochter ihren treuen Schimmel bis zum Äußersten an. So sprang er über das dunkle Flusstal und erreichte die andere Seite. Allerdings stürzte dabei ihre goldene Krone in die Tiefe. Doch das Pferd ihres riesigen Verfolgers schaffte es nicht. Bodo stürzte in die Tiefe, hinab in den Bodekessel, einen tückisch brodelnden Wirbel, wo er fortan als Höllenhund mit Telleraugen sitzt und Brunhildes güldene Krone bewachen muss. Deren Pferd aber schlug so heftig auf dem Felsen auf, dass sich die große Hufeisenspur bis in unsere Zeit erhalten hat – die Roßtrappe.

In dieser trotz touristischer Erschließung noch sehr urwüchsigen Landschaft, dem größten Canyon Deutschlands nördlich der Alpen, bewegten sich die winzigen Menschlein keuchend den Zick-Zack-Weg hinauf. Erst nach elf Uhr erreichten sie den oberen Roßtrappenweg. In dieser Vollmondnacht war die Gegend wahrhaft heidnisch. Im Norden befanden sich die Reste bronzezeitlicher oder gar neolithischer Wehranlagen, deren Datierungen bis in die Zeit der Anlage des Steinkistengrabes oder der ersten Pharaonendynastien zurückreichten. Der Sachsenwall und der Heidenwall. Und gegenüber auf dem Hexentanzplatz fanden die Rituale der Ureinwohner statt, von dort aus flogen die Hexen zum Blocksberg. Goethe stieg hier herum und ließ sich zum „Faust“ inspirieren, wie bronzene Tafeln an den schweren Granitfelsen verkünden.

Dort oben auf der Roßtrappe war der Weg von Edelstahlgeländern „Made in England“ gesichert. Als sie die uralte Kultstätte erreichten, stand der Mond weit oben am Himmel und hüllte die Landschaft in fast taghelles Licht. Von dieser Höhe aus sah man sowohl weit hinein in das Tal der Bode, als auch auf die Lichter der Stadt Thale oder des entfernten Quedlinburg. Andächtig standen sie rings um den Hufabdruck im Felsen, über dessen wahren Ursprung sich die Gelehrten streiten. Er besitzt die Form eines etwa tellergrossen Hufeisens, in der sich drei Vertiefungen befinden, die als die Halterungen eines rituellen Ständers gedeutet werden.

Die Windzwerge hatten einen derartigen Gegenstand geschmiedet. Es war eine flache brünierte Eisenschale mit drei Füßen, die genau in die Vertiefungen der Roßtrappe passten.

Loki und die anderen zollten anerkennenden Beifall, und erstmals nach längerer Zeit löste sich die angespannte Stimmung, und eine gelassene Fröhlichkeit begann, sich in der Runde auszubreiten. Sie waren hier allein. Mitternacht nahte und damit der Zeitpunkt des Opfers, des ultimativen Endes der ersten Phase der Wiedereinführung des Odinismus.

XXIV

Rita war ziemlich von der Rolle. Sie saß in ihrem kleinen und wenig komfortablen Büro und beschäftigte sich mit einem lapidaren Einbruch, der in der letzten Nacht stattgefunden hatte. In der letzten Nacht hatte noch viel mehr stattgefunden. Sie war Schuld daran, oder doch dieser Blödmann, der sie ständig anmachte. Sie strich durch ihre roten Haare und dachte an seine Erdbeeren. Etwas Vernünftiges brachte sie heute nicht zustande. Es war schön, so etwas hatte sie schon ewig nicht mehr erlebt, aber sie durfte es nicht wiederholen. Beim Mittagessen brachte sie keinen Bissen runter. Was war nur los mit ihr?

Das Telefon klingelte. Es war das LKA. Die hatten ihr gerade noch gefehlt. Es ging natürlich wieder um diesen absurden Milchtropfen. Sie waren noch keinen Schritt vorangekommen. Weder gab es Verdächtige, noch ein plausibles Motiv und vor allem überhaupt keine Spuren. In einem Bauwerk, das alltäglich von Hunderten von Menschen frequentiert wird, kann jeder Fingerabdruck, jedes Haar und jeder Fussel irgendwem gehören, der hier durchgelatscht ist. Und selbst wenn man etwas fände, müsste man erstmal einen Verdächtigen zum Abgleich haben. Verdächtige gibt es jedoch immer nur dann, wenn ein Bezug von Personen zum Objekt besteht oder von Personen zu Personen oder wenn es eine Beobachtung seitens Dritter gibt. Aber all das lag in diesem Fall nicht vor. Die Leute schienen wirklich gut gewesen zu sein. Sie hatten sich nach dem Einbruch praktisch in Luft aufgelöst. Rita seufzte. Sie konnte dem LKA auch nicht helfen. Das konnte höchstens Irenäus Moll. Nein – sie verwarf diesen Gedanken. Sie redete sich ein, dass seine Unschuld offensichtlich wäre, seine ehemalige Wohnung lag einfach zufällig in der unmittelbaren Nähe des Tatorts. Sie nahm sich aber vor, trotzdem ein scharfes Auge auf ihn zu werfen – in der nächsten Zeit. Wahrscheinlich war sie befangen …

Die Stunden vergingen wie im Fluge. Sie aß eilig eine Bratwurst auf dem Wochenmarkt, denn es war ja Mittwoch. Auch dieses Ritual lenkte sie heute nicht ab. Erst spät kehrte sie zur Dienststelle zurück. Eigentlich sollte sie längst zu Hause sein, aber sie hatte keine richtige Lust, dort zu hocken. So schrieb sie träge an einem Bericht, der längst überfällig war und niemanden interessieren würde. Sie hatte sich dazu einige Notizen gemacht, die sie nicht mehr fand. Vielleicht lag der Zettel in ihrer kleinen braunen Handtasche. Erst jetzt stellte sie fest, dass auch die nicht zu finden war. Das hatte nur so lange gedauert, weil sie praktisch niemals ein derartiges Frauenutensil mit sich führte und vor allem – weil sie heute etwas verträumt war. Gestern hatte sie einen besonderen Grund gehabt. Nun aber war das blöde Ding nicht mehr da. Sie rekapitulierte und wusste schnell, dass sie nur bei Irenäus liegen konnte. Oh, wie peinlich. Beim Holzabladen, da hatte er die Tasche fürsorglich in Sicherheit gebracht – und dann vergessen. Also lag sie gewiss noch in seiner Rostlaube, falls er nicht schon darin herumgeschnüffelt hatte.

Rita griff zum Telefonhörer und rief ihn an. Er nahm nicht ab. Wo war dieser Mensch schon wieder? Sie könnte zu ihm fahren. Nein! Das verwarf sie. Bestimmt war er sowieso nicht da.

Rita rief im 10-Minuten-Takt an. Nicht wegen des Notizzettels. Ein anderer, sehr wichtiger Gegenstand befand sich in der Tasche. So ein Mist! Es gab nur eine Möglichkeit, die Tasche zu finden. Doch diese Maßnahme würde ihm gar nicht gefallen.

Rita überlegte hin und her. Zögerlich erhob sie sich von ihrem Schreibtisch und machte sich auf den Weg zur Einsatzzentrale.

XXV

Am gleichen Tage hatte Irenäus eine Idee, die ihn nicht mehr losließ. Schließlich, es war schon nach sieben, pfiff er Titus und ließ ihn in seinen Mercedes springen. Anschließend machte er sich auf den Weg in Richtung Thale. Wenn er um Mitternacht auf die Roßtrappe bestellt war, dann sollte er das Terrain vorher begutachten. Wenn er schon den Privatdetektiv spielte, dann richtig. In seinem Kopf kämpften die Möglichkeiten gegeneinander. Sollte er tatsächlich der Thor der Odinisten werden. Unwillkürlich musste er über die Doppeldeutigkeit grinsen. Oder sollte er sie lieber nur von Ferne beobachten, zusammen mit seinem Freund Karl – falls dieser hoffentlich sein Wort hielt. Besonders für diesen zweiten Fall wollte er unter gar keinen Umständen wieder ein derartiges Missgeschick erleiden wie damals an der Queste.

Er fuhr über Warnstedt, Thale Nord und oberhalb des ehemaligen Hüttenwerks zur Roßtrappe hinauf. In der Nähe des Hotels stellte er den Daimler ab und lief mit Titus in Richtung Bodetal. Es gab einige Schautafeln über die Natur dieser Canyon-Landschaft und über Brunhilde und Bodo.

Auf dem steinigen Weg am Rande tiefer Abhänge war er in wenigen Minuten auf dem Roßtrappenfelsen. Geländer aus armstarken V2A-Stahlrohren schützten den deutschen Wanderer vor den Folgen seines Freiheitsdranges. An einer Stelle mündete die Schurre aus dem Tal ein, und es gab ein paar kleine Aussichtspunkte auf die wildromantische Schlucht in 150 Metern Tiefe, bis man die eigentliche Sensation erreicht hatte, die rätselhafte Kultstätte mit der Form eines Hufeisens. Von dort fielen die Granitwände besonders schroff und steil in die Tiefe, wo sich winzig und unschuldig das glitzernde Band der Bode schlängelte.

Der vielgepriesene Aussichtspunkt war nur wenige Quadratmeter groß. Doch zum Wald hin, woher Irenäus gekommen war, setzte sich das geschützte Areal uneben und klüftig fort. Dazwischen stand eine wettergepeitschte, buschartige Eiche in frischem Maienlaub. Irenäus sah sofort, dass sie die ideale Deckung zwischen Kultstätte und Wanderweg bot, sofern die Odinisten keine Wachen aufstellen würden.

Er begutachtete dieses Versteck im zweiten Rang ausführlich und entdeckte dabei, dass jenseits des Geländers noch ein flacher Sims lag, auf den man sich flüchten konnte, falls die Lage brenzlig wurde. Allerdings war das nur etwas für schwindelfreie Naturen, denn dahinter begann unweigerlich der Abgrund.

Zufrieden mit sich und seiner Sondierung fuhr Irenäus nach Hause zurück, während die Sonne gerade unterging. Als er aus dem Daimler stieg, hörte er im Inneren des Hauses das Telefon läuten. Er verspürte nicht die geringste Lust, vor seiner Mitternachtstour noch mit irgendjemandem zu kommunizieren. Vielleicht war es aber Karl. Als er beim Telefon anlangte, verstummte es. Zögerlich wählte er Karls Nummer.

Der meldete sich und fragte: „Was ist los? Einsatz abgeblasen?"

„Nein, nein, keine Angst!", erklärte Irenäus hastig. „Ich dachte, du hättest eben hier angerufen."

„Habe ich nicht", sagte Karl. „Also, es lockt mich inzwischen ein wenig das Abenteuer."

„Freut mich sehr zu hören!", lachte Irenäus erleichtert. „Also bleibt alles beim Alten?"

„Sag' ich doch!", rief Karl. „Ich bin gegen elf bei dir, und dann fahren wir los."

Irenäus fiel ein Stein vom Herzen. Er ging wieder aus dem Haus und drehte mit Titus eine Runde.

Fünf Minuten vor elf traf Karl ein, zu Fuß und ohne Luci. Schweigend bestiegen sie den Daimler und setzten sich in Bewegung. Die Nacht war außergewöhnlich warm und der Mond stand bereits silbrig und in voller Pracht über den Harzbergen.

„Es könnte ein Gewitter geben", murmelte Karl vor sich hin.

„Der Himmel ist doch noch sternenklar", erwiderte Irenäus. „Ideale Stimmung für ein Opfer an die Götter."

„Trotzdem!", sagte Karl und blickte auf die vorbeiziehende Landschaft. „Die Luft ist schwül."

Als sie wieder auf dem Parkplatz ankamen, lag das Hotel dunkel wie ein Gespensterhaus vor ihnen. Irenäus stellte den Daimler in eine schattige Nische neben der Buswendeschleife, den Motor zur Abfahrt gerichtet. Das tat er grundsätzlich, um wertvolle Zeit zur Flucht zu gewinnen, welcher auch immer …

Er hatte Karl unterwegs von seiner Sondierung berichtet und übernahm jetzt die Führung. In der Hand hielt er eine kleine Stabtaschenlampe, die er aber nicht benutzen brauchte, weil der Mond den Weg hell beleuchtete. Wortlos schlichen die Freunde auf dem abschüssigen Weg in Richtung Roßtrappe, ängstlich bemüht, nicht ins Stolpern zu geraten. Plötzlich gab Karl ihm einen leichten Schlag auf den Unterarm und flüsterte. „Achtung! Sie sind tatsächlich da. Hörst du nichts, Alter?“

Beleidigt schaute Irenäus nach vorn, wo nun die leichte Steigung zur Kultstätte begann. Tatsächlich sah er dort den schwachen Widerschein von Feuer, der sich gegen das silberne Mondlicht abhob. Jetzt hörte man auch für wenige Sekunden das helle Gelächter einer Frau.

„Sie sind da!“, flüsterte Irenäus.

„Sag' ich doch!“, brummte Karl. „Es ist zwanzig vor zwölf. Hoffentlich sind wir pünktlich.“

„Wir müssen nur hinter die Eiche kommen. Das sind noch hundert Meter“, flüsterte Irenäus und bückte sich beim Gehen.

„Ja, ja!“, sagte Karl. „Fall bloß nicht noch hin!“

Irenäus verbiss sich eine Rückmeldung und schlich vorsichtig neben dem Förster im Schatten der Bäume den felsigen Pfad empor. Das gedämpfte Gemurmel von Stimmen wurde lauter. Als sie den letzten kleinen Felsabsatz erreichten, sahen sie in 15 bis 20 Metern Entfernung ein kleines Feuerchen lodern, um das sich einige Menschen bewegten.

„Sie sind es!“, raunte Irenäus. „Dort steht die Eiche.“

Karl nickte. Sie legten sich auf die ansteigenden Felsblöcke und schlichen behutsam bis zur Eiche. Ganz leise schoben sie sich zwischen das am Boden liegende Laub und blickten durch die ausladenden Zweigen.

Die Entfernung betrug nun höchstens noch fünf Meter. Sie waren es. Ohne Zweifel. Irenäus hatte sich entschieden, nicht zu ihnen zu gehen. Obwohl ihn ein Gespräch mit diesen Menschen gereizt hätte, erschien ihm ihre Welt zu fremd und abartig. Letzten Endes war er ein Mann der Wissenschaft und wollte den Erhalt des Planeten nicht durch Hokuspokus herbeizaubern. Andererseits schrieb er einen Fantasy-Roman und neigte sehr zur mystischen Interpretation der Wirklichkeit. Das Spiel zwischen Geisteswelt und Naturgewalt war für ihn etwas Reales. Trotzdem wollte er in dieser Nacht nur Zuschauer bleiben. Schließlich hatte er das auch seinem Freund Karl zugesichert.

Die Flamme vor ihnen war klein. Dort, wo sich die Roßtrappe befand, stand eine dunkle Schale auf drei Füßen. In ihr brannte irgendeine Substanz, vielleicht ein Öl, mit einer gelblichen Flamme, die in der warmen, windstillen Luft kerzengerade nach oben züngelte. Ihr Licht war kaum vonnöten, denn der Mond hatte jetzt einen sehr hohen Stand erreicht, so dass sein strahlendes Licht nur noch kurze, harte Schatten warf. Als Irenäus einen schnellen Blick zum Himmel warf, schien ihm, als stimme irgendetwas nicht, aber seine Aufmerksamkeit wurde sofort wieder abgelenkt.

Acht Menschen standen um die Flamme herum und schienen mit den Vorbereitungen gerade fertig geworden zu sein. Loki stand mit dem Rücken zum Bodetal kurz vor dem Edelstahlgeländer. Die Odinisten standen in zwei kleinen Gruppen rechts und links und blickten ihren Anführer schweigend an.

„Es ist Mitternacht!", sagte plötzlich Freya mit lauter, heller Stimme. Sie war heute nicht verkleidet, trug aber ihre Haare offen über der hellen Bluse.

Es trat eine kurze Pause ein, dann rief Loki: „Odin, wir rufen dich an!"

„Odin, wir rufen dich an!", echoten die Anwesenden halblaut.

Loki hielt jetzt einen schimmernden Gegenstand in Bauchhöhe, den Irenäus nicht genau identifizieren konnte.

„Das ist der Flakon!", hauchte Karl ihm zu.

„Höre uns an, großer Vater der Natur und des Erdenkreises!", deklamierte der Oberodinist. „Hier ist Loki!"

„Hier ist Freya!"

„Hier ist Hel!", sagte die Dunkelhaarige mit tiefer Stimme.

„Hier ist Sudri!", sagte einer der Männer.

„Und Nordi!"

„Und Austri!", rief der kleinste Windzwerg enthusiastisch.

„Hier ist Ragnar!", stimmte ein schlanker Mann in den Salmon

„Und hier ist Mimir!", beendete ein älterer Herr die Begrüßung.

Oh Mann, da fehlen ja wirklich nur noch Thor und Baldur, dachte Irenäus und blickte zu Karl, einen Meter neben sich. Der hatte seinen Gedanken offensichtlich erraten und verzog im Mondlicht das Gesicht, als hätte er in eine Zitrone gebissen. Belustigt schaute Irenäus wieder zum Zeremonienfeuer.

„Wir möchten, dass du uns wieder wie in den fernen Zeiten führst und leitest!", predigte Loki und hielt die Reliquie in Brusthöhe. Ein Schatten bewegte sich über die Kultstätte. Karl schaute bedenklich zum Mond empor. „Deshalb möchten wir dich um deine Hilfe bitten!", riefen alle durcheinander. Offensichtlich war dieses Ritual improvisiert. „Und wir möchten dir dieses bescheidene Opfer bringen!" Loki hielt den Milchtropfen der Jungfrau Maria jetzt in Augenhöhe. Seine gebräunten Arme schauten sehnig aus dem kurzärmeligen Hemd. Er hatte den Kopf leicht zurückgeneigt. In seinen Augen schuf das Feuer Reflexe.

Die anderen Odinisten hoben die Hände über die Köpfe und stießen murmelnde Laute aus. Auf's Äußerste gespannt schaute Irenäus durch die Zweige. Da erhielt er einen Hieb in die Seite und drehte erschrocken den Kopf zu Karl.

„Da kommt wer!", flüsterte der hastig. „Geh in Deckung!"

Hinter ihnen auf dem felsigen Weg nahten drei Personen. Zwei von ihnen trugen Polizeiuniformen und bei der dritten leuchteten die Haare im Mondlicht für einen Moment rot auf!

„Scheiße!", stöhnte Irenäus und folgte Karl, der sich sofort unter dem Geländer hindurch zum Abgrund gedreht hatte. Angstvoll tastend erreichten Irenäus' Füße den Felsabsatz. Seine Hände umklammerten krampfhaft die glatte Edelstahlstange.

Für ein oder zwei Minuten hatten sie den Fortgang der odinistischen Performance verpasst. Geduckt bewegten sich die Polizisten jetzt dort, wo sie eben gerade noch gelegen hatten. Es waren zwei Frauen und ein Mann. Die eine war unzweifelhaft Rita. Wie zum Teufel kam die hierher? Die beiden Uniformierten hielten ihre Waffen in den Händen.

Irenäus und Karl konnten von ihrem neuen, unkomfortablen Standpunkt aus die Szenerie fast genauso gut wie zuvor überblicken. Die Odinisten starrten auf Loki. Das Feuer flackerte vor seiner aufgereckten Gestalt. Er hielt die Hände mit der Reliquie weit über seinem Kopf.

„Odin, nimm unser Opfer an!", schrie Loki jetzt laut.

„Odin, nimm unser Opfer an!", antworteten die Odinisten in lautem Chor.

„Halt! Polizei!", schrie Rita dazwischen und stolperte hinter der Eiche nach vorn. „Hören Sie sofort damit auf!"

Die beiden Polizeibeamten folgten ihr wie in Zeitlupe.

Die Odinisten hörten nichts, zumindest starrten sie weiterhin fasziniert auf Lokis Hände.

Der Gott des Feuers drehte sich wie mit einer Tanzbewegung um seine Achse. Irenäus sah einen winzigen irisierenden Kristallfleck in den Himmel fliegen und kurzzeitig im Mondlicht aufblinken. Dann verschwand er in dem unsichtbaren Abgrund. Ein Schrei ging durch die Schar der Odinisten.

Loki war voller Schwung gegen das Geländer getaumelt. Wie aus dem Jenseits fuhr eine heftige Windböe über die Felsnase.

Als hätte eine unsichtbare Hand ihn in ihrem harten Griff, fiel Loki mit einer seltsamen, puppenhaften Bewegung über das Geländer und verschwand lautlos in der Tiefe.

Irenäus war außer sich und sah, dass auch Karl seine Emotionen kaum noch beherrschen konnte.

Auf der Felsnase geriet nun alles außer Kontrolle. Die drei Polizisten stürzten sich zwischen die Odinisten. Ritas rote Haare flatterten hexenhaft vor dem Feuer. Die Odinisten hasteten noch halb in Trance zum Geländer und schauten in die Tiefe. Freya oder Hel oder beide stießen hysterische Schreie aus. Eine zweite, noch heftigere Windböe fegte warm über das Chaos. Das Feuer flatterte zischend inmitten des Gerangels. Die Polizisten wollten eingreifen, wurden aber von den entnervten Odinisten völlig ignoriert. So etwas hatte Irenäus noch nicht gesehen, es war wie in dem grünen Spruch: Stell dir vor, es ist Krieg, und keiner geht hin.

„Odinisten!", rief plötzlich eine laute Stimme. „Kommt zu euch! Odin hat unser Opfer angenommen. Lasst uns nach Loki schauen. Vielleicht finden wir ihn!" Es war Sudri. Der Windzwerg übernahm die Führung. Die anderen wurden ruhiger.

„Halt!", rief Rita. Entschlossen breitete sie die Arme aus. „Keiner verlässt den Ort!"

Irenäus sah im Mondlicht, wie sich die Odinisten zum Gehen wandten. Die kleine, blonde Polizistin, die Irenäus jetzt wiedererkannte, richtete halbherzig ihre Dienstwaffe auf den Windzwerg.

„Machen Sie sich nicht unglücklich!", sagte Sudri mit vibrierender Stimme. „Ein Abgestürzter reicht. Rufen Sie lieber einen Arzt!"

Die Odinisten hatten sich schon zum Gehen gewandt. Rita wollte sie aufhalten, aber die Windzwerge schoben sie zur Seite. In diesem Moment wurde es stockfinster, und wenige Sekunden später fuhr ein greller Blitz vom Himmel, dem unmittelbar darauf ein ohrenbetäubender Donnerschlag folgte. Entsetzt blickte sich Irenäus um und sah endlich das, was ihm sein Sensorium schon die ganze Zeit zeigen wollte: Eine gewaltige Gewitterfront schob sich unaufhaltsam über den Himmel und hatte den Mond bereits erreicht.

„Das habe ich dir doch gesagt!", sagte Karl vorwurfsvoll und zog sich am Geländer nach oben. Dann fügte er hinzu: „Donar!"

Die meisten der Odinisten hatten Taschenlampen dabei und stolperten an den Händen gefasst den Weg in Richtung Schurre.

Rita und das Polizistenpärchen folgte den Leuten wie Schäferhunde einer Herde.

In diesem Augenblick brach unter Irenäus ein Stein weg und fiel polternd in die Tiefe. Reflexartig schrie er: „Hilfe!!!"

Sofort packte Karl ihn und hievte ihn durch das Geländer. Schnaufend und mit zitternden Knien richtete Irenäus sich auf. Die Rothaarige blickte ihm im Schein von Karls Taschenlampe wütend in die Augen. „Ich wusste das!!!", zischte sie mit sehr, sehr entgleister Stimme. „Du hast es die ganze Zeit gewusst, du Superarschloch!"

Klatschend fielen die ersten warmen Regentropfen auf sie herab. Im Licht der Taschenlampe stolperten sie den Weg entlang.

„Wieso bist du überhaupt hier, verdammt?", fragte Irenäus aufgebracht. „Du bist an allem Schuld!"

„Nein, du, Blödkopf!", grollte sie untertourig. „Du hast mir meine Handtasche nicht zurückgegeben."

„Welche Handtasche?", drängte Irenäus voller düsterer Vorahnung.

„Die, in der mein Peilsender war", raunzte sie, „der für den gläsernen Polizeibeamten, den wir gerade erproben!"

„Oh, Gaia und Odin!", stöhnte Irenäus. „Was haben die Götter da angerichtet?"

Sie hatten jetzt das Polizistenpärchen erreicht, das unschlüssig am Abzweig zum Zick-Zack-Weg verharrte.

„Lass mich ja mit deinen Scheiß-Göttern zufrieden", sagte sie leise. „Wo ist die Bergkristallflasche?"

Der Regen begann zu rauschen, wurde aber vom üppigen Laub der Eichen abgefangen.

„Was für eine Bergkristallflasche?", fragte Irenäus und wischte sich ein paar Tropfen aus dem Gesicht.

„Der Flakon aus dem Weltkulturerbe, den Ihre Odinisten gerade in die Bode geworfen haben, Herr Moll!", rief Rita außer sich. „Ich verhafte Sie! Wegen schweren Raubes! Und Sie auch, Herr Wabenmond!"

Karl war die ganze Zeit nebenher gestolpert und hatte geschwiegen. Ehe er etwas erwidern konnte, kam ihm Irenäus zuvor: „Das ist nicht dein Ernst! Wir haben deine verdammte Bergkristallflasche nicht. Es gibt nicht den geringsten Beweis. Wir gehen jetzt nach Hause. Kümmert euch lieber mal langsam um den Abgestürzten, Rita!"

„Sie sind abgehauen, Frau Hauptkommissarin", sagte jetzt die blonde Polizistin mit der Nickelbrille. „Es hatte keinen Sinn, ihnen zu folgen. Wir haben Alarm gegeben. LKA, Bergwacht, Notarzt, Feuerwehr, das ganze Aufgebot. Sie müssten bald hier sein – und vor allen Dingen unten im Bodetal."

Ein krachender Donnerschlag ließ alle verstummen. Das Gewitter befand sich nun direkt über dem Bodetal. Fast ununterbrochen zuckten Blitze, der Regen fiel plötzlich in Strömen.

„Wir gehen jetzt einfach, Rita", sagte Irenäus und schaute auf die Bäume, die im Sturm der Gewitterfront heftig schwankten.

„Nennen Sie mich hier nicht Rita, Sie elendes Miststück!", schrie Rita in den heulenden Wind und fast unverständlich hinterher: „Verpisst euch!"

Doch Irenäus hatte es gehört und rief als letzten Gruß: „Sie können mir ja irgendwann mal Ihren Nachnamen verraten, Frau Hauptkommissarin!"

Mit zornigen Augen sagte sie in das Rauschen: „Mein Name ist Rita Schropel …!"

Doch das hörte er wirklich nicht mehr.

XXVI

Freya weinte ohne Unterlass. Austri hatte sie angefasst und passte auf, dass sie nicht abstürzte. Wie betäubt strauchelten die Odinisten den steilen Berghang hinab. Ihre Taschenlampen kämpften mit ihren Lichtpunkten mühselig gegen die graue Regenwand an. Keiner sagte etwas.

Erst als sie das Bodetal kurz unterhalb des Bodekessels erreicht hatten, blieb Sudri stehen und hob den Arm. „Wir können in dieser Situation nichts mehr für Loki tun. Odin wollte ihn haben, das müsst ihr einfach glauben. Besser hätte er es uns nicht sagen können, auch wenn es furchtbar schmerzt. Dieser Gott ist eine Naturgewalt, und wir sind seine Diener. Ich bin dafür, dass wir so schnell wie möglich abhauen, ehe die Bullen kommen. Wir müssen uns neu formieren. Nichts ist verloren! Leute, glaubt daran!"

„Aber wenn Loki nun noch lebt?", wimmerte Freya.

„Er kann nicht mehr leben", tröstete sie Austri behutsam. „Es ist so hoch wie ein Wolkenkratzer."

„Und außerdem wäre es bei diesem Wetter der reine Wahnsinn, ihn zu suchen", sagte Mimir mit vor Kälte klappernden Zähnen. „Lasst uns schnell gehen."

Das Regenwasser hatte sie inzwischen bis auf die Haut durchnässt. In den trüben Spots ihrer Taschenlampen sahen sie auf
dem Weg gelbschwarze Flecken krabbeln.

„Feuersalamander!", schrie Hel durch das Unwetter. „Tretet nicht drauf. Es sind meine Freunde!"

Freya sah die kleinen Wesen auf dem matschigen Wanderweg und dachte verzweifelt an Loki. Die Götter sind einfach grausam. Da sah sie im Schein von Austris Lampe einen schillernden Fleck in der Dunkelheit.

„Warte!", schluchzte sie. Nur Austri bemerkte, wie sie sich bückte und einen kleinen Gegenstand aufhob. Sie hielt ihn in ihrer nassen Hand und Austri schaute mitfühlend darauf. Ehe der Windzwerg etwas erkennen konnte, schloss Freya ihre langen gelenkigen Finger um das Ding.

„Es ist nichts!", sagte sie leise und ging weiter. Sie steckte das Ding in die Hosentasche. Es war der winzige Kopf einer Vogelvolute aus Bergkristall.

Als sie an der Waldkater-Brücke, die über die Bode führt, vorbeiliefen, tauchten am anderen Ufer die ersten Blaulichter auf.

Um die Fliehenden herum tobten jetzt die Naturgewalten in einem martialischen Freudentanz. Sie liefen wie unter Wasser. Endlich erreichten sie den Parkplatz der Seilbahnstation. Hier wartete einsam Hels schwarzer VW-Bus, den sie bereits tagsüber in weiser Voraussicht gemeinsam mit Freya hier abgestellt hatte. Schnaufend und triefend krochen sie in das trockene Fahrzeug. Hel saß schon am Steuer. Sie sah aus wie eine eben gerade aufgetauchte Perlenfischerin.

„Alle soweit?“, fragte sie und schniefte leise.

„Fahr los!“, sagte Sudri. „Odin stehe uns bei! Wir werden den Christen keine Angriffsfläche bieten.“

Und er stand ihnen bei. Sie erreichten Quedlinburg unbehelligt. Als sie vor Hels Wohnhaus hielten und klappernd vor Kälte aus dem VW-Bus stiegen, war es erst halb zwei. Das Gewitter zog weiter. Der Vollmond kam hinter der schwarzen Wolke hervor, so, als wäre nichts geschehen.

EPILOG

Triefend nass hatten Irenäus und Karl den roten Daimler erreicht. Daneben stand der funkelnagelneue Mercedes-Polizeibus. Die Tür des uralten Kombis war unverschlossen, also hatte Rita ihre blöde Handtasche gefunden. Irenäus lenkte den Daimler durch braune Sturzbäche die steilen Serpentinen nach Thale hinunter.

Karl saß angespannt neben ihm. Endlich fragte er: „Woher kennst du denn diese Furie?"

„Von letzter Nacht", murmelte Irenäus.

„Oh, Mann!", schrie Karl durch die Donnerschläge. „Wenn ich dass gewusst hätte, wäre ich nicht mitgekommen!"

„Es ist nicht so, wie du denkst!", schrie Irenäus zurück. „Lass mich jetzt in Ruhe, sonst kommen wir nicht heil nach Hause!"

Bald darauf erreichten sie sein Grundstück. Hier befanden sie sich bereits im Regenschatten des Brockens, und nur aus dem Rand der Wolke nieselte es noch ein wenig. Die beiden Freunde standen im Getröpfel und sahen zu, wie über dem Bodetal die Blitze zuckten. Wie eine monströse Wand lag das Wolkengebirge auf der Harzkante, und das Krachen des Donners hallte zu ihnen herüber.

„Was will uns Odin sagen?", fragte Irenäus und schaute traurig drein.

„Es reicht jetzt!", erwiderte Karl ziemlich ungehalten. „Lass uns ins Haus gehen. Du bist mir noch eine Erklärung schuldig, oder ich kündige unsere Freundschaft auf."

In der Küche wurden sie von Titus freudig begrüßt. Irenäus entfachte in seinem Herd ein knisterndes Kiefernholzfeuer, während Karl eine Rotweinflasche öffnete. Als sie dicht an das Feuer gerückt waren und das erste Glas Wein geleert hatten, begann Irenäus mit seiner Geschichte. Er erzählte von der Begegnung mit Rita im Wald und wie Odin anschließend ihre Geschicke gelenkt hatte.

Karl erhob sich zum Gehen. Dabei sagte er mit einem nachsichtigen Lächeln: „Ich schlafe zu Hause. Du hast mich überzeugt. Das mit dem Peilsender war allerdings ein echter Lapsus. Auf Wiedersehen, du Thor!"

Draußen schien der absteigende Vollmond von einem blankgewaschenen Himmel. Die Lichter von Thale blinkten unschuldig durch die Dämmerung. Irenäus sagte leise hinter dem sich entfernenden Förster: „Auf Wiedersehen, Baldur!"

In den nächsten Tagen rechnete Irenäus fest damit, zu den Vorfällen in der Wodansnacht hochnotpeinlich befragt zu werden. Aber niemand kam. Den Tod eines Menschen mitzuerleben, ist nur im Krimi eine alltägliche Angelegenheit, in der wahren Welt gehört so etwas für die meisten Menschen zu den existenziellen Erlebnissen. Und so stand auch Irenäus unter einem Schock, der sich nur langsam löste.

Am Sonntagmorgen hatte die Zeit die mentale Wunde bereits weitgehend überklebt. Irenäus saß mit Titus am Gartentisch in der Sonne und aß ein Radieschenbrot. Ein leises Scharrgeräusch ließ ihn aufblicken. Zwischen den Ginsterbüschen neben der Einfahrt war ein kobaltblauer Fleck zu erkennen, der dort nicht hingehörte. Irenäus stöhnte auf. Sie kamen – natürlich am Sonntagmorgen.

Drei Minuten geschah gar nichts, dann tauchte zwischen den gelben Ginsterblüten ein roter Haarschopf auf. Ein sehr heftiger Adrenalinstoß durchjagte sein limbisches System, so dass er sich leicht zitternd an die Tischkante klammern musste.

Mit einem etwas verlegenen Lächeln im Pferdegesicht kam Rita auf ihn zugetrabt. Sie sah umwerfend aus. Ihr Sonntagskleid war natürlich lindgrün, ärmellos und sehr kurz. Ihre Haut war von

der Sonne gebräunt, ihre Gliedmassen sehnig und lang, um den Hals trug sie eine Kette aus großen weißen Perlen, ihre Haare lockten rot in der Morgensonne, und die grünen Augen schauten ein wenig schalkhaft. Sie war betörend.

Sie blieb vor seinem Tisch stehen, zeigte auf den leeren Gartenstuhl und fragte artig: „Darf ich?"

Irenäus nickte nur. Er musste seinen erhöhten Speichelfluss bremsen. Er gaffte sie an und brachte dann heraus: „Guten Morgen, Rita! Bist du allein?"

„Guten Morgen!", erwiderte sie und beugte sich ein wenig vor. „Ich habe mich losgeeist. Bin Zigaretten holen."

„Schön!", sagte er und ärgerte sich sogleich über seine dümmliche Antwort.

„Ich habe auf dich gewartet", sagte sie und fummelte eine Camel hervor. „Wolltest du nicht noch ein paar Erläuterungen geben?"

„Erläuterungen?", stammelte er fassungslos. „Die gibt es nicht. Es ist doch alles klar. Habt ihr die Odinisten nicht befragt?"

„Die wen bitte?" Rita runzelte die hohe Stirn unmutig.

Irenäus konnte schon wieder grinsen: „Na, die Leute von der Roßtrappe. Karl und ich, wir nennen sie Odinisten, Anbeter Odins. Und was ist mit dem Anführer, mit Loki, der in der Nacht abgestürzt ist?"

„Irenäus, wieviel enthältst du uns eigentlich vor?", fragte sie mit einer gewissen Verzweifelung in der Stimme. „Du bringst auch mich in Teufels Küche. Ich habe dich da bis jetzt beim LKA rausgehalten. Odinisten, Loki, was hast du noch auf Lager?"

„Nichts, liebe Rita, nichts!", schwindelte er und griff beschwichtigend nach ihrer Hand auf der Tischplatte.

Wider Erwarten ließ sie es geschehen und sagte: „Diese Leute behaupten, Fans der alten Germanen zu sein. Das ist nicht verboten. Sie sind unbescholtene Bürger in Lohn und Brot. Den Absturz ihres Vorsitzenden haben wir ja alle gesehen. Es gab keine Gewalt. Es war ein Unfall, wenn auch ein sehr merkwürdiger, psychotisch verbrämter Unfall."

„Was ist mit dem Mann?", wollte Irenäus wissen und schaute ihr tief in die grünen Katzenaugen.

„Wir können ihn nicht finden. Unmengen von Menschen suchen ihn. Bergwacht, Polizei und Spezialtruppen. Keine Spur. Nicht die allergeringste. Das Gewitter war sehr heftig, aber es tobte ausgerechnet fast nur über dem Bodetal. Es sind einige Steinschläge abgegangen. Trotzdem, es bleibt den Experten ein Rätsel."

Für einen winzigen Moment schoss ihm ein bizarrer Gedanke durchs Hirn. Wie, wenn Loki alle genasführt und sich heimlich abgeseilt hatte. Er verwarf den Gedanken sofort und sagte leise: „Also hat ihn doch Odin geholt. Er hat das Opfer anders ausgelegt, als seine Jünger glaubten. Wahrscheinlich hat dem Gott der Flakon nicht gereicht."

Ritas Augen blitzten wütend und sie entzog ihm ihre Hand. „Was erzählst du da? Sie hatten den Flakon nicht! Sie haben irgendeinen Gegenstand in den Abgrund geworfen. Aber war es der Flakon? Es ist unbeweisbar, und nicht die geringste Spur ist von dem Teil zu finden. Deine Odinisten streiten den Raub der Reliquie strikt ab, und ehrlich gesagt, halte ich diese Spinner auch nicht für fähig dazu."

„Na, dann ist ja alles okay!", schmunzelte Irenäus und angelte schon wieder nach ihrer Hand. „Und warum bist du dann eigentlich hier? Darf ich etwa frohlocken?"

„Nein, darfst du nicht!“, sagte sie und kniff die Augen zusammen. „Gib mir einen ungarischen Wecker!“

„Na, hallo!“, lachte Irenäus laut auf. „Was darf’s denn sein?“

„Egal“, seufzte sie. „Ich bin depri.“

Er ließ die braune Hand los und holte zwei Flaschen kaltes Bier und zwei Gläser. Schweigend hob sie das goldgelbe Getränk an die Lippen und streckte sich dabei gedankenverloren auf dem Gartenstuhl. Ihr Kleidchen rutschte noch höher, und er sah für eine Mikrosekunde, dass ihr Slip schilfgrün war. Dann fing sie seinen Blick auf und setzte sich gerade. Mit einem ganz leisen, hoffnungslosen Lächeln schaute sie ihn an: „Und wer bist du?“

„Ich bin Thor“, erwiderte er und konnte selber nicht daran glauben.

„Shit!“, fluchte sie. „Ich hab’s geahnt!“

„Nicht wirklich“, beruhigte sie Irenäus. „Wann seid ihr eigentlich bei ihnen gewesen?“

„Gar nicht“, sagte sie. „Drei von ihnen kamen zu uns, gleich am nächsten Morgen, und haben sich nach diesem Jockel Hahne erkundigt, der abgestürzt ist. Sie waren sehr kooperativ. Wie gesagt, eine intellektuelle Spinnergruppe. Wir haben davon abgesehen, ihre Wohnungen durchsuchen zu lassen. Nur, wenn wir den Flakon oder seine Reste im Bodetal fänden …“

„Das werdet ihr nicht“, prophezeite Irenäus.

„Komm her!“, flüsterte sie und drückte die Camel aus. „Unsere Affäre ist zu Ende.“

„War sie nicht etwas sehr kurz?“, fragte er und nahm ihr Gesicht in die Hände.

„War sie!“, seufzte sie. „Aber mein Mann braucht die Zigaretten erst am Nachmittag.“

„Dann könnte ich dir mein Haus ja noch einmal im Hellen zeigen“, lächelte Irenäus.

Ein Schatten fiel auf ihr emporgerecktes Gesicht, und ein Krächzen ertönte. Über ihnen zogen zwei Raben eine niedrige Kurve.

Hugin und Munin, dachte Irenäus und beugte sich zu Rita hinab. Wollen sie uns verspotten oder nehmen sie Abschied?

ENDE

Christian Amling

geboren 1953 in Frankfurt am Main, lebt seit 1955 in Quedlinburg am Harz. Von 1974–1979 studierte er an der TU Dresden Physik, Fachrichtung Theoretische Physik. Danach arbeitete er vier Jahre in der pharmazeutischen Industrie. Viele Jahre lebte er mit der Keramikerin Dagmar B. Leinhos in einem einsamen Waldhaus bei Quedlinburg und arbeitete als Galerist. Heute zieht er sich häufig in sein Künstleratelier am Rande Quedlinburgs zurück. Seit 1989 wirkt er in der Quedlinburger Kommunalpolitik mit.

Seine literarische Vorliebe gehört der wissenschaftlichen Fantastik; es entstanden unveröffentlichte Kurzgeschichten und die Trilogie „Leon und Ma-at – der Kontakt“. 2005 veröffentlichte er den Kriminalroman „Quitilinga History Land“, in dem zum ersten Mal der Privatdetektiv Irenäus Moll auftritt. Acht weitere Krimis sind bisher entstanden. Fortsetzung folgt. 2013 erschien von ihm das Buch „Der Harz“.

Kriminalromane von Christian Amling im dr. ziethen verlag

Das Steinkistengrab

ISBN: 978-3-86289-073-6, 10,00 Euro

Die Superfrucht

ISBN: 978-3-938380-62-8, 9,90 Euro

Dem etwas weltfremden Professor Jan Takkert und seiner ehrgeizigen Assistentin Olivia Braun gelingt in einem Quedlinburger Forschungsinstitut die Züchtung einer Pflanze mit außergewöhnlichen Eigenschaften. Diese „Superfrucht“ erregt Aufsehen und stört die Interessen mächtiger Feinde. Die Professorengattin Annette beginnt derweil eine Romanze mit dem Hüter der Wälder. Doch rätselhafte Verbrechen setzen der angenehmen Alltäglichkeit ein jähes Ende. Privatdetektiv Irenäus Moll muss wider Willen diesen gefährlichen und undurchsichtigen Fall lösen.

Der Koffer der Pandora

ISBN: 978-3-938380-81-9, 9,90 Euro

Geheimnisvolle Umweltdaten, ein unbekannter Toter in den Felswänden des Harzes, eine sterbenskranke junge Adlige, ein skrupelloser Waldbesitzer. Gnadenlose Killer, die den Koffer der Pandora in ihren Besitz bringen wollen. Der Quedlinburger Privatdetektiv Irenäus Moll gerät an seine Grenzen, aber es führt kein Weg zurück.

Kriminalromane von Christian Amling
im dr. ziethen verlag

Das Geheimnis der minoischen Dame

ISBN: 978-3-938380-96-3, 9,90 Euro

Raubgräber öffnen ein Hünengrab. Dabei machen sie eine geheimnisvolle Entdeckung und bringen eine Lawine mysteriöser und bedrohlicher Ereignisse ins Rollen. Eine wunderschöne minoische Statuette, ein Familiengeheimnis, das mit allen Mitteln gewahrt werden soll, Scheintote in einer Gruft auf einem uralten Friedhof bei Quedlinburg …

BergERZ. Die Rache der Ariadne

ISBN: 978-3-86289-005-7, 9,90 Euro

Die Metall-Expertin Wanda Uhland erfährt von einer antiken Statuette aus BergERZ Eine Revolution der modernen Werkstoffkunde könnte den Besitzer dieser Legierung reich und berühmt machen. Auch Philip Westermann von der TU Magdeburg begehrt das Relikt. Ariadne – so heißt das Objekt der Begierde, – befindet sich im Besitz von Irenäus Moll …

Der hunnische Tyrann

ISBN: 978-3-86289-031-6, 9,90 Euro

Laurin war in der DDR politischer Häftling und bewohnt jetzt als Aussteiger die Bergbaubrache „Frohe Zukunft". Eines Tages lernt er die Straßenmusikantinnen Swenja und Nanzi aus einer ehemaligen Sowjetrepublik kennen. Die Frauen wollen ihn zu einem Attentat auf ihren Staatschef – den hunnischen Tyrann verleiten!

Der Hexentrunk

ISBN: 978-3-86289-047-7, 10,00 Euro

Vicky und Adelheid bereiten im Quedlinburger Schloss den Umzug der Historischen Bibliothek vor. Dabei finden sie einen Briefwechsel der Äbtissinnen Hildegard von Bingen und Adelheid III., in dem es um halluzinogene Hexentrünke geht. Sie brauen eins dieser Elixiere und wollen es vermarkten, bevor die Welt kurz vor Weihnachten 2012 in ein neues Zeitalter geht.
Privatdetektiv Irenäus Moll zeigt den Frauen mysteriöse Kultstätten.
Bald gibt es einen Toten, weitere folgen. Hasso Germeyer, der Vater des ersten Toten, und Franz, der den Göttern Opfer bringt, um seinen kranken Körper zu retten, lassen den Fall eskalieren.
Als Irenäus und sein Freund Karl Wabenmond
endlich aufwachen, ist schon fast alles zu spät …

Die Höhlenfrau

ISBN: 978-3-86289-069-9, 10,00 Euro

Die Anthropologin Ginger bezeichnet sich als „Höhlenfrau". Während sie in der Fachwerkstadt Quedlinburg auf ihren Freund Kurt, den Bodyguard der Kanzlerin, wartet, lernt sie in einem Irish Pub nacheinander zwei Männer kennen: Den Privatdetektiv Irenäus Moll und den etwas verrückten Ingenieur Anton, der im Münzenberg ein sagenumwobenes Höhlensystem entdeckt haben will. Kurz darauf ist Ginger spurlos verschwunden. Der Bodyguard startet eine hartnäckige Suche und kennt nur einen Verdächtigen, Irenäus Moll!
Die schöne Hauptkommissarin Rita jagt eine Familie, die einsame Gehöfte überfällt und plündert. Eines Tages geraten sie jedoch an das falsche Haus, in dem alle Fäden zusammenlaufen. Das nimmt ein böses Ende! Rita und Irenäus ermitteln auf getrennten Wegen, kommen sich aber bald näher …

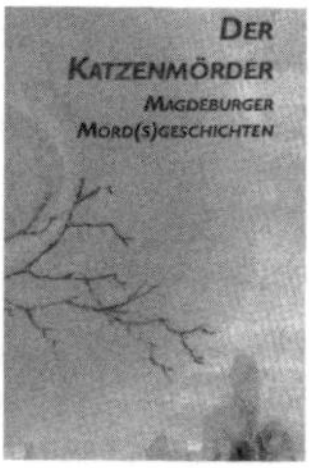

Der Katzenmörder.

Magdeburger Mord(s)geschichten, Bd. 1

ISBN: 978-3-935358-07-1, Preis: 15,30 €

Hier mordet sogar der Oberbürgermeister. Soweit mußte es kommen. Beamte, Katzen, Professoren – keiner ist scheinbar mehr sicher. Vor einiger Zeit erschien im Magdeburger Stadtmagazin dates ein Aufruf. Kriminalgeschichten mit Lokalkolorit sollten eingereicht werden, schließlich sei Magdeburg das Zentrum der Kriminalität in Sachsen-Anhalt, wie eine andere Zeitung gerade behauptet hatte. Warum also nicht Krimis, die hier spielen, von mit der Region vertrauten und verwachsenen Autor/innen? Eine Auswahl davon liegt jetzt vor: Beiträge von sonst künstlerisch, journalistisch, wissenschaftlich oder eben schriftstellerisch Tätigen aus der Stadt Magdeburg und ihrer Umgebung.

Der Arm im Kühlschrank.

Magdeburger Mord(s)geschichten, Bd. 2

ISBN: 978-3-935358-13-2, Preis: 15,30 €

Das Morden geht weiter. Hatte es sich schon kurz nach dem Erscheinen des Katzenmörders angedeutet, so ist es jetzt Wirklichkeit geworden: Die an den Magdeburger Mord(s)geschichten beteiligten Autoren sind gierig, ihre mörderischen Phantasien weiter auszuleben, und neue sind dazu gekommen.

Waren im ersten Band noch einige Stadtviertel überrepräsentiert und andere vernachlässigt, so ziehen sich die kriminellen und mörderischen Spuren jetzt durch die ganze Stadt, lediglich das Elb-Ufer taucht mehrfach als Handlungsfeld auf, aber die Elbe fließt ja auch durch die ganze Stadt.

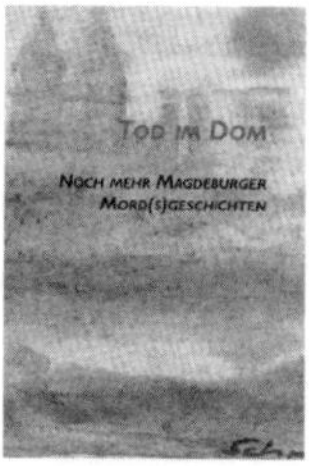

Tod im Dom.

Magdeburger Mord(s)geschichten, Bd. 3

ISBN: 978-3-938380-30-7, Preis: 15,30 €

Es wird weiter in Magdeburg gestorben: 16 Ermordete, ein getöteter Beinahe-Mörder, ein Scheintoter, einige mitspielende Schon-länger-Tote und dazu noch einige Fälle, die spannend sind, ohne dass jemand stirbt: Bilanz des dritten Bandes Magdeburger Mord(s)geschichten.

Bei den Ermittlern treffen wir auf schon aus den ersten Bänden vertraute Figuren, aber auch auf neue. Und es gibt einige Schreiber, wobei vor allem der Anteil der Autoreninnen gewachsen ist, sie in diesem Band bestimmend sind. Wie morden Frauen? Blutiger, leichter, mit lokkerer Hand? Das Spektrum ist groß, und die Motive sind vielfältig.

Für den Umschlag wurden Fotografien von Magdalena Dreysse sowie von Christian Amling und eine Zeichnung von Jochen Müller verwendet. Der Umschlag der 2. Auflage wurde von Karen Teßmer neugestaltet.

Bibliografische Information der Deutschen Nationalbibliothek: Die Deutsche Nationalbibliothek verzeichnet diese Publikation in der Deutschen Nationalbibliografie; detaillierte bibliografische Daten sind im Internet über http://dnb.d-nb.de abrufbar.

Friedrichstraße 15a, 39387 Oschersleben
Telefon 03949 4396, Fax 03949 500 100
www.dr-ziethen-verlag.de
email: info@dr-ziethen-verlag.de
2. Auflage 2014

Zeichnungen: Jochen Müller
Satz & Layout: dr. ziethen verlag
Satz mit QuarkXPress auf Macintosh
Schrift: GillSans, Frutiger
Druck: Halberstädter Druckhaus

ISBN: 978-3-938380-46-8